Für meine Familie

Alyssa León

WESTERN MAIL

Das Glück liegt in Wyoming

ORDER

Roman

*Bibliografische Information der Deutschen Nationalbibliothek:
Die Deutsche Nationalbibliothek verzeichnet diese Publikation in
der Deutschen Nationalbibliografie; detaillierte bibliografische
Daten sind im Internet über http://dnb.dnb.de abrufbar.*

© 2015 Alyssa León

*Coveridee und -gestaltung: © Alyssa León
Coverfotos: ©Vladimir Nikulin/123rf.com,
Jeanne Provost/123rf.com, roywylam/123rf.com*

*Ich danke meinem Mann für seine Geduld und seine liebevolle
Unterstützung.
Ein herzlicher Dank auch an die Autoren der Lyx-Storyboard
Autorengruppe für ihren großartigen Zusammenhalt, sowie an
alle, die Indie-Autoren eine Chance geben!*

Herstellung und Verlag: BoD – Books on Demand, Norderstedt

ISBN: 978-3-7347-8015-8

Kapitel 1

Wyoming Territory, USA, August 1885

Ein sanftes Rütteln an ihrer Schulter war es, das Gillian aus ihrem kurzen Schlummer weckte. Sie blinzelte und blickte geradewegs in das freundlich lächelnde Gesicht eines jungen Mannes. Er lüftete kurz seinen Bowler und ließ ihn dann keck auf sein glänzend blondes Haar zurück sinken. Nur das schelmische Blitzen seiner grünen Augen übertraf das Strahlen seiner gepflegten Zähne.

Ein Beau, ohne jede Frage. Ein kleines bisschen schnöselig, vielleicht.

»Verzeihung Miss«, fragte er. »Ist der Platz neben Ihnen noch frei?«

Gillian erwachte jetzt vollends, wozu auch das heftige Ruckeln beitrug, das der anfahrende Zug verursachte. Hatte er sie gerade wirklich einfach berührt?

»Äh. Ja, Sir«, lächelte sie scheu und nahm ihre Tasche von der Sitzbank neben ihr.

»Hervorragend«, freute sich der Beau und verstaute sein Gepäck in der Ablage über ihnen.

»Darf ich?«, fügte er mit einem Blick auf ihre Reisetasche hinzu und deutete in das Gepäckfach. Sie nickte nur und murmelte einen kleinen Dank, als er die Tasche über ihren Köpfen ins Netz legte. Er richtete seine tadellose, modische Kleidung, ließ sich neben ihr nieder und sah sie an. Sie tat so, als habe sie es nicht bemerkt und blickte verstohlen aus dem Fenster. Es war ihr unangenehm, seinem Blick zu begegnen. Doch ihn schien das nicht zu kümmern.

»Thomas Brigham«, stellte er sich kurzerhand vor und streckte ihr seine schmale, gepflegte Hand hin, was dem älteren Ehepaar auf den Sitzen gegenüber ein paar neugierige Blicke entlockte.

»Gillian MacAvery«, entgegnete sie mit kühler Zurückhaltung und ließ es zu, dass er ihre Hand drückte.

»Es ist mir ein Vergnügen«, erwiderte er.

Sie sah wieder aus dem Fenster. »War das gerade Laramie?«, fragte sie.

»Ja, Ma'am. Nur knappe sechzig Meilen, dann bin ich wieder zu Hause. In Medicine Bow.«

Den letzten Satz betonte er mit Stolz, als würde die Stadt ihm gehören.

Sie antwortete nicht, sondern nickte nur höflich.

»Und Sie?«, fragte er.

Sie seufzte heimlich. Es war ihr klar, dass einer seiner Sorte nicht locker lassen würde, bis er ihre halbe Lebensgeschichte kannte, also konnte sie ihm zumindest ihr Reiseziel sagen. Außerdem würde er es ohnehin herausfinden.

»Ebenso.«

Ein Strahlen ging über sein Gesicht. »Was Sie nicht sagen! Welch ein Zufall!«

Ihr Blick trat wieder die Flucht aus dem Fenster an.

»Wenn Sie mir die Frage gestatten, Sie sind nicht aus der Gegend hier, oder?«

»Ich komme aus Boston.« Gillian musste sich beherrschen nicht unruhig auf ihrem Sitz hin und her zu rutschen. Langsam wurde es ihr zu viel.

»Dachte ich mir«, antwortete er selbstzufrieden. »Eine solche Schönheit wie Sie wäre mir in Medicine Bow doch sofort aufgefallen!«

Das Ehepaar gegenüber blickte sich amüsiert an.

Er wartete ihre Antwort nicht ab und fragte: »Was führt Sie denn in meine schöne Heimatstadt?«

Sie schluckte. »Ich besuche jemanden.«

»Ach? Dürfte ich ergebenst fragen, wen? Verzeihen Sie, aber ich kenne so ziemlich jeden in der Stadt und...«

»Jemanden«, betonte sie leicht säuerlich und machte damit klar, dass ihr dies zu weit ging.

Das ernüchterte ihn.

»Natürlich. Entschuldigen Sie meine Neugier. Ich bitte vielmals um Verzeihung.«

Sie hatte ihn erfolgreich zum Schweigen gebracht und sah nun wieder aus dem Fenster. Sie war ihm nicht böse. Es war nur so, dass sie selbst nicht wusste, ob das, was sie hier tat, auch das war, was sie tun sollte. Sie hatte nur fort gewollt. Raus aus Boston, möglichst weit. Das, was sie am Ende ihrer Reise dort in Medicine Bow erwartete, war ihr vor ein paar Tagen noch wie ein rettender Strohhalm vorgekommen. Die letzte Zuflucht. Schutz und Sicherheit.

Doch was war es wirklich, was sie dort finden würde? Konnte sie sicher sein, dass sie dort nicht noch Schlimmeres erwartete? Die Ungewissheit machte sie überaus nervös. Und das Nervenbündel, das sie war, hatte keineswegs das Bedürfnis, irgendjemandem zu vertrauen. Auch, wenn er gutaussehend und nett war.

Der Rest der Reise verlief in mehr oder weniger betretenem Schweigen und sie stellte sich die meiste Zeit schlafend. Als der Zug endlich mit ohrenbetäubend kreischenden Bremsen an der Bahnstation in Medicine Bow einlief und anhielt, ließ es sich Mr. Brigham jedoch nicht nehmen, ihr Gepäck auf den Bahnsteig zu tragen und ihr galant aus dem Zug zu helfen.

Ungefragt nahm er ihre Hand und deutete einen Handkuss an.

»Zu Ihren Diensten Ma'am. Ich hoffe sehr, wir sehen uns gelegentlich einmal in der Stadt.«

Bevor sie noch gegen seine herausgenommene Frechheit protestieren konnte, legte er grinsend die Hand an seinen Hut und entfernte sich.

Während sich auf dem hölzernen Bahnsteig Szenen von Wiedersehen und Abschied mischten und die Menschen zunächst um Gillian herumsummten wie ein Bienenschwarm, um sich schließlich mehr und mehr zu verlaufen, blickte sie sich immer wieder suchend um.

In seinem Brief hatte er versprochen, sie hier abzuholen. Ein paar Mal glaubte sie einen Mann zu sehen, der seiner Beschreibung entsprach, doch immer wenn sie zögerlich lächelnd auf einen dieser Männer zutrat, ging dieser achtlos an ihr vorbei, begrüßte jemand anderen oder ging anderen Dingen nach.

»Woran soll ich ihn erkennen?«, murmelte sie halblaut vor sich hin. »Ein Rancher... Sie sehen fast alle aus wie Rancher.«

Doch sie sagte sich, dass er sie schon finden würde. Es wäre für ihn sicher nicht schwer, sie zu erkennen.

Doch er kam nicht.

Gillian versuchte die Hitze zu ignorieren, die die langsam aufkeimende Unruhe in ihrem Körper aufsteigen ließ.

Sicher hatte er sich nur etwas verspätet. Doch auch als der Zug wieder abfuhr, kam niemand, um sie abzuholen. Der Bahnangestellte, der zuvor mit seiner Pfeife einen Höllenlärm verursacht hatte, verzog sich wieder an seinen Schalter und der Bahnsteig war schließlich menschenleer.

Gillian fühlte sich plötzlich unsagbar allein.

Sie verließ den Bahnsteig und ließ sich auf eine Bank vor dem Bahnhof fallen. Ihr blieb nichts weiter übrig als zu warten.

Also wartete sie.

Die Minuten vergingen schleichend langsam. Nichtsdestotrotz vergingen sie und als sie nach einer Weile zur Bahnhofsuhr aufsah, stellte sie fest, dass sie schon mehr als eine halbe Stunde hier saß.

Es war früher Nachmittag. Die Sonne stand hoch am Himmel, es fiel kein Schatten auf die Bank und sie schwitzte in ihrem wollenen Reisekostüm. Sie hatte gehört, dass es kühl sein sollte in Wyoming, doch der Sonne, die gnadenlos auf sie herab brannte, schien diese Information unbekannt zu sein. Nun, sie musste zugeben, dass es nicht nur die Hitze war, die sie schwitzen ließ. Was, wenn er wirklich nicht kam? Wenn er es sich anders überlegt hatte? Wer wusste schon, ob er ein Mann von Ehre war? Ob er zu seinem Wort stand?

Nervös biss sie in die Fingerspitzen ihrer Handschuhe und zog sie aus. Zum Teufel mit dem adretten Aussehen, es war einfach zu heiß. Am Liebsten hätte sie auch die obersten Knöpfe ihres hochgeschlossenen Kleides geöffnet, den Hut vom Kopf gezogen und sich ihrer Unterröcke und Schuhe entledigt. Vom Korsett ganz zu schweigen. Sie musste fast lachen, als sie daran dachte, was er wohl dazu sagen würde, wenn sie ihn so empfing.

Sie wartete weiter, endlos wie ihr schien und mit jeder verstrichenen Minute sank ihr Mut. Sie hatte fast kein Geld mehr. Sie war hungrig, aber für eine Fahrt zurück *und* eine warme Mahlzeit reichte ihr Budget wahrscheinlich nicht mehr aus. Aber sie konnte ohnehin auf keinen Fall zurück. Wenn er wirklich nicht kam, wusste sie nicht, was sie tun sollte. Ihr Blick verschwamm, als Tränen in ihre Augen stiegen. Entmutigt blickte sie auf ihre staubbedeckten Schuhspitzen, als ein Schatten auf sie fiel.

Endlich!

Sie blickte erwartungsvoll auf und sah in das freundlich besorgte Gesicht von – *Mr. Brigham?*

»Miss MacAvery? Was machen Sie denn noch hier? Holt ihre – ähm – Bekanntschaft Sie denn nicht vom Bahnhof ab?«

»Ja – äh – ich weiß nicht, was...« Sie sah hoffnungsvoll die Straße hinunter. »Vielleicht wurde er ja aufgehalten.«

»Miss MacAvery.« Brigham sprach zu ihr wie zu einem verwirrten Kind und bot ihr seinen Arm. »Wollen Sie mir denn nicht endlich verraten, mit wem Sie verabredet sind? Ich kenne jede Seele hier und ich verspreche Ihnen, ich werde Sie sicher an jeden Ort bringen, an den Sie möchten.«

Gillian war sich immer noch nicht sicher, ob sie ihm vertrauen wollte. Aber sie konnte auch nicht ewig hier sitzen und warten.

»Oder möchten Sie, dass ich Sie erst einmal ins Hotel geleite?«, fragte er jetzt.

»Nein!«, entgegnete sie schnell. Für das Hotel hatte sie kein Geld. Sie nahm seinen Arm nicht, aber seufzte: »Ich warte auf Mr. Cole. Matthew Cole.«

Brigham riss die Augen auf. Er hätte nicht erstaunter aussehen können. »Cole?«, rief er ungläubig. »Was haben Sie denn mit Cole zu schaffen?«

Seine Neugier missfiel ihr bereits wieder, aber sie beschloss es ihm trotzdem zu sagen. Wenn auch nur, um ihn in seine Schranken zu weisen.

»Nun«, sie räusperte sich, »Mr. Cole ist mein zukünftiger Ehemann.«

Er zog so heftig die Luft ein, dass er sich fast verschluckte. Und während sie noch überlegte, ob er tatsächlich ersticken würde, brach er in ein schallendes Gelächter aus.

»Heiraten?«, hustete er. »Sie wollen Mad Matt heiraten? Das ist nicht Ihr Ernst oder? Du meine Güte, jetzt haben Sie mich aber drangekriegt!«

Das Herz sank ihr und ihr Magen krampfte sich zusammen.

Mad Matt?

»Stimmt etwas nicht mit Mr. Cole?«, flüsterte sie zutiefst verunsichert. »Ist er – verrückt? Ich meine, wegen dieses Spitznamens...«

Der junge Mann wurde schlagartig nüchtern und schluckte. Sein zutiefst besorgter und beunruhigter Gesichtsausdruck ließ Gillian das Blut in den Adern gefrieren.

»Gütiger Gott«, stieß er hervor. »Sie meinen es wirklich ernst, oder?«

Sie konnte nur nicken.

»Hören Sie«, raunte er und fasste sie leicht am Arm. »Miss, wenn Sie mir einen guten Rat erlauben möchten, überlegen Sie sich das gut, wenn Sie sich nicht für immer ins Unglück stürzen wollen.«

»Was soll sie sich überlegen, Thomas?«, ließ sich eine tiefe Stimme vernehmen.

Gillian und Brigham fuhren gleichzeitig herum und blickten in die Richtung aus der die Stimme gekommen war. Sie gehörte zu einem breitschultrigen Mann um die Dreißig, der in diesem Moment lässig vom Bock eines einspännigen Wagens sprang.

»Matt«, nickte Brigham und ließ Gillian los.

Der Ankömmling würdigte ihn keines Blickes, nahm seinen Hut ab und baute sich vor Gillian auf. Er war so groß, dass er sie komplett beschattete. Sie blinzelte an ihm empor, von seinen robusten Stiefeln angefangen, über seine schlichte, aber saubere Kleidung bis in sein Gesicht. Er war offenbar seit mehr als einer Woche unrasiert, was ihm ein dunkles, ungeschliffenes Aussehen verlieh. Seine Nase war weder außergewöhnlich noch perfekt. Eine ganz kleine Unregelmäßigkeit deutete an, dass sie vielleicht schon einmal gebrochen war. Über dem Bart stand ein bemerkenswertes, aufmerksam blickendes Augenpaar, das blauer war, als alle anderen, die sie bisher gesehen hatte. Es war ein sehr helles Blau, mit feinsten Silberfäden durchzogen und es wirkte wie der Himmel an einem klaren Sommertag. Die Farbe seiner Augen stand in einem irritierenden Kontrast zu seinen dichten dunklen Wimpern und zu seinem schwarzen Haar, das gewellt und irgendwie unbändig bis auf seinen Kragen fiel.

Der Mann lächelte nicht und wirkte insgesamt ziemlich einschüchternd auf sie.

»Miss MacAvery?«, fragte er überflüssigerweise.

Sie nickte. Er streckte zur Begrüßung die Hand aus und sie nahm sie. Sein Griff war fest.

»Matt Cole.«

Sonst sagte er nichts, keine Entschuldigung für seine Verspätung, kein Willkommen, nichts. Er musterte sie nur mit seinen unergründlichen, ernsten Augen.

Thomas räusperte sich. »Miss MacAvery, wenn Sie es sich noch anders überlegen...«

»Verschwinde, Thomas«, knurrte Cole, doch Brigham wich keinen Zentimeter und sah wartend auf Gillian.

Sie bezweifelte, dass Thomas sie vom Fleck weg heiraten würde, also gab es keinen Ausweg.

»Es ist schon gut, Mr. Brigham«, antwortete sie und rang sich mühsam ein Lächeln ab. »Ich komme schon zurecht, vielen Dank.«

»Na, dann auf Wiedersehen, Miss MacAvery«, murmelte Brigham und ging fort, nicht ohne noch einen vernichtenden Blick zurück auf Cole zu werfen. Es brodelte etwas zwischen diesen beiden Männern, das war nicht zu übersehen. Doch Gillian war im Moment nicht danach, der Sache auf den Grund gehen zu wollen. Etwas Anderes stand jetzt an, etwas, das sie zunehmend mit schleichender Angst erfüllte. Was hatte sie da nur angefangen?

»Wollen wir es hinter uns bringen?«, fragte er jetzt. Es klang wenig charmant. Vielleicht war er selbst ja auch ein kleines bisschen nervös?

Sie blickte in seine Augen und sah schnell wieder weg. Nein. Dieser Mann wurde bestimmt niemals nervös.

Sie versuchte sich zusammenzureißen. Schließlich hatte sie gewusst, was sie erwartete, denn darüber hatten sie sich in ihren Briefen geeinigt. Die Hochzeit würde sofort stattfinden. Sie hatten beide kein Geld übrig, als dass sie im Hotel hätte wohnen können. Und wenn er sie mitnahm auf seine Ranch, dann nur als seine Ehefrau. Alles andere wäre unschicklich gewesen.

Er fasste sie leicht am Ellbogen, wies ihr den Weg zu seinem Wagen und half ihr beim Aufsitzen. Sekunden später saß er neben ihr, schnalzte dem strubbeligen braunen Wagenpferd aufmunternd zu und steuerte die kleine Kirche von Medicine Bow an.

Kapitel 2

Die Zeremonie war recht nüchtern. Außer dem Reverend und den von diesem bestellten Trauzeugen war niemand zugegen. Es gab auch keine Musik. Zu Gillians Überraschung hatte Cole jedoch einen Ring mitgebracht. Es war ein schmaler goldener Reif mit einem kleinen Rubin. Sicher kein Vermögen wert und eine Spur zu groß, aber er gefiel ihr. Auch die Geste gefiel ihr, denn sie hatte nicht damit gerechnet. Mit ruhiger Hand steckte ihr Bräutigam den Ring an ihren zitternden Finger und wiederholte den Eheschwur, den der Reverend ihm vorgab, ohne jede äußere Regung. Dabei sah er ernst in ihre Augen. Auch sie sprach ihre Worte wie aufgefordert und nach kurzer Zeit war sie Mrs. Matthew Cole.

Als es vorbei war beugte er sich zu ihr herab und streifte ihre Lippen kurz mit den seinen, nicht mehr und nicht weniger. Zu flüchtig, um irgendetwas dabei zu empfinden. Aber wenigstens lächelte er ein wenig, als die Trauzeugen und der Geistliche ihnen händeschüttelnd gratulierten. Sein Lächeln gefiel ihr. Es nahm ihm den einschüchternden Ausdruck, den er die ganze Zeit an den Tag gelegt hatte und er gewann dadurch ungemein.

Sie traten aus der Kirche in das helle Sonnenlicht hinaus. Er nickte ihr zu.

»Jetzt holen wir meinen Sohn ab und dann fahren wir nach Hause. Du bist sicher müde von der langen Reise.«

»Oh ja, dein Sohn!«, lächelte sie. Den hatte sie fast vergessen. »Ich freue mich schon auf ihn.«

Doch ihre Freude wurde etwas getrübt als er mit dem Wagen vor dem Saloon hielt. Was wollte er hier? Jetzt, um diese Zeit? Der Junge war doch sicher eher in der Schule!

»Warte hier«, sagte er.

Doch er ging nicht wie erwartet in den Saloon, sondern klopfte an die Tür eines sich daran unmittelbar anschließenden, zweistöckigen Gebäudes. Es dauerte nicht lange und die Tür öffnete sich und Cole ging hinein.

Kurz darauf öffnete sich die Tür wieder. Ihr Ehemann kam heraus, aber nicht allein, sondern in Begleitung einer Frau, die ein etwa anderthalbjähriges Kleinkind auf dem Arm hielt.

Gillian zog erschrocken die Luft ein, denn das da war ganz sicher eine..., eine, nun, eine Hure. Ihre Kleidung und ihr geschminktes Gesicht ließen daran keinen Zweifel. Jetzt drückte die Halbweltdame Cole das Kind in die Arme, worauf er ihr einen Kuss auf die Wange gab und sie verließ.

Während die Frau wieder im Haus verschwand, kam er zurück und setzte Gillian den kleinen Jungen auf den Schoß.

»Das ist Charlie, mein Sohn«, erklärte er knapp und ging um den Wagen herum, um aufzusitzen. Das Kind quengelte, rutschte unruhig auf ihr herum und fing schließlich an zu weinen.

Gillian blieb kaum Zeit, über das soeben Gesehene zu schockiert zu sein, denn der Schock, den ihr das Kind bescherte, war noch größer. Das war sein Sohn? Ein Kleinkind? Fast noch ein Säugling? Gillians Mut sank ins Bodenlose. Sie hatte in Boston als Gouvernante gearbeitet, Kinder waren ihr nicht fremd, aber von der Pflege so kleiner Kinder hatte sie nicht die geringste Ahnung! Es traf sie vollkommen unvorbereitet! Warum nur hatte er ihr nie geschrieben, wie alt – nein, wie jung – sein Sohn war und warum nur hatte sie nie gefragt? Doch jetzt war es zu spät. Sie hoffte inständig, dass er ihr mit dem Kind helfen würde, sonst würde es ganz sicher ein Desaster werden.

Während Cole den Wagen in Bewegung setzte, hatte Gillian alle Hände voll zu tun, den Jungen so festzuhalten, dass er nicht vom Bock fiel. Charlie hatte sich herumgedreht und war im Begriff, an ihr emporzukriechen. Sein Weinen hatte sich zu einem phrenetischen Geheul gesteigert, sein pausbäckiges, tränennasses Gesicht war hochrot angelaufen und seine schwitzigen kleinen Fäuste krallten sich in den Stoff ihres Kleides. Er strampelte und boxte, traf schmerzhaft ihren Bauch und ihren Busen und zu guter Letzt fuhren seine Wurstfingerchen in die langen Locken, die rechts und links aus ihrer Hochsteckfrisur herabfielen. Charlie krallte sich regelrecht hinein und zog so vehement daran, dass sie glaubte skalpiert zu werden. Ihr entfuhr ein Schmerzlaut und sie versuchte verzweifelt, ihr Haar aus dem erstaunlich eisernen Griff des Knaben zu befreien. Nicht zu glauben, dass so ein kleiner Kerl solch eine Kraft an den Tag legte.

Während all dem fühlte sie den eisblauen Blick Matt Coles permanent auf sich liegen. Sie sah kurz zu ihm herüber. Was war das für ein Ausdruck? Prüfend? Anklagend?

Wieder ein schmerzhafter Ruck an ihren Haaren. Du meine Güte, warum unternahm dieser Mann denn nichts, um ihr zu helfen?

Schließlich hatte er anscheinend Mitleid.

»Zum Teufel«, hörte sie ihn sagen, oder glaubte sie zu hören, denn das Geschrei des Kindes übertönte alles.

»Kannst du einen Wagen lenken?«, schrie er gegen das Organ seines Sohnes an.

Sie blickte ihn erschrocken an und schüttelte dann den Kopf.

»Es ist nicht schwierig. Genau wie beim Reiten«, rief er und hielt ihr die Leinen hin.

»Ich... Ich kann nicht reiten«, erwiderte sie. Es wäre kleinlaut gewesen, hätte sie nicht so schreien müssen.

»Ach, verdammt«, antwortete er. »Halt einfach die Leinen. Der alte Justin findet den Weg sowieso allein.«

Mit diesen Worten drückte er ihr die Fahrleinen in die Hand und pulte die Hände seines Sohnes aus ihrem Haar. Dann hob er den Jungen auf seine Knie, wippte ihn auf und ab und sprach mit ihm, um ihn abzulenken. Es war größtenteils Unsinn, was er sagte, eben solche Dinge, die Eltern mit ihren Kleinkindern »besprachen«, kurze Sätze, endlos wiederholt, aber Charlie fand es anscheinend interessant und hörte auf zu heulen.

Cole ging noch weiter und begann mit seinem Sohn zu spielen, schnitt Fratzen und machte lächerliche Geräusche. Gillian schaute fasziniert zu. Seine Wandlung vom ungehobelten, wortkargen Klotz zum liebevoll herumalbernden Vater war frappierend, das Lächeln, mit dem er seinen Sohn bedachte, hinreißend.

Charlie fand das wohl auch und brach in kreischendes Lachen aus, bei dem er seine wenigen, winzig kleinen, weißen Zähne sehen ließ. Schließlich zauberte Cole von irgendwoher einen kleinen grünen Augustapfel hervor, klappte sein Taschenmesser auf und schnitt ihn in zwei Hälften. Eine Hälfte präsentierte er Charlie, der begierig danach griff und begeistert sabbernd seine geschätzten siebeneinhalb Zähne hineinschlug. Die andere Hälfte hielt er Gillian hin. Sie hatte Hunger, niemand hatte in der Stadt auch nur daran gedacht, ihr etwas zu Essen anzubieten, also nahm sie den Apfel verlegen aber dankbar entgegen.

Er nickte kurz und sah dann wieder lächelnd auf seinen Sohn herab. Auch Gillian betrachtete den Kleinen. Jetzt, da er nicht mehr weinte, sah er entzückend aus, mit seinen großen blauen Augen und blonden Locken.

»Er ist sehr süß«, sagte sie leise. Sie meinte es auch so, sie war dem Jungen nicht böse, weil er an ihren Haaren gezogen hatte. Er wusste es ja nicht besser.

Cole sah sie an und zu ihrem Erstaunen stellte er sein Lächeln dabei nicht ein, sondern es wurde sogar noch breiter. Purer Vaterstolz.

»Ja. Danke. Das ist er. Er ist das Beste, was ich je gemacht habe«, antwortete er und sah sie dabei durchdringend an.

Seine Bemerkung darüber, einen Sohn »gemacht« zu haben wirkte anzüglich zusammen mit diesem Blick. Sie fühlte, wie ihr Gesicht heiß wurde, ein sicheres Zeichen dafür, dass sie rot anlief. Schnell sah sie nach vorn und fixierte Justins Ohren fortan so peinlich genau, als fürchte sie, er könne sie verlieren.

*

Der Weg wurde anspruchsvoller und das bloße Halten der Fahrleinen war nicht mehr ausreichend. Justin hätte sie sonst ohne mit seinen langen Wimpern zu zucken in so manchen Graben bugsiert. Matt dachte jedoch nicht daran, Gillian die Leinen aus der Hand zu nehmen. Wenn sie hier draußen leben wollte, musste sie ein Pferd beherrschen können, sei es an der Kutsche oder unter dem Sattel.

Sie musste es lernen und er sah keinen Grund, warum sie nicht gleich damit anfangen sollte. Statt das Fahren also wieder selbst zu übernehmen, zeigte er ihr, was sie zu tun hatte und führte hin und wieder ihre Hände. Sie trug keine Handschuhe, und dass er dabei die zarte, glatte Haut ihrer Hände berühren musste, war ihm nicht unwillkommen.

Während sie sich streng auf das Pferd konzentrierte, betrachtete er sie unverhohlen von der Seite. Was für ein Stadtmädchen hatte er sich da nur geangelt! Unfähig. Ängstlich und eingeschüchtert. Scheu wie ein Reh. Und Rehe gehörten eigentlich nicht auf eine Ranch.

Aber er musste zugeben, dass sie wirklich eine Schönheit war. In dieser Beziehung hatte er Glück gehabt, das war auch sein erster Gedanke am Bahnhof gewesen. Sie war klein und zierlich, vielleicht eine Spur *zu* zierlich für seinen Geschmack, aber selbst unter ihrem züchtig geschnittenen Reisekostüm konnte er sehen, dass sie an genau den richtigen Stellen genug aufzuweisen hatte, um einem Mann die

Sinne zu rauben. Sofern sie nicht trickste. Was er ihr jedoch nicht zutraute.

Ihre glänzenden, kastanienbraunen Locken rahmten ein überaus hübsches Gesicht ein, mit makelloser Haut und wunderbar großen, dunklen Augen. Ihre Brauen waren perfekt geschwungen und ihre kleine Nase bescherte ihr ein reizendes Profil. Am Schönsten jedoch fand er ihren Mund. Sinnliche volle Lippen, rosig und süß wie die Sünde, die nur dazu einluden, geküsst zu werden.

Wie sie sich im Moment konzentriert auf ihre Unterlippe biss, ließ ihn sich fragen, ob sie einen ähnlichen Ausdruck annahm, wenn sie Lust empfand. Er würde es noch erfahren. Der Gedanke daran ließ es heiß und ungebeten in seine Lenden schießen und er war nur froh, dass sie so stur geradeaus schaute und daher nichts davon bemerkte. Er musste sich auf andere Gedanken bringen. Die nächsten Tage würden seine Geduld ohnehin noch auf eine sehr harte Probe stellen.

»Komm«, sagte er und wies mit dem Kopf auf das Pferd. »Lass den alten Faulpelz mal etwas schneller laufen. Sonst sind wir morgen noch nicht daheim.«

»Was?«, fragte sie unsicher. »Wie...?«

Er nahm eine Peitsche zur Hand und als er Gillians erschrockenen Blick bemerkte, sagte er: »Keine Sorge. Die ist nicht zum Schlagen da. Nur zum Aufwecken.«

Er klopfte den Peitschenschlag ein paar mal leicht gegen den Rücken des Pferdes und rief ihm ein aufmunterndes »Lauf, Justin«, zu.

Der Wallach setzte sich gehorsam in Trab, was leichte Panik in seiner Lenkerin auszulösen schien, denn ihre

Hände schlossen sich so fest um die Leinen, dass ihre Fingerknöchel weiß hervortraten.

»Nicht so verkrampft«, sagte Matt und legte beschwichtigend seine Hände auf ihre.

»Du musst ihm die Leinen etwas nachgeben, sonst behindert es ihn nur«, erklärte er ihr und schob ihre Hände leicht nach vorn. »Siehst du, so. Ja. Besser.«

Sie entspannte sich etwas und lächelte und schien langsam Gefallen an der Fahrerei zu finden. Matt entschied, es als ein gutes Zeichen zu nehmen. Sie lernte schnell. Das war ein Anfang.

Kapitel 3

Das Haus war hübscher als Gillian es erwartet hatte. Es lag an einem schmalen, schnell fließenden Fluss und schmiegte sich an eine kleine Anhöhe. Komplett aus Holz gebaut, reichte seine ordentlich weiß getünchte Fassade anderthalb Stockwerke hoch, gekrönt von einem mit Holzschindeln bedeckten, weit überstehenden Dach. Eine breite, einladende Treppe führte zu einer gemütlichen Veranda hinauf. Dort stand ein Schaukelstuhl und es gab sogar eine Hängeschaukel.

Der Weg zum Haus war sauber gekiest und rechts und links von Rabatten eingefasst, in denen sie verschiedenartige Prärieblumen entdeckte. Etwas abseits des Hauses stand ein Gerüst, an dem Windmühlenflügel angebracht waren. Wahrscheinlich betrieben sie eine Pumpe, die das Anwesen mit Wasser versorgte.

Weiter hinten schlossen sich mehrere Nebengebäude, Stallungen und Scheunen an. In einem großen Corral standen ein paar hübsche Pferde. Sie wieherten zur Begrüßung, als ihr Artgenosse den Wagen an ihnen vorbeizog. Eingefasst wurde das Ganze von einigen großen Bäumen, was Gillian ausgesprochen gut gefiel. Den Höhepunkt bildeten jedoch die Rocky Mountains, die sich in einiger Entfernung zu ihrer majestätischen, schneebedeckten Höhe erhoben und der Szenerie ein nahezu atemberaubendes Panorama verliehen. Dieses Haus war weit schöner gelegen als die, welche sie während ihrer Reise einsam und irgendwie verlassen aussehend mitten auf der Prärie stehen gesehen hatte.

Cole half ihr vom Wagen und sie gingen ins Haus. Auf der Veranda wandte sie sich um und blickte zum Fluss.

»Ein schöner Platz«, sagte sie und ahnte, dass sie ihm damit eine Freude machte.

Tatsächlich lächelte er ihr kurz zu und nickte.

»Ja. Eine schöne Aussicht auf den Fluss und doch weit genug davon weg, um keinen Ärger mit Hochwasser zu bekommen.«

Von Innen wirkte das Haus nicht weniger nett. Die Einrichtung war gewiss nicht edel, eher zweckmäßig und schlicht, aber es war sauber und gemütlich. Matt führte sie kurz herum und zeigte ihr die Räume. Sie war erstaunt, dass sogar ein Waschraum mit Badewanne und Boiler vorhanden war. Dort, wie auch in der Küche gab es fließendes Wasser. Er erklärte ihr, dass es aus einem Tank kam, der höher als das Haus stand, daher musste man nicht pumpen, sondern konnte einfach einen Wasserhahn aufdrehen. Sie war das zwar aus dem Haus ihres Arbeitgebers in Boston gewohnt, aber sie wusste auch, dass es in dieser Gegend hier nicht alltäglich war und sie verstand seinen Stolz darauf.

Schließlich zeigte er Gillian ihr Zimmer, was sie wiederum überraschte. Sie würde ein eigenes Zimmer haben? Sie hatte eher erwartet, dass sie mit ihm in einem Zimmer schlafen würde, wie es im Westen üblich war. Doch insgeheim war sie ganz froh darüber.

Die Einrichtung dieses Zimmers hob sich ein wenig vom restlichen Haus ab. Neben einem breiten Himmelbett gab es einen Teppich, einen schön geschnitzten Kleiderschrank, einen Toilettentisch und einen kleinen Sekretär. Farben und Möbel wirkten feminin und filigran und Gillian wusste, dass dieses Zimmer einst das seiner Frau gewesen sein musste.

»Du kannst dich ausruhen und auch baden, wenn du möchtest, ich werde den Boiler anfeuern«, sagte er zu ihr. »Aber«, er wies auf das Kind, welches auf seiner Hüfte saß, »wenn es dir nichts ausmacht, möchte ich dich bitten, Charlie zuerst etwas zu Essen machen. Bei Lizzie – ähm... ich meine... in der Stadt wollte er nichts essen und ich denke mir, dass er jetzt sicher Hunger hat. Ich bringe deine Sachen hinein und kümmere mich dann um das Feuerholz.«

»Natürlich«, antworte sie und bemühte sich ihre Stimme fest klingen zu lassen, trotz der Unsicherheit, die sie überfiel. »Und was ist mit dir?«

Sie hatte sagen wollen, »Mit uns«, denn ihr Magen knurrte nach wie vor.

»Ich esse immer spät, ich bin meist nicht vor sieben Uhr mit der Arbeit fertig. Du kannst dich also ruhig vorher etwas ausruhen.« Das klang so, als ob er erwartete, dass sie das Abendessen machte. Aber wieso auch nicht. Sie war jetzt seine Frau, also war es auch ihre Aufgabe. Dennoch war sie nervös. Sie wurde das Gefühl nicht los, dass er sie prüfte und sie wollte es ihm recht machen. Es wäre ihr nur lieber gewesen, sie hätte eine etwas gründlichere Einweisung bekommen.

Sie musste ihre Gefühle irgendwie auf ihrem Gesicht preisgegeben haben, denn er fügte hinzu: »Oh, falls dir das zu lange dauert: Du kannst alles zubereiten und essen was du findest. Fühl' dich wie zu Hause, die Küche ist jetzt dein Reich.«

Mit diesen Worten drückte er ihr seinen Sohn in den Arm und wandte sich zum Gehen.

»Matthew?«

Er drehte sich um.

»Ähm – was isst Charlie?«

Er runzelte die Stirn als hätte er sich verhört. Seine Antwort klang daher auch eher wie das selbstverständliche Echo ihrer unbedarften Frage. »Maisbrei?«

Sein Ton ärgerte sie. *Maisbrei?*, klang es in ihren Gedanken nach. *Natürlich*, dachte sie schnippisch. *Kleine Kinder essen ausschließlich Maisbrei.* Wie hatte sie nur so dumm fragen können!

Er war schon fast zur Tür hinaus als sie ihm nachrief.

»Äh – wie mache ich den?«

Er wandte sich zu ihr um, die Hände auf den Hüften. »Willst du sagen, dass...« Er seufzte.

»Du nimmst etwas Milch, kochst sie auf und rührst geschroteten Mais hinein.«

Sie nickte. »Und wo finde ich die Sachen?«

»Unter der Küche ist ein Vorratsraum.«

Den hätte er ihr ja auch einmal zeigen können.

*

Kopfschüttelnd hieb Matt mit der Axt auf das unschuldige Holzstück ein. Das fing irgendwie nicht gut an. Wenn sie bei einem einfachen Maisbrei schon fragen musste... Er spaltete das Holz mühelos und stellte den nächsten Scheit auf den Hackklotz.

»Matt?«

»Pete«, grüßte er seinen alten Vormann, ohne mit der Arbeit aufzuhören. »Was gibt's?«

Pete verzog sein wettergegerbtes Gesicht zu einem Grinsen und strich über seinen riesigen, silbergrauen Schnurrbart.

»Na, ich wollte dir meinen herzlichen Glückwunsch überbringen, mein Junge! Wie ist sie denn so?«

Er spähte neugierig zum Haus.

Matt lachte. »Ich stelle sie euch morgen vor, in Ordnung? Sie soll erst mal ankommen.«

»Hübsch?«

Matt blinzelte. »Ja. Sehr.«

Pete lachte kehlig und schlug ihm auf die Schulter. »Glückspilz!«

Matt schüttelte zweifelnd den Kopf.

»Ich weiß nicht, Pete. Schönheit ist nicht alles.«

Pete schürzte die Lippen und nickte. Er wusste worauf das anspielte. Aber er sagte: »Ach, mach dich nicht verrückt, Sohn. Es wird dieses Mal ganz anders sein, du wirst sehen. Und solange sie nicht nur Stroh im Kopf hat, kann sie alles lernen, was sie wissen muss. Ihr werdet schon noch euer Glück finden.«

»Dein Wort in Gottes Ohr.«

Als wolle sie den Vorarbeiter auf der Stelle Lügen strafen, erschien Gillian jetzt mit einem weinenden Charlie auf der Hüfte im Türrahmen.

»Matthew?«

Pete warf einen bewundernden Blick auf die junge Frau, pfiff anerkennend durch die Zähne und entfernte sich leise lachend.

Matt nahm einen Armvoll Feuerholz und ging ihr stirnrunzelnd entgegen.

»Was ist los?« Er war plötzlich gereizt. Das Gespräch mit Pete hatte ihn an *sie* erinnert. Und er wollte nicht an sie denken. Diese Erinnerung schmerzte immer noch höllisch.

»Haben wir noch irgendwo Milch?«

»Ja«, sagte er kurz angebunden und drückte sich an ihr vorbei ins Haus. »In der Kuh!«

Es war ihr anzusehen, dass seine Bemerkung und sein Ton sie verletzte.

Er roch es schon, bevor er die Küche betrat. Die Milch war übergekocht, der Herd verschmutzt, der Brei im Topf angebrannt und ungenießbar.

Schuldbewusst trat sie an den Herd. »Ich mache das gleich weg, aber Charlie...« In ihrer Hektik stieß sie zu allem Überfluss noch den Topf hinunter und der Inhalt verteilte sich über den Fußboden.

Sie wurde noch nervöser und Charlies Heulen immer lauter.

Hilflos versuchte sie gleichzeitig das Kind zu beruhigen und die Verschmutzungen zu beseitigen.

»Gib ihn mir«, knurrte er unfreundlich. Er nahm ihr das schreiende Kind ab und setzte es auf seine Hüfte. Während sie aufwischte, nahm er den Topf und füllte Wasser hinein.

Sie versuchte eine Entschuldigung. »Charlie hat...«

Er wurde ungeduldig und ließ sie gar nicht erst ausreden.

»Himmelherrgott, Gillian... So geht das nicht! Wie um alles in der Welt bist du auf die Idee gekommen einen Rancher mit Kleinkind zu heiraten, wenn du noch nicht einmal einen einfachen Brei hinbekommst!«

Es war extrem ungerecht sie anzuschreien, dass wusste er in dem Moment, als er es tat, aber er wäre explodiert, hätte er es nicht getan.

»Du hast mir nie geschrieben, dass er ein Kleinkind ist, Matthew Cole!« schnappte sie zurück. »Hättest du mal daran gedacht, hätte ich mich darauf vorbereiten können, noch in Boston!«

Oh, das Reh hatte Klauen! Das war unerwartet, aber nicht unwillkommen. Es war ihm lieber als das Duckmäuschen, das er während der Hochzeit und auf der Fahrt zur Ranch kennen gelernt hatte. Und sie hatte Recht. Er hatte es sträflich versäumt, sie auf seinen Sohn vorzubereiten.

Charlies Gebrüll wurde lauter und brachte ihn zum Wesentlichen zurück. Er seufzte und ein paar Nuancen ruhiger sagte er: »Charlie hat Hunger. Keine Zeit um die Kuh zu melken. Mach den Brei mit Wasser und gib etwas Sirup hinein. Dann isst er ihn schon.«

Leise fluchend stellte er den Topf ab und setzte sich mit seinem Sohn an den Tisch. Während er das Kind mehr oder weniger erfolgreich von seinem Hungergefühl ablenkte, machte Gillian den Brei. Derweil sprachen sie kein Wort miteinander und sie sah ihn nicht an. Als sie sich einmal kurz umwandte, glaubte er, Tränen in ihren Augen glitzern zu sehen. Er fühlte sich miserabel dabei. Aber entschuldigen konnte er sich nicht.

Sie kam mit dem Brei und er begann, Charlie zu füttern, was den Kleinen sofort beruhigte. Nach einer Weile setzte er Gillian den Jungen kurzerhand auf den Schoß und sagte: »Ab hier kannst du weitermachen. Ich muss mich um die Ranch kümmern.«

Ohne sie anzusehen stand er auf und wollte hinausgehen.

»Warte«, rief sie.

Er drehte sich um. »Was denn noch?«

»Ich nehme an, er braucht auch frische Windeln?«, fragte sie heiser.

Er sah sie an. Sie wirkte erschöpft. Ihre Augen waren rot. Es tat ihm leid, dass er so unfreundlich zu ihr gewesen war, aber er konnte jetzt nichts dazu sagen.

»Ja«, nickte er. »Ich zeige es dir. Ich bin noch eine Weile in der Nähe. Ruf mich, wenn er fertig gegessen hat.«

Nachdem sie gemeinsam Charlies Windeln gewechselt hatten, wobei Gillian versuchte, sich jede Einzelheit dazu genau einzuprägen, verließ Matt sie endgültig, um seinen Arbeiten nachzugehen. Gillian schaffte erfolgreich, den schläfrigen Charlie in sein Bettchen zu legen, wo er sofort einschlief.

Sie nutzte die Zeit, um ein Bad zu nehmen und die Sachen aus ihrer Tasche in den Schrank zu räumen. Viel war es nicht, was sie hatte, doch so war es nun mal. Als sie fertig war, sank sie in ihrem Unterhemd auf ihr Bett und es dauerte nur Sekunden, bis ihre Erschöpfung sie übermannte und sie in einen tiefen Schlaf fiel.

Kapitel 4

Sie träumte von einer herrenlosen Katze. Mit herzzereissendem Miauen strich das Tier um ihre Beine und leckte Maisbrei von ihren staubigen Schuhen. Doch als ihr Schlaf leichter wurde, dämmerte es ihr, dass es keine Katze war, die sie hörte, sondern das Weinen eines Kindes.

Sie schreckte hoch. Wie spät mochte es sein? Sie griff nach ihrer kleinen Taschenuhr, die sie auf den Nachttisch gelegt hatte und klappte sie auf. Es war fast sechs. Wenn sie Matthew um sieben etwas zu Essen präsentieren wollte, musste sie sich beeilen. Sie musste sich noch um Charlie kümmern und hatte nicht die geringste Ahnung, was sie kochen sollte.

Schnell stand sie auf, warf sich ein leichtes Musselinkleid über, wobei sie auf ein Korsett und Unterröcke verzichtete, und warf einen kurzen Blick in ihren Ankleidespiegel. Ihr Haar war ein einziges Durcheinander. Keine Zeit, um es kunstvoll zu arrangieren, also löste sie sämtliche Haarnadeln, kämmte ihre Locken, bis sie ihr lang und glänzend über die Schultern fielen, und nahm nur ein paar seitliche Strähnen am Hinterkopf zusammen, damit sie ihr nicht ständig ins Gesicht fielen. Es war eine Frisur, wenn auch keine besonders anspruchsvolle. Sie nickte sich selbst aufmunternd im Spiegel zu und wappnete sich für ihre nächsten Herausforderungen, was immer diese auch sein mochten.

*

Als Matt am Abend seine Küche betrat, wurde ihm einmal mehr bewusst, dass er eine sehr schöne Frau geheiratet hatte. Gillian saß auf einem Stuhl. Ihr Haar war so gut wie offen und er bemerkte, wie die langen, rötlichbraunen Locken glänzend über ihre Schultern fielen. Er fühlte ein fast schmerzhaftes Bedürfnis, ihr Haar zu berühren und seine Hände hindurch gleiten zu lassen. Er hätte gern gewusst, ob es sich so weich anfühlte, wie es aussah.

Sie hatte sich umgezogen und trug ein helles, geblümtes Kleid, das zwar immer noch züchtig ausgeschnitten, aber längst nicht so hochgeschlossen war, wie ihr albernes Reisekostüm. Der dünne Musselinstoff schmiegte sich vorteilhaft um ihren Oberkörper und Matt sah sich in seiner Annahme, dass Gillian recht ansehnlich gebaut war, erneut bestätigt.

Besonders rührend aber war sein Sohn, wie er zufrieden vor sich hin brabbelnd und in ihrem Arm liegend mit einer Puderquaste spielte, die sie ihm wohl überlassen hatte. Wohlwollend, ja fast zärtlich, sah sie auf den Kleinen herab und sprach leise mit ihm.

Langsam trat er zu den beiden und fühlte plötzlich ein erdrückendes Schuldgefühl, weil er nach ihrer Ankunft so aufbrausend gewesen war. Doch statt einer verbalen Entschuldigung beugte sich herab und küsste sie auf die Wange. Sie errötete. Sehr süß.

»Und?«, fragte er leise. »War er brav?«

»Ein wahrer Engel«, lachte sie.

Er atmete innerlich auf. Sie schien ihm nichts nachzutragen. Er setzte sich neben sie und strich Charlie mit einem Finger leicht über die Wange.

»Wieso glaube ich das jetzt nicht?«, grinste er.

»Doch, doch«, entgegnete sie und ließ den Jungen ihren Zeigefinger fangen.

»Wir beide haben uns schon angefreundet, ist es nicht so, mein Schatz?«, raunte sie dem Kind verschwörerisch zu, als seien sie beide allein auf der Welt. Es war lächerlich, aber Matt kam sich plötzlich ausgeschlossen vor.

Charlie sah auf und streckte seine kleine Hand schon wieder nach ihrem Haar aus. Sie fing das Händchen ab. »Wenn der kleine Mann nur nicht immer meine Haare ausreißen wollte!«

Mit ihrer freien Hand versuchte sie ihr Haar im Nacken zusammenzufassen, doch es war nicht leicht, die Lockenflut auf diese Weise zu bändigen.

Matt stand auf und trat hinter sie.

»Lass mich...«, sagte er und räusperte sich, weil seine Stimme plötzlich so rau war, »Lass mich dir helfen«. Er streckte die Hände aus und fasste ihr Haar vorsichtig zu einem Zopf zusammen. Bei Gott, es war genauso weich, wie er es sich vorgestellt hatte!

Seine Fingerspitzen streiften kaum merklich die zarte Haut ihres langen, schlanken Halses. Der Kontakt war nur kurz und flüchtig gewesen und doch verspürte er ein leichtes Kribbeln an den Fingern, die sie berührt hatten. Er nahm die Schleife heraus, mit denen sie ihre Strähnen zurück gebunden hatte und befestigte damit den Zopf.

»So ist es besser«, brachte er hervor. Großer Gott, wenn das so weiterging, würde das, was er sich fest vorgenommen hatte, unmöglich werden.

Sie sah zu ihm auf und lächelte scheu. Er konnte plötzlich den Blick nicht mehr von ihren Lippen lösen. Er fragte sich, wie sie reagieren würde, wenn er sie jetzt einfach küsste.

Doch sie brach den Zauber, indem sie ihm seinen Sohn entgegenstreckte. »Hier, wenn du ihn nimmst, trage ich gleich das Essen auf.«

Schließlich aßen sie ihr erstes gemeinsames Mahl. Sie hatte ein Omelette gemacht, in das sie Tomaten, Zwiebeln und Speck geschnitten hatte. Dazu gab es Brot. Es fand seine Zustimmung, was sie sichtlich erleichterte. Nach dem Essen brachte er Charlie ins Bett und sie begann aufzuräumen.

Als er die Küche wieder betrat, war sie dabei das Geschirr abzuwaschen. Er schob sie sanft zur Seite. »Lass mich das machen. Du kannst abtrocknen, wenn du möchtest.« Es war eine gute Gelegenheit, mit ihr zu sprechen.

Sie nahm ein Tuch und trocknete das Geschirr ab, das er ihr reichte. Dabei sah sie ihn nicht ein einziges Mal an, sondern hielt den Blick gesenkt. Sie wirkte nervös und gehetzt und setzte die abgetrockneten Teile mit fahrigen Bewegungen ab.

Als er ihr die letzte Tasse reichte und sie diese nehmen wollte, ließ er sie nicht los. Sie zog ein paar mal daran, aber er gab nicht nach. Daraufhin hob sie endlich die Augen zu ihm und er fixierte ihren Blick.

»Gillian?«, fragte er leise, »Warum bist du eigentlich so nervös?«

Sie schüttelte den Kopf und sah wieder weg. Er überließ ihr die Tasse und trocknete sich die Hände ab. Dann drehte er sich herum, lehnte sich an das Spülbecken und verschränkte die Arme vor der Brust.

Sie begann, das Geschirr in ein Regal zu räumen und wich ihm damit bewusst aus.

Er verfolgte sie mit den Augen. »Wenn es das ist, was ich denke...«

Sie blickte zu ihm herüber. Nur kurz, aber deutlich furchtsam.

Er ging zu ihr und legte von hinten leicht die Hände auf ihre Schultern. Sie wurde ganz starr.

»Also, wenn es *das* ist...«, fuhr er fort, »Dann kannst du beruhigt sein. Ich werde heute Nacht nicht in dein Bett kommen.«

Sie fuhr herum. »Aber... Ich verstehe nicht....« Ihr Ausdruck war schwer zu deuten. War sie erleichtert oder enttäuscht? Oder nur verwirrt?

Er bedeutete ihr, sich zu setzen und tat es ihr gleich.

»Also«, er musste sich räuspern, »ich habe beschlossen, dass ich diese Ehe nicht vollziehen werde, bis ich mir sicher bin, dass ich dich behalten will.«

Autsch. Das war eine sehr ungeschickte Formulierung gewesen. Er fuhr auch gleich die Ernte ein, indem sie ihn wütend anblitzte.

»*Behalten*? Wie bitte? Siehst du das so, Mr. Matthew Cole? Als hättest du ein Stück Vieh auf Probe gekauft, eine Kuh, oder eine Zuchtstute, oder was weiß ich? Wie hast du dir das vorgestellt, hast du vor mich hinauszuwerfen, wenn ich dir nicht genehm bin? Wenn ich... irgendwelche *Mängel* habe?« Ihre Augen waren dunkel vor Zorn und sie wollte erbost aufspringen.

»Nein. Gillian, es tut mir leid!«, beeilte er sich um eine Richtigstellung und hinderte sie mit seiner Hand auf ihrem Arm am Aufstehen.

»Ich weiß, das klang furchtbar, aber ich habe das nicht so gemeint! Hör mir zu...«

Sie wollte ihren Arm dennoch wegziehen.

»Bitte«, sagte er leise.

Sie gab nach.

»Gillian, du weißt ja, dass wir keine andere Wahl hatten, als sofort nach deiner Ankunft zu heiraten. Dein Ruf hätte sonst Schaden genommen, was ich mir nicht verzeihen könnte. Aber was ich mir noch viel weniger verzeihen könnte ist, wenn du und ich durch eine Ehe aneinander gebunden wären, die wir beide nicht wollen. Ich möchte nicht, dass du denkst, du seist für dein Leben lang an einen Mann gekettet, den du hasst. Und ich für mich selbst denke, mir dasselbe Recht herausnehmen zu dürfen.

Also dachte ich, dass wir für eine gewisse ... Probezeit... auf den Vollzug der Ehe verzichten. Eine Ehe gilt nicht als gültig, solange sie nicht vollzogen ist. Sie kann dann rechtskräftig annulliert werden. Wir werden die Sache gleichberechtigt behandeln. Das heißt, wenn auch nur einer von uns beiden nach dieser Probezeit auf eine Annullierung besteht, werden wir sie beantragen, ganz gleich was der andere will. Dabei gilt dein Wort genau soviel wie meins, Gillian. Ich verspreche es dir.«

Er hielt den Atem an. Es war ungewöhnlich. Aber es war ihm wichtig. Er hatte schon einmal eine Ehe geführt, die er nicht hätte führen dürfen.

Sie wurde ruhiger.

»Geht das denn überhaupt?«, zweifelte sie.

»Solange wir beide uns vor dem Richter und der Kirche einig sind, sollte der Antrag durchgehen. Es wird wohl nicht einfach, aber am Ende müssen sie es bewilligen. Die Probezeit sollte nur nicht zu lange dauern. Nach einem Jahr wird uns das keiner mehr glauben«, setzte er mit einem Augenzwinkern hinzu.

»Und wie sieht es dann mit meinem Ruf aus?«

»Naja, ich denke, die Leute werden so oder so reden, aber da du ja wenigstens die Absicht hattest, eine Ehe zu führen und dich nicht – ähm – leichtfertig einem Mann hingegeben hast, wird das Gerede lange nicht so schlimm sein und bald verstummen. Es sollte keinen ehrbaren Zukünftigen abhalten. Die Leute sehen das hier sowieso nicht so streng wie im Osten. Abgesehen davon wird man mir die Schuld an allem geben.«

»Wie kannst du da so sicher sein?«

Er lachte freudlos. Wie gut war es doch, dass sie nicht von hier stammte, denn wenn sie alles gewusst hätte...

»Oh, da *bin* ich sicher, das kannst du mir getrost glauben«, antwortete er.

»Und das macht dir nichts aus?«

Er verzog den Mund und zuckte die Schultern.

»Was die Leute von mir denken, ist mir von Herzen egal.«

Sie kniff nachdenklich die Augen zusammen, doch dann nickte sie. »Also gut. Dann machen wir es so.«

Sie bemühte sich um eine entschlossene Miene, doch konnte sie ihn nicht vollends täuschen. Diese Frau hegte in sich ein tiefes Misstrauen, und nicht nur das. Sie hatte Angst, da war er sich ganz sicher. Vielleicht hatte sie sogar Angst vor ihm. Dennoch war sie bereit, ihm in dieser Sache zu vertrauen. Jetzt war es an ihm, dieses Vertrauen nicht zu enttäuschen.

Kapitel 5

Gillian stand früh auf. Charlies Weinen aus dem Kinderzimmer hatte sie bereits im Morgengrauen geweckt und sie ergriff die Gelegenheit, gleich mit der Zubereitung des Frühstücks anzufangen. Ihr Mann sollte keine Gelegenheit mehr bekommen, sie wegen eines verpatzten Breis oder sonst irgendeines Malheurs schief anzuschauen oder gar so anzuschreien, wie er es gestern getan hatte.

So seltsam sein Angebot vom Abend zuvor auch war und so wenig wie sie wusste, ob sie selbst diese Ehe wirklich fortsetzen wollte, sie würde nicht zulassen, dass er wegen solch banaler Missgeschicke noch auf die Idee kam, sie auf die Straße zu setzen.

Die ganze Sache war ein Kuhhandel. Er hatte von Gleichberechtigung gesprochen, aber in Wahrheit gab es diese nicht. Sie hatte keine Alternative. Wenn sie Geld, oder wenigstens eine Arbeit gehabt hätte und einen Ort zum Wohnen, wäre das etwas Anderes gewesen. Sie hätte selbst eine Annullierung einfordern können, falls sie sie denn wollte. Aber so wie die Dinge lagen, war es allein seine Entscheidung.

Sie wusste noch lange nicht, wie sie ihn einzuschätzen hatte. Er schien zu Ausbrüchen fähig, wie man gesehen hatte. Außerdem fand sie ihn ungehobelt und unhöflich. Er hatte in ihrem Beisein geflucht, eine Hure geküsst, sie versetzt, beleidigt und angebrüllt und für keines seiner »Vergehen« hatte er sich je entschuldigt.

Andererseits ließ die Art wie er mit seinem Kind umging unter seiner rauen Schale einen sensiblen Kern erahnen. Auch schien er ein gewisses Ehrgefühl zu haben, das sah man daran, wie er auf ihren Ruf bedacht war und auch daran, dass er ihr zugestand, sie freizugeben, sollte sie ihn wirklich nicht wollen. Auch dafür, dass er sie in Bezug auf ihre ehelichen Pflichten nicht unter Druck setzte, sondern ihr mit dieser »Probezeit« Gelegenheit gab, sich erst einmal an ihn zu gewöhnen, war sie dankbar. Vielleicht war das sogar das Wichtigste. Die Angst schnürte ihr die Kehle zu, wenn sie daran dachte mit diesem Mann – mit überhaupt einem Mann – das Bett zu teilen. Sie wusste nicht, ob sie es überhaupt fertig brachte. Vielleicht hätte sie nie heiraten dürfen, doch diesen Teil des »Handels« hatte sie in ihrer Panik bisher immer erfolgreich verdrängt, und das, obwohl er so wichtig war.

Während Charlie auf dem Küchenboden glücklich mit hölzernen Kochlöffeln spielte, machte sie Kaffee, Rühreier mit Schinken und Pfannkuchen. Sie war gerade fertig als Matt in die Küche kam.

Sie sah auf und erschrak im positiven Sinne, als ihr auffiel, wie er aussah. Seine Kleidung war zwar nicht weniger schlicht als die, die er gestern getragen hatte, aber er war glatt rasiert und seine nassen Haare und der Duft nach Seife, der von ihm ausging, ließen den Schluss zu, dass er gebadet hatte. Jetzt, da sein Bart verschwunden war, fiel ihr plötzlich auf, wie anziehend sie seinen Mund fand und sie musste sich zwingen, ihn nicht fasziniert anzustarren.

Denn neben seinen außergewöhnlichen Augen war dieser Teil seines Gesichts wohl der fesselndste. Seine Lippen waren äußerst ansprechend, voll und dennoch maskulin und seine Oberlippe wies einen verwirrend sinnlichen Schwung auf, der ihren Blick magisch anzuziehen schien.

Gillian stellte fest, dass ihr Ehemann einer der attraktivsten Männer war, die ihr je begegnet waren.

Gerade verzog sich dieser ansehnliche Mund zu einem Lächeln. Cole kam tatsächlich zu ihr, legte leicht die Hand auf ihren Rücken und küsste sie auf die Wange. Unbeabsichtigt, bevor sie noch wusste, was sie tat, ging ihre Hand zu seinem Gesicht und strich flüchtig über sein Kinn. Seine Finger folgten der Spur ihrer Hand und er sah zu Boden, mit einem Mal verlegen wie ein Schuljunge.

»Ja«, sagte er leise. »Ich weiß. Eigentlich wollte ich das gestern schon tun. Es wäre mir lieber gewesen, bei meiner Hochzeit halbwegs wie ein Mensch auszusehen und nicht wie ein Trapper. Aber wir haben gestern einen Schwung neue Rinder bekommen, die uns ganz schöne Schwierigkeiten gemacht haben. Ich konnte mich gerade so noch waschen und umziehen und war froh, dass ich es überhaupt noch in dieser Zeit bis Medicine Bow geschafft habe. Anscheinend genau rechtzeitig, bevor dieser Lackaffe von Thomas Brigham dich mir noch wegschnappen konnte.«

Sie lächelte. Das war doch tatsächlich so etwas wie eine Entschuldigung für seine Verspätung und sein rustikales Aussehen gestern. Ein Anfang.

Er wandte sich seinem Sohn zu und kniete sich zu ihm auf den Boden, um mit ihm zu spielen. Doch er unterbrach dies nach kurzer Zeit und fragte sie: »Was hatte er da am Bahnhof eigentlich mit dir zu schaffen?«

War das Eifersucht, die da mitklang?

»Ich habe ihn im Zug kennengelernt und er hat mein Gepäck getragen. Später kam er nochmal zurück und wollte helfen. Weil ich so lange gewartet habe.«

Er verzog schuldbewusst das Gesicht, sagte dann aber finster:»Ja, ich bin mir sicher, dass er *helfen* wollte!«

Sie stellte das Essen auf den Tisch und musste fast schmunzeln. Das klang tatsächlich wie Eifersucht. Aber vielleicht war es auch nur Besitzanspruch.

»Ja wirklich, er war sehr höflich zu mir. Ein bisschen zu neugierig vielleicht. Kennst du ihn eigentlich schon lange? Was ist er für ein Mensch?«

Seine Stirn runzelte sich noch mehr.

»Er ist ein.... Anwalt.«

Gillian war sich sicher, dass er statt »Anwalt« eigentlich lieber etwas ganz Anderes gesagt hätte.

»Und er *war* einmal mein bester Freund. Und dich braucht es nicht zu interessieren, was er für ein Mensch ist.«

Oh. Das war... *interessant.* Ihr fiel plötzlich etwas ein.

»Er hat mich vor dir gewarnt, weißt du?«

»*Das* kann ich mir lebhaft vorstellen.«

Er stand schnell auf, hob Charlie vom Boden hoch und setzte sich mit ihm an den Tisch.

»Hör zu«, sagte er. »Ich will nicht mehr mit dir über Thomas Brigham sprechen. Das verdirbt mir den Tag.«

Sie verbiss sich ihr Grinsen, denn sie wollte ihn nicht unnötig provozieren.

»In Ordnung, wie du willst.«

Sie setzte sich zu ihm und schenkte ihnen beiden Kaffee ein.

»Worüber sprechen wir dann?«, fragte sie schelmisch.

Er lud sich einen Berg Rührei und einen Pfannkuchen auf den Teller und sagte in besänftigterem Ton: »Hm, vielleicht darüber, dass ich dir heute die Ranch zeigen will? Schließlich solltest du deine Umgebung etwas kennenlernen. Damit du dich nicht gleich hoffnungslos verläufst.«

Die letzte Bemerkung kränkte sie ein wenig, aber sie ignorierte sie und sagte: »Das würde mir sehr gefallen. Fahren wir wieder mit der Kutsche? Und Justin?«

Ein wölfisches Grinsen breitete sich auf seinem Gesicht aus. »Justin? Ja. Kutsche? Nein.«

Sie hatte gerade einen Schluck Kaffee genommen und verschluckte sich fast daran. »Du willst dass ich... *reite*?«

Er hob zur Bestätigung die Augenbrauen und sein Grinsen wurde noch breiter. »Man kann die Ranch nur zu Pferd richtig besichtigen.« Es war fast als hätte er ein Vergnügen daran, sie zu quälen.

»Aber...«, sie war sicher dass sie kalkweiß geworden war, »ich *kann* nicht reiten!«

Zu ihrer Überraschung nahm er beschwichtigend ihre Hand. Sein Daumen strich leicht über ihren Handrücken. Tat er das unbewusst oder war das Absicht?

»Gillian. Justin ist zwanzig Jahre alt und brav wie ein Lamm. Wenn es auf dieser Ranch ein einziges Pferd gibt, dem du blind vertrauen kannst, dann ist er es.« Er wies mit dem Kopf auf seinen Sohn. »Ich würde sogar Charlie auf ihn setzen, wenn es sein müsste.«

Er ließ ihre Hand los und aß unbekümmert weiter.

Sie nickte betäubt. Dann, der rettende Einfall: »Es geht trotzdem nicht. Ich habe keine Reitkleidung.«

»Doch, hast du«, erwiderte er.

»Wie? Was...?«

»Wenn ich mich nicht sehr täusche, müsstest du ungefähr Victorias Größe haben. Ich habe ihre Sachen noch, auf dem Dachboden. Da muss etwas dabei sein.«

»Und Charlie? Wer passt solange auf ihn auf?« Der letzte Anker.

»Pete«, sagte er mit vollem Mund.

»Pete«, wiederholte sie dumpf. Wer war Pete?

*

Die Begegnung mit dem mysteriösen Pete musste noch ein wenig warten, denn etwas später fand sich Gillian mit ihrem Mann auf dem Dachboden seines Hauses wieder.

Er hatte eine Lampe mitgebracht, die er hierhin und dorthin leuchten ließ, bis er gefunden hatte, was er suchte. Er streckte den Arm aus, um ein paar Spinnweben zur Seite zu fegen, duckte sich unter einem Balken hindurch und zog nacheinander zwei ähnlich aussehende, verstaubte Truhen heran.

»Mal sehen«, murmelte er. »In einer von diesen beiden muss es sein...«

Er öffnete die Truhe und Gillian sah sich einer Fülle ordentlich zusammengelegter Damenkleider gegenüber. Sie waren aus schwerem Stoff, zum Teil gefüttert, und gar nicht mal so sehr aus der Mode. Aber das war plausibel. Wenn man bedachte, wie jung Charlie noch war, konnte Victoria noch nicht allzu lange tot sein.

Gillian dachte, dass sie einige dieser Kleider, wenn der Winter kam, sicher gut gebrauchen könnte. Andererseits stellten sich bei ihr auch ein wenig die Nackenhaare auf, wenn sie daran dachte, die Kleidung von Matts verstorbener Frau aufzutragen.

»Nein«, hörte sie ihn jetzt sagen. »Das ist die Winterkleidung, da ist nicht dabei, was ich suche.« Er schloss die Truhe und öffnete die andere. »Ah, da ist es ja«, sagte er nach einigem Suchen und zog etwas heraus, das aussah wie die Kombination einer taillierten Jacke und einer dazu passenden – *Hose*? Sie sollte Hosen tragen?

Nun, praktisch waren sie bestimmt. Und sie würde ja nun nicht in London im Hyde Park reiten. Also nahm sie die nächste Herausforderung in Form eines Bündels Stoff aus seinen Händen und harrte der Dinge, die da kommen sollten.

Als er den Stapel Kleider, die er bei der Suche nach den Reithosen aus der Truhe genommen hatte, zurücklegen wollte, fiel etwas heraus. Sie bückte sich danach und hob es auf. Eine Fotografie.

Sein Blick fiel darauf und er schluckte. Man sah förmlich wie die Erinnerungen ihn einholten und der Ausdruck seines Gesichts ließ keinen Zweifel daran, dass es sehr schmerzhafte Erinnerungen waren.

Gillian betrachtete das Bild. Es zeigte zwei junge Menschen in ihrem Hochzeitsstaat, einer davon war Matt, der andere eine wunderschöne Braut in Weiß mit blonden Locken und einem bildhübschen Gesicht.

Er streckte die Hand danach aus und sie gab es ihm.

»Ihr wart ein hübsches Paar«, sagte sie leise. »Victoria war wirklich wunderschön!«

»Ja«, gab er heiser zurück. Er sah Gillian nicht an und legte das Bild in die Truhe, bevor er den Deckel schnell herunterfallen ließ.

»Das war sie.«

Dann ging plötzlich ein Ruck durch ihn und er schwenkte wieder die Lampe herum. »Irgendwo hier müssen auch noch ihre Stiefel sein...«

*

Als Gillian wenig später aus ihrem Zimmer kam, in Reitkleidung und Stiefeln, fühlte sie sich mehr als unbehaglich. In Victorias Sachen herumzulaufen erschien ihr einfach nicht richtig, vor allem nachdem sie Matts Blick auf dem Dachboden gesehen hatte.

Wenn ihr Mann, der vor ihrem Zimmer mit verschränkten Armen auf sie gewartet hatte, etwas Ähnliches dachte, ließ er sich nicht das Geringste anmerken, sondern fragte nur: »Und, passt alles?«

»Bis auf die Stiefel, ja«, sagte sie.

»Zu klein oder zu groß?«

»Ein wenig zu klein. Aber es wird gehen.«

»Wir lassen dir bei Gelegenheit neue machen«, versprach er. »Gute Stiefel sind hier etwas Unentbehrliches. Das wirst du noch merken.«

»Ich weiß nicht, Matt«, zögerte Gillian. »Macht es dir wirklich nichts aus, wenn ich Victorias Sachen...«

Er zuckte die Schultern. »Sie hat das nie getragen.«

Kapitel 6

Sie packten etwas zu Essen ein, nahmen Charlie und begaben sich zu den Stallungen. Als sie in das Dämmerlicht der großen Scheune traten, wurde es Gillian klar, dass es nicht nur Pete war, den sie in diesem Moment kennenlernen sollte, sondern die gesamte Mannschaft der Ranch hatte sich dort versammelt, um die neue Frau des Bosses zu begrüßen.

Und sie trug Hosen.

Es hätte nicht peinlicher sein können. Matthew wusste nicht, was er ihr damit antat. Doch komischerweise schien sich niemand außer ihr groß daran zu stören oder es amüsant zu finden. Entweder fand man hier im Westen wirklich nichts dabei oder die Männer trauten sich in Anwesenheit ihres Bosses nicht, sich irgendetwas anmerken zu lassen. Sie vermutete ein bisschen von Beidem.

Insgesamt zählte die Crew etwa ein Dutzend Männer, von denen aber die meisten Treiber waren, die nur während der Saison auf der Ranch beschäftigt wurden. Die Stammbesetzung bildeten natürlich Pete und eine Handvoll anderer Männer. Der jüngste von ihnen war Sam, ein schlaksiger Halbwüchsiger, fast noch ein Junge. Er lächelte scheu, als Gillian ihm die Hand gab, und lief ganz leicht rot an. Die anderen Cowboys zogen ihn damit auf, was Gillian etwas peinlich war.

Alle Männer begrüßten sie höflich, während Matt sie vorstellte und dabei fast ein wenig stolz aussah. Pete war ihr auf Anhieb sympathisch. Matthew hatte angedeutet, dass dieser Mann in seinem Leben eine wichtige Rolle einnahm und es fiel ihr nicht schwer zu verstehen, warum. Als Pete sie begrüßte, küsste er mit einem schelmischen Blitzen in den Augen ihre Hand und er nannte sie scherzhaft »Madame«. Seinem raubeinigen Charme konnte man einfach nicht widerstehen.

Charlie tapste freudig auf ihn zu und der Vormann streckte seine Arme aus und hob den Kleinen begeistert hoch.

»Na, mein Kleiner, komm zum alten Pete!«, rief er und begann gleich, mit dem Kind herumzualbern.

Hier war Charlie in guten Händen, soviel konnte sie sehen.

Wenige Augenblicke später begegnete Gillian ihrer nächsten Herausforderung. Gesattelt und gezäumt blickte sie sie aus großen dunklen Augen unter langen Wimpern an. Matt schob sie sanft darauf zu und als sie das Pferd an der Nase streichelte, blies es ihr sacht seinen Atem entgegen.

»Hallo, Justin«, sagte sie kleinlaut.

Es kostete sie einige Überwindung, doch sie ließ sich schließlich von Matt in den Sattel helfen. Es war ein Herrensattel mit einem Sattelhorn und großen, breiten Steigbügeln, wie es im Westen üblich war. Zum ersten Mal an diesem Tag war sie froh, dass sie eine Hose trug, denn ein Kleid wäre bei dieser Art zu sitzen unweigerlich nach oben gerutscht. Damensättel gab es keine auf der Ranch. Matt hatte ihr erklärt, dass man im Damensattel ohnehin viel zu unsicher saß.

Von da oben sah die Welt anders aus und sie fand alles etwas wackelig. Es war seltsam, die Bewegungen des Tieres unter sich zu spüren, aber Matt riet ihr, sich zu entspannen und möglichst gerade zu sitzen, der Rest käme später wie von selbst.

»Ich kann ihn auch an eine Leine nehmen, wenn du willst«, schlug er vor, als er die leichte Panik in ihren Augen sah.

»Wäre das besser?«, fragte sie hoffnungsvoll.

»Nein. Dabei lernst du gar nichts.«

Oh, er konnte so grausam sein.

Mühelos schwang er sich auf sein Pferd, eine goldrot glänzende, temperamentvolle Fuchsstute namens Ruby, und ritt ohne sich noch weiter nach Gillian umzusehen einfach los.

Justin lief ohne ihr Zutun hinterher. Es fühlte sich ungewohnt an, aber der Wallach war wirklich ein Gentleman und benahm sich anständig. Sie blieben in der langsamsten Gangart und mit der Zeit entspannte sich Gillian so sehr, dass sie auch aufnehmen konnte, was Matt ihr zeigte. Sie erfuhr, dass die Birch Creek Ranch mit ihren knapp sechstausend Rindern noch »in den Kinderschuhen« steckte, was sie ungläubig staunend zur Kenntnis nahm, denn schon sechstausend schien ihr eine ungeheure Zahl zu sein. Matt steckte zur Zeit jeden Cent, den er hatte, in den Aufbau und die Erweiterung der Zucht und wenn es so gut weiterlief, wie im Moment, würde er in absehbarer Zeit schwarze Zahlen schreiben.

»Gehst du eigentlich auch immer mit auf den Viehtrieb?«, fragte Gillian, als Matt ihr davon erzählte, wie die Herden jedes Jahr im Herbst zum Verkauf getrieben wurden.

»Früher schon«, antwortete er. »Aber seit Charlie da ist, nicht mehr. Es ist ganz schön. Eine willkommene Abwechslung, auch wenn es harte Arbeit ist. Wir können ja irgendwann mal gemeinsam mitreiten, wenn du möchtest. Es kann sehr romantisch sein, so unter dem Sternenzelt zu schlafen«, zwinkerte er ihr zu.

»Ist Victoria auch mitgeritten?«

Er wurde ernst und blickte geradeaus.

»Nein.«

Sie spürte, dass sie die falsche Frage gestellt hatte. Schnell versuchte sie, die unangenehme Situation zu überspielen.

»Oh Gott«, lachte sie, »Ich bin noch nicht mal einen Tag auf dem Pferd und mir tut jetzt schon alles weh! Wie soll das wochenlang möglich sein?«

Er betrachtete sie eine Weile, während er schweigend neben ihr her ritt. Gillian wurde nervös, sie fühlte sich schon wieder wie auf dem Prüfstand.

Schließlich neigte er kurz den Kopf und lächelte. »Daran gewöhnt man sich. Du hältst dich gar nicht schlecht bisher. Man würde nicht meinen, dass du zuvor noch nie auf einem Pferd gesessen hast.«

War es sein Lob oder sein Lächeln, das dieses warmes Prickeln in ihrer Magengrube entstehen ließ?

Plötzlich schweifte sein Blick ab und er fixierte stirnrunzelnd einen entfernteren Punkt.

»Was ist?«, fragte Gillian.

»Siehst du diese Kuh da drüben? So wie sie dort steht, abseits der Herde... Das ist nicht normal. Vielleicht ist sie krank, oder es ist etwas mit ihrem Kalb.«

Er warf ihr einen aufmunternden Blick zu. »Wollen wir nachsehen? Traust du dir zu, etwas – ähm – schneller zu reiten?«

Sie nickte angespannt.

Er trieb sein Pferd in den Trab und Justin folgte in der gleichen Gangart.

Es war furchtbar. Gillian hatte das Gefühl, jeden Moment aus dem Sattel gestoßen zu werden. Bei jedem Tritt des Pferdes wurde sie emporgehoben, um dann mit ihrer Kehrseite empfindlich hart auf dem Sattel zu landen. In ihrer Panik zog sie die Beine an und drohte, die Steigbügel zu verlieren. Krampfhaft suchte sie Halt am Sattelhorn.

»Locker bleiben! Beine lang!«, rief Matt ihr zu. Und auch, wenn sie all ihre Konzentration aufbringen musste, um nicht vom Pferd zu fallen, entging ihr doch das amüsierte Grinsen nicht, dass er sich anscheinend nicht verkneifen konnte.

Zum Glück war es schnell vorbei, denn sie waren bei dem braunscheckigen Rind angelangt, dass sich auch durch die beiden Reiter nicht von seinem Platz vertreiben ließ.

Mit einem Satz war Matt aus dem Sattel. »Ah. Da ist es ja.«

Das wenige Tage alte Kalb steckte in einem dichten Gestrüpp. Es hatte sich hoffnungslos darin verheddert und jeder Versuch, sich zu befreien, endete in einem kraftlosen Niedersinken. Es blökte jämmerlich und seine Mutter antwortete mit einem tiefen Muhen.

Gillian blickte etwas unsicher auf die Kuh. »Wird sie nicht angreifen?«

»Nein«, lachte Matt. »Das ist eine Hereford. Die sind friedlich.«

Er ging zu seiner Satteltasche und holte eine große Schere heraus. Dann machte er sich daran, das Kalb freizuschneiden, doch es zappelte panisch und machte es ihm schwer. Er fluchte leise.

Gillian stieg ab. Als ihre Beine den Boden berührten, schmerzten sie und sie hatte immer noch das Gefühl, das

Pferd unter sich zu spüren. Doch irgendwie wollte sie helfen. Sie ging zu Matt und überraschte sich selbst fast mehr als ihn, indem sie ohne viel zu überlegen beherzt zugriff und die strampelnden Beine des Kalbes festhielt.

Schließlich schafften sie mit vereinten Kräften, das Kalb zu befreien und nachdem Matt es kurz auf Verletzungen abgesucht hatte, entließ er es mit einem kleinen Klaps zu seiner Mutter, die zufrieden mit ihm das Weite suchte. Gillian lachte, als sie ihnen nachsah. Als ihr Blick zu Matt ging, stellte sie fest, dass er nicht lachte. Stattdessen musterte er sie von oben bis unten. So als hätte sie gerade etwas Unerhörtes getan.

Doch dann breitete sich ein Lächeln auf seinem Gesicht aus. »Gut gemacht!«

Wieder dieses Kribbeln.

Gillian sah verlegen zu Boden. »Vielleicht werde ich ja noch ein Treiber«, meinte sie trocken.

Er warf den Kopf zurück und lachte laut und ließ dabei seine ebenmäßigen, weißen Zähne sehen. Sie hatte ihn noch nie lachen hören. Es gab ihm etwas Jungenhaftes, Unwiderstehliches. Gillian hatte plötzlich ganz schwache Beine.

»Zuerst«, sagte Matt jetzt und hob belehrend einen Finger, »musst du aber noch ein paar andere Dinge lernen. Wie man ein Lasso wirft, zum Beispiel.« Die silbernen Sprenkel in seinen Augen schienen herausfordernd zu funkeln.

»Oh ja, bitte«, entgegnete Gillian interessiert. »Das möchte ich wirklich gern lernen. Zeigst du es mir?«

Statt einer Antwort ging er zu Ruby und nahm sein Lasso vom Sattel ab.

Mit wenigen, blitzschnellen Handgriffen hatte er das Seil so gefasst, dass er in der rechten Hand eine Schlinge hielt.

Lässig schwang er diese ein paar Mal über dem Kopf und mit einer einzigen, fließenden Bewegung seines muskulösen Armes flog sie über Gillians Oberkörper. Er zog am Seilende und die Schlinge zog sich zu, so dass Gillians Arme dicht an den Körper gepresst wurden.

Augenblicklich stieg Angst in ihr auf.

Reiß dich zusammen, rief sie sich selbst zur Ordnung. *Es ist nur ein Seil. Und er ist weit weg.*

Doch das änderte sich. Langsam holte er das Lasso ein und ging dabei auf sie zu, bis er ganz dicht vor ihr stand. Gillians Angst steigerte sich fast bis zur Panik und sie musste ihren ganzen Willen aufbringen, um nicht zu zittern.

Er wird nichts tun. Er hat es versprochen.

Sie hob den Kopf und sah an ihm empor. Zunächst sah sie nur seine breite Brust, seinen Hals, sein Kinn, dann diesen irritierenden Mund, der sich zu einem spöttischen Lächeln verzogen hatte. Schließlich seine Augen, deren intensives Silberblau sich tief in ihre Seele zu bohren schien. Sie konnte diesem Blick kaum standhalten, und doch gab es kein Entkommen. Sie fühlte eine verwirrende Mischung aus Furcht und Faszination, die sie so im Griff hatte, dass sie kaum atmen konnte.

Ein amüsiertes Zucken spielte um seine Mundwinkel. Sein Blick ging zu ihrem Mund und blieb dort liegen. Gillians Herz schlug fest gegen ihre Brust, und so nah wie er war, dachte sie, er müsse es spüren. Und tatsächlich, wenn er auch ihren rasenden Puls nicht wirklich gefühlt haben konnte, er schien plötzlich etwas bemerkt zu haben. Flüchtig runzelte er die Stirn und wurde ernst.

»Ich...«, er räusperte sich, »bitte um Verzeihung. Das war etwas unhöflich, schätze ich.«

Er schob sie von sich und befreite sie umgehend von dem Lasso. Fast hätte sie vor Erleichterung aufgeseufzt.

Doch damit war Gillian noch nicht erlöst. Er drückte ihr das Lasso in die Hand und erklärte ihr, wie sie sich hinzustellen hatte. Er selbst stellte sich hinter sie. Er war so nah, dass sie seine feste Brust an ihrem Rücken spürte. Er fasste um sie herum und seine Hand schloss sich gemeinsam mit ihrer um das Seil. Behutsam führte er ihren Arm, um die Schlinge zu schwingen. Sie brauchte eine Weile, aber nach einiger Zeit hatte sie es heraus. Er ließ sie los und gab ihr Anweisungen, wie sie die Schlinge zu werfen hatte. Als Ziel hatte er einen dickeren Ast ausgewählt, der aus dem Gestrüpp vor ihnen herausragte.

Sie warf. Daneben, natürlich.

Er nickte. »Niemand trifft beim ersten Mal. Man muss es üben. Versuche es nochmal.«

Wenigstens lachte er sie nicht aus.

Sie versuchte es noch einige Male und die Konzentration ließ sie ihre eben noch ausgestandene Angst vollständig vergessen. Ihre vielen Fehlversuche führten schließlich doch noch dazu, dass sie beide lachen mussten. Sie schaffte nicht, die Schlinge über den Ast zu werfen und gab es letztlich erheitert auf.

Da sie ohnehin schon abgesessen waren, entschieden sie sich, ihre Mittagsrast gleich hier einzulegen. Sie setzten sich auf eine Decke und aßen den mitgebrachten Proviant. Nach einer Weile fragte Matt: »Wie kommt eigentlich eine hübsche Gouvernante aus Boston dazu, auf die Heiratsannonce eines Viehbauern in Wyoming zu antworten?«

Sie erstarrte. Was sollte sie sagen? Die Wahrheit? Ausgeschlossen.

»Ich... wünschte mir eine Familie«, sagte sie lahm und an der Hitze, die in ihren Wangen hochstieg, merkte sie, dass sie errötete.

Er hob die Augenbrauen. »Und dazu musstest du in den Westen?« Ein herausforderndes Lächeln umspielte seine Augen. »Ich kann mir nicht vorstellen, dass es in Boston keine Bewerber gab.«

Sie schluckte und reckte das Kinn. »Ich habe weder Geld noch irgendein Erbe zu erwarten. Das hat die Zahl der ernsthaft interessierten Bewerber leider etwas eingeschränkt.«

Er beugte sich vor, streckte einen Finger aus und strich eine ihrer vorwitzigen Locken zurück, die der Wind in ihr Gesicht geweht hatte.

»Na, was für ein Glück für mich, oder?«, raunte er.

Ihr wurde plötzlich ganz heiß, denn sein Blick schien sie zu versengen. Sie wandte die Augen ab und erwiderte nichts.

Er lachte leise. Dann stand er unvermittelt auf und streckte ihr die Hand hin. »Komm«, forderte er sie auf. »Lass uns weiterreiten.«

*

Der restliche Tag verging wie im Flug. Matt zeigte Gillian nicht nur die Herden, sondern er führte sie auch an ein paar wunderschöne Orte. Hier eine raue Felsformation, dort ein kleines Wäldchen, einen verwunschen gelegenen See oder ein Meer aus Gras und Prärieblumen. Bei all dem spürte sie seinen Stolz und eine unausgesprochene, tiefe Liebe zu seinem Land. So langsam verstand sie auch, warum sie keine Kutsche hatten nehmen können. Das Gelände war anspruchsvoll und sie hatte einige Mühe beim Reiten, aber er ließ sie rasten, wenn sie es brauchte und passte sich stets ihrem Tempo an.

Kurz vor Sonnenuntergang kehrten sie zur Ranch zurück. Gillian schmerzte jeder Knochen im Leib und ihre Kehrseite fühlte sie nicht mehr, als Matt ihr lachend vom Pferd half.

Pete, der Charlie schon zu Bett gebracht hatte, verließ das Haus mit einem Augenzwinkern, als sie es betraten. Er hatte dankenswerterweise etwas zu Essen bereitgestellt, so dass Gillian nach ein paar Bissen und einem heißen Bad einfach nur noch in ihr Bett zu fallen brauchte. Sie schlief wie eine Tote in dieser Nacht.

Kapitel 7

Matt überraschte Gillian am nächsten Morgen, indem er ihr verkündete, dass er mit ihr in die Stadt fahren wolle. Er hatte ein paar Besorgungen zu machen und bei dieser Gelegenheit wollte er beim Schuhmacher Gillians Füße vermessen lassen. Am Abend zuvor hatte sie kaum ihre mit Blasen übersäten, geschwollenen Füße aus den viel zu kleinen Stiefeln bekommen. Nur unter seiner tatkräftigen Mithilfe war es gelungen und er hatte ein wenig mit ihr geschimpft, weil sie ihm nicht früher gesagt hatte, dass die Stiefel *so* klein waren.

Ihr Einwand, dass ihr so ein wunderschöner Tag entgangen wäre, hatte ihm zwar ein Lächeln entlockt, aber dann hatte er gesagt, es ginge nicht an, dass seine Frau keine vernünftigen Stiefel hätte. Daher also heute der Schuhmacher.

Wenn sie ehrlich war, wäre es ihr lieber gewesen, sie hätte heute auf keiner Kutsche sitzen müssen, sondern sich wahlweise in die Badewanne oder in ihr Bett verkriechen können. Denn auf schmerzhafte Art und Weise musste sie feststellen, dass sie Muskeln in ihrem Körper hatte, von denen sie gar nicht gewusst hatte, dass es sie gab.

Nachdem sie beim Schuhmacher fertig waren, wollte Matthew mit dem Eisenwarenhändler einen größeren Posten planen. Da er vermutete, dass dies für Gillian eher langweilig würde, drückte er ihr einen Geldschein in die Hand und schickte sie damit in das Geschäft von Mr. und Mrs. Albridge. Ein Gemischtwarenladen, in dem es von der Wäscheklammer über die Salzgurke bis zum Brautkleid fast alles gab. Er sagte ihr, sie sollte alles kaufen oder bestellen, was ihrer Meinung nach in der Küche oder bei den Vorräten noch fehlte. Und sie sollte sich ein hübsches Kleid aussuchen, falls sie eines fand. In ihrer kleinen Reisetasche könne ja nicht viel an Garderobe drin gewesen sein.

Es war offensichtlich was er tat: Er sorgte für sie. Er verhielt sich wie ein Ehemann.

Gillian hatte kein gutes Gefühl dabei, wenn sie jetzt so viel seines hart erarbeiteten Geldes ausgeben sollte, da es doch noch gar nicht sicher war, ob sie wirklich zusammenblieben.

Aber sie musste zugeben, dass auch sie selbst sich mehr und mehr wie eine Ehefrau fühlte. Wenn auch zu einer richtigen Ehe noch ein wichtiges Detail fehlte. Bei dem Gedanken daran überfiel sie Furcht und wenn sie diese eigenartige Probezeit einfach ohne dieses Detail hätte beenden können, wäre es ihr nicht unrecht gewesen. Aber das war natürlich Unsinn.

Dabei war es nicht so, dass sie ihren Mann nicht anziehend gefunden hätte. Nein, ganz im Gegenteil. Wenn er nett zu ihr war und mit ihr lachte, wenn er mit seinen unergründlichen Augen tief in ihre blickte, wenn er sie auf die Wange küsste, wenn ihre Hände sich flüchtig, oder auch gar nicht so flüchtig berührten, dann zog dieses merkwürdige Ziehen in ihrer Brust auf und sie hatte das starke Gefühl, irgendetwas tun zu müssen, um ihm ganz nah zu sein. Sie wollte ihn dann berühren und sie wollte, dass er sie berührte. Und auch, wenn ihre Erfahrungen damit bisher eher zu wünschen übrig ließen, sie wollte, dass er sie küsste. Er hatte das bisher noch nicht getan. Warum wusste sie nicht. Aber sie konnte nicht umhin, sie sehnte es herbei.

Doch was dann? Nur mit Küssen würde er sich gewiss nicht zufrieden geben. Und dann...

»Gillian?«, hörte sie das warme Timbre seiner Stimme so dicht neben ihrem Ohr, dass sie seinen Atem auf ihrer Haut spürte. Er riss sie damit so plötzlich aus ihren Gedanken, dass sie zusammenzuckte.

»Geht es dir gut?«, schmunzelte er.

»Was? Ja«, antwortete sie konfus.

»Ich habe gefragt, ob du Charlie mitnehmen kannst. Beim Eisenwarenhändler gibt es zu viele spitze Dinge und ich kann ihn nicht die ganze Zeit im Blick behalten. Wenn du fertig bist, geh' zum Kaffeehaus. Wir treffen uns dann dort.«

Sie nahm also das Kind und steuerte den Laden an.

Im Geschäft der Albridges stellte sie sich kurz vor und besprach mit der Ladenbesitzerin die Dinge und Lebensmittel, die sie kaufen wollte.

Wie wohl jeder Laden dieser Art in Nordamerika, war dies hier nicht nur ein Geschäft, sondern auch ein beliebter Umschlagplatz der Klatschbasen der Stadt. Ehrenwerte Damen, die in irgendwelchen Ecken saßen oder standen, tuschelnd die Köpfe zusammensteckten und jede noch so kleine Neuigkeit, die sich in ihrem ansonsten recht langweiligen Leben abspielte, begierig aufsaugten und entsprechend verteilten.

So war es also auch hier und als die Damen erst einmal gehört hatten, wer die junge Frau war, die da mit Matt Coles Kind auf der Hüfte in den Laden spaziert war, nahm die Lawine ihren Lauf. Die Kleinstadt-Gerüchteküche wurde angeheizt. Aber damit nicht genug, in ihrem Eifer, jedes kleine Detail der unerwarteten und bis dahin weithin unbekannten Eheschließung in ihren Erstbesitz zu bringen, überschlugen sich die netten Frauen mit Komplimenten. Sie bestürmten Gillian mit Fragen und sprachen sogar mehr oder weniger ernst gemeinte Einladungen zu so wichtigen Zusammentreffen wie Quilt- oder Kirchenkreisen aus.

Gillian war seit ihrer Ankunft in Medicine Bow keinesfalls vertrauensseliger geworden, also hielt sie sich mit Details zurück, wenn auch unter Aufbringung aller möglichen Höflichkeit. Sicher war das auch in Matts Sinne. Er selbst hatte schließlich die Umstände ihrer Heirat auch nicht an die große Glocke gehängt.

Hätte Gillian allerdings schon länger in dieser Stadt gelebt, hätte sie auch gewusst, warum, denn diese vordergründig netten Damen waren ihm durchaus nicht alle freundlich gesonnen. Ein wenig bekam sie das zu spüren, denn eine ältliche Dame, die sich als Mrs. Ada Soames vorgestellt hatte, ließ einige merkwürdige Andeutungen aus ihrem spitzen Gesicht fallen und fragte Gillian, »ob es ihr denn auch wirklich gut erginge, da draußen auf der Birch Creek« und wie »er sie denn so behandelte«. Gillian wich den Fragen aus, indem sie sich bei Mrs. Albridge nach einem passenden Kleid erkundigte, und die darauffolgenden Diskussionen und Anproben lenkten die Gespräche wieder auf sichereren Boden.

Als sie das Geschäft verließ, fühlte Gillian sich erschöpfter und ausgelaugter als nach dem Tagesritt am Tag zuvor, und das sollte etwas heißen.

Sie machte sich auf den Weg ins Kaffeehaus. Dabei wurde sie Zeugin eines Unfalls. Als eine junge Frau, die durch ihre offenherzige Kleidung eindeutig als eine Dame des lasterhaften Gewerbes zu erkennen war, die Straße überqueren wollte, kam ein rücksichtsloser Reiter herangaloppiert. Er ritt genau auf die Prostituierte zu, und sein Pferd streifte diese an der Schulter, so dass sie schmerzhaft der Länge nach hinschlug. Obwohl die Frau benommen auf der Straße liegen blieb, ritt der Mann einfach weiter. Gefährlich schnell näherten sich andere Reiter, auch Gespanne, aber niemanden schien es zu interessieren.

Mitsamt Charlie auf ihrem Arm eilte Gillian auf die Frau zu und berührte sie leicht an der Schulter. »Miss? Sind sie verletzt?«

Die Hure ließ einen kleinen Schmerzlaut hören, murmelte dann aber ein »Nein« in den Sand und mit Gillians Hilfe stand sie schließlich auf.

Gillian zog sie eilig aus der Gefahrenzone, während Charlie ein quietschendes Lachen ausstieß und seine Arme nach der Frau ausstreckte.

Ein Lächeln erhellte das Gesicht der Dirne. »Charlie!«, rief sie erfreut, küsste seine kleinen Hände und zwickte sanft in seine Pausbäckchen. »Wie geht es dir denn, mein Schätzchen?«

Gillian brauchte nicht lange, um in der Frau die Hure zu erkennen, die Matt an ihrem Hochzeitstag geküsst hatte. Sie wusste nicht recht, wie sie damit umgehen sollte, aber die Frau war ihr trotz allem sympathisch.

Sie hatte ein nettes Lächeln, eine warme Stimme und ihre Augen leuchteten, als sie Gillian dankbar anblickte. Unter ihrer grellen Schminke war sie recht hübsch, wenn auch nicht mehr ganz so jung, wie sie von weitem gewirkt hatte. Man konnte sie auf Anfang Dreißig schätzen. Vermutlich war sie aber jünger als sie aussah. Ein solches Leben ging an einer Frau sicher nicht spurlos vorüber.

»Vielen Dank, Ma'am«, sagte sie nun. »Sie müssen ein gutes Herz haben, wenn Sie einer armen Hure aus einer Notlage helfen. Alle anderen von *diesen netten Menschen hier* scheren sich ja eher einen Dreck darum.« Sie machte dabei eine ausschweifende Handbewegung und bedachte ihren letzten Satz mit einem wütenden Unterton.

»Geht es Ihnen auch wirklich gut?«, fragte Gillian. Die Frau hatte eine große Beule auf ihrer Stirn und eine hässliche Schürfwunde am Kinn. Gillian starrte darauf und die Hure befühlte daraufhin ihr eigenes Gesicht.

»Verdammt«, entfuhr es ihr. »Phil wird mich umbringen, das ist schlecht für's Geschäft.«

Gillian musste bestürzt ausgesehen haben, denn die Frau zwinkerte ihr zu. »Entschuldigen sie Ma'am. Ich hätte nicht vor Ihnen fluchen sollen, schätze ich.«

Sie hatte Gillian ganz offensichtlich missverstanden, denn es war nicht der Fluch, der sie erschrocken hatte, sondern die plötzliche, schonungslose Erkenntnis, dass diese Frau nichts weiter als die Leibeigene eines skrupellosen Geschäftsmannes war.

»Ach was«, entgegnete Gillian und spielte das Spiel mit, denn sie konnte sich nicht vorstellen, dass die Hure ihr Mitleid wollte. »Ich bin nicht so zart besaitet. Und bitte – nennen Sie mich nicht Ma'am. Ich heiße Gillian. Gillian MacAv... äh... Gillian Cole.« Sie streckte der Frau ihre Hand hin.

»Ich weiß wer Sie sind«, lächelte diese und ergriff ihre Hand. »Nur einer Frau außer mir würde Matt seinen Charlie anvertrauen, also konnten Sie nur *seine* Frau sein. Ich bin Lizzie Robbins.«

Gillian fühlte einen kleinen Stich, als sie hörte, dass Matt dieser Frau seinen Sohn »anvertrauen würde«, setzte es doch eine ganz besondere Beziehung voraus, die er zu ihr unterhalten musste. Trotzdem beschloss Gillian, es nicht zu sehr an sich herankommen zu lassen. Wer wusste schon, was dahinter steckte. Vielleicht würde Matt es ihr ja eines Tages von sich aus erzählen.

»Ich bin gerade auf dem Weg ins Kaffeehaus. Möchten Sie vielleicht mitkommen?«

Lizzie hätte nicht verblüffter aussehen können. So etwas hatte sie wahrscheinlich noch nie erlebt.

Lachend schüttelte sie den Kopf. »Vielen Dank, Gillian. Aber erstens habe ich dort gar keinen Zutritt und zweitens glaube ich, es ist besser für Ihren Ruf, wenn Sie sich lieber nicht mit mir abgeben.«

Sie zwinkerte ihr zu und wandte sich zum Gehen. »Auf Wiedersehen, Gillian. Und geben Sie gut Acht auf Ihre beiden Helden.«

*

Auf dem Platz vor dem Kaffeehaus standen Tische und Stühle, auf denen die Gäste im Freien sitzen konnten. Gillian ließ sich dort auf einen Stuhl fallen, froh, dass sie sitzen und ihre schmerzenden Muskeln ausruhen konnte. Matt war noch nicht da, und so kaufte sie sich eine Limonade. Sie ließ Charlie ein paar Mal davon nippen und hatte ihre Freude daran, zu sehen wie das herbsüße Getränk den kleinen Kerl in helle Begeisterung versetzte. Während sie noch über ihre heutigen Begegnungen nachdachte, kam ihr Mann und setzte sich zu ihr. Er strich Charlie über den Kopf und fragte: »Na, hattet ihr eine schöne Zeit?«

»Wie man's nimmt«, lächelte sie. »Es war eher... interessant.«

Er hob fragend die Augenbrauen.

»Ich habe Bekanntschaft mit Mrs. Ada Soames gemacht.« Sie schauderte leicht. »Irgendwie ist mir diese Frau unheimlich.«

»Kann ich mir vorstellen. Die alte Hexe!«, knurrte er grimmig.

»Sie hat mir komische Fragen gestellt.«

Er zuckte die Schultern. »Diese alten Waschweiber wollen immer alles genau wissen, sonst ersticken sie vor Neugier.«

Gillian drehte gedankenvoll ihr Limonadenglas. »Ich habe auch Lizzie Robbins kennengelernt. Sie hatte einen kleinen Unfall und ich habe ihr geholfen.«

Sie hob schnell den Blick und forschte in seinem Gesicht nach irgendeiner Reaktion. Doch er blickte ihr völlig ausdruckslos in die Augen und schwieg.

Dann nickte er. »Das war nett von dir. Geht es ihr gut?«

»Ja, ihr ist nicht viel passiert. Sie ist nett. Charlie mag sie auch.«

»Ja. Er kennt sie.«

Das Thema wurde ihm unangenehm, das spürte sie deutlich und er wich weiteren Fragen aus, indem er sagte: »Trink deine Limonade aus. Wir müssen zurück.«

*

Auf der Ranch wurden sie von Pete erwartet. »Matt, drei von den neuen Kühen haben verkalbt.«

Matt runzelte kurz die Stirn. »Nur drei?«

Pete nickte. »Bisher ja.«

»Sind sie schon auf den Weiden?«

»Nein, immer noch im Pferch«.

»Gut, lass sie da. Wir wollen kein Risiko eingehen. Ich komm gleich raus und sehe es mir an.«

»In Ordnung, bis gleich.«

Pete ritt davon.

»Was heißt das, ›sie haben verkalbt‹?«, wollte Gillian wissen.

»Sie haben tote Kälber geboren«, erklärte ihr Matt.

»Oh, das tut mir sehr leid«, sagte sie erschrocken. »Wie konnte das denn geschehen?«

Er hob die Achseln. »Wer weiß, vielleicht hat ihnen das Treiben zugesetzt. Ein paar verkalben immer.« Er strich sacht über ihren Arm. »Mach dir nicht so viele Gedanken darüber. So etwas kann immer wieder mal vorkommen.«

Kurz darauf machte er sich auf den Weg zum Pferch. Gillian erledigte ihre Haushaltspflichten und spielte mit Charlie.

Beim Abendessen war Matt schweigsam. Gillian erwischte ihn mehr als einmal dabei, wie er sie nachdenklich betrachtete. Ihr wurde plötzlich warm, denn sie fragte sich, ob er in Erwägung zog, die Probezeit zu beenden. Ob in die eine oder in die andere Richtung. Oder aber ihre Begegnung mit Lizzie Robbins hatte etwas damit zu tun. Seit sie ihm davon erzählt hatte, spielte er wieder den Wortkargen.

Doch er unternahm nichts dergleichen. Nach dem Essen brachte er Charlie ins Bett, ging mit einem Buch in sein Zimmer und blieb dort.

Kapitel 8

Als Gillian am nächsten Morgen auf die Veranda kam, um die Milch und die Eier hereinzuholen, die ihr einer der Rancharbeiter immer bereitstellte, musste sie feststellen, dass die Eier geplündert worden waren und die Milchkanne umgeworfen und leergelaufen war. Als sie Matt davon erzählte, sagte er: »Das waren die Waschbären. Ich werde ein paar Fallen aufstellen.«

»Oh, bitte nicht«, bat sie. Die Waschbären taten ihr leid, und auch wenn sie Matts Beweggründe verstand, sie wollte nicht, dass die possierlichen Tiere wegen ihr getötet wurden. »Bitte Sam doch einfach, die Eier und die Milch das nächste Mal ins Haus zu stellen. Es macht mir nichts aus, wenn er dazu hereinkommt.«

Matt stürzte seinen letzten Schluck Kaffee hinunter, stand auf und setzte sich seinen Hut auf. »Gillian, die werden immer dreister. Bevor du noch bis drei zählen kannst, werden sie in der Küche sitzen und unsere Vorräte plündern.«

»Ich passe schon auf, dass das nicht passiert«, erwiderte sie.

Er hob zweifelnd die Augenbrauen und gab ihr einen kleinen Kuss. Wieder einmal nur auf die Wange. »Ich muss los. Bis später.«

»Bis später. Ich werde etwas waschen heute, denke ich. Charlie hat fast keine Windeln mehr.«

Er nickte zögernd.

»Gillian. Ich... ähm... Ich möchte dir danken, dass du dich hier so gut um alles kümmerst. Vor allem um Charlie. Ich weiß das sehr zu schätzen, musst du wissen. Und es tut mir leid, dass es alles so... schwer ist. Ich wollte, ich könnte dir eine Haushaltshilfe bieten, aber momentan kann ich mir das einfach nicht leisten.«

»Ist schon gut. Ich mache das gern«, sagte sie verlegen.

Aber ihr Herz machte einen Sprung. Das war mit das Netteste, was er ihr bisher gesagt hatte. Sie lächelte ihn an und er lächelte zurück. Es war dieses Lächeln, das ihn so unverschämt gut aussehen ließ, das ihr butterweiche Beine bescherte und ein mehr als flaues Gefühl in ihrem Magen verursachte. Doch plötzlich wurde er ernst und der Blick aus seinen irritierend blauen Augen lag mit einem Mal so durchdringend auf ihr, dass er sich förmlich in ihr Innerstes brannte.

Aber sie wandte ihren Blick nicht ab. Ihre Faszination hielt sie fest.

Er schluckte sichtbar und trat einen Schritt vor. Dann noch einen. Dicht vor ihr blieb er stehen und sah auf sie herab. Sein Blick pendelte zwischen ihren Augen und ihrem Mund hin und her. Gillian wagte es kaum zu atmen. Ihr Herz klopfte wie wild in einer Mischung aus Furcht und Erwartung.

Matt hob die Hand und strich ihr vorsichtig eine lose Haarsträhne aus dem Gesicht. Seine Hand wanderte herab zu ihrem Hals und streichelte sie dort. Wo seine Finger sie berührten, hinterließen sie ein heißes Prickeln auf ihrer Haut und verursachten ihr wohlige Schauer.

Unendlich langsam beugte er sich zu ihr herunter und endlich, nach einer Ewigkeit, wie es ihr schien, senkte sich sein Mund auf ihren. Gillian hätte nicht gedacht, dass sich ihr Herzschlag noch mehr beschleunigen konnte, doch tat er es. Matts Kuss war sanft und zärtlich und er schloss die Augen dabei. Seine Lippen waren warm und weich. Es gefiel ihr. Sehr sogar.

Er umfasste ihre Taille und streichelte ihren Rücken. Behutsam und doch unmissverständlich schob er ihren Körper etwas dichter an den seinen. Und als ob ihn ihre Nähe selbst überwältigte, erschauerte er. Er atmete tief ein und zog sich kurz zurück. Sie fürchtete schon, dass er es beendete. Doch er verließ sie nur kurz und küsste sie sogleich ein zweites Mal. Dabei öffnete er den Mund und umschloss ihre Lippen. Seine Zungenspitze wagte sich vor und fuhr sacht über ihre Unterlippe. Es fühlte sich wunderbar und erregend an. Ein eigenartiges Ziehen breitete sich in Gillians Unterleib aus. Ein völlig neuartiges, aufregendes Gefühl. Ihre Gliedmaßen wurden weich und schwer, sie wurde seltsam willenlos. Alle Furcht war verschwunden.

Sie wünschte sich in diesem Moment, dass dies nie enden möge. Für alle Ewigkeit wollte sie sich in der Innigkeit dieses Augenblicks verlieren. Doch es war viel zu schnell vorüber. Als er sich das nächste Mal zurückzog, blieb es dabei.

»Ich muss jetzt wirklich gehen«, flüsterte er, ein warmes Lächeln in seinen Augen. Damit wandte er sich um und verließ das Haus. Gillian seufzte still und musste sich geradezu zwingen, ihm nicht zu folgen.

*

Auch wenn es auf der Ranch fließendes Wasser gab und niemand hier noch seine Wäsche im Fluss waschen musste, Waschen war eine schwere Arbeit und Gillian hatte alle Hände voll zu tun. Nebenher versorgte sie Charlie, aber um mit ihm zu spielen hatte sie keine Zeit.

Matt hatte ihr gesagt, dass sie das Kind, wenn sie es einmal nicht im Blick behalten konnte, in den kleinen Laufstall auf der Veranda setzten sollte. Charlie war ein neugieriger Entdecker und seit er laufen konnte, war die Gefahr groß, dass er einem unbemerkt entwischte. Für solche unbeaufsichtigten Expeditionen war es auf der Ranch jedoch zu gefährlich. Sie setzte ihn also dort hinein und hängte die gewaschenen Laken, Windeln und Kleidungsstücke neben dem Haus auf eine Wäscheleine.

Plötzlich ertönte Lärm aus der Küche. Ein lautes Klirren und kurz darauf ein Poltern. Der Schreck fuhr ihr in die Glieder. Sie hatte die Haustür doch fest geschlossen. Oder?

Rasch lief sie hinein und sah sich gleich einer ganzen Familie von Waschbären gegenüber, die dabei waren, ihre Küche in ein Schlachtfeld zu verwandeln. Der Zuckertopf lag zusammen mit einem Dutzend Eier zerbrochen auf dem

Fußboden. Die Zucker-Ei-Mischung war fast über die ganze Küche verteilt und zahlreiche Waschbärenpfoten hatten ihre klebrigen Spuren hinterlassen. Damit nicht genug, hatten sie die frisch gebackenen Brotlaibe, die auf dem Küchentisch gelegen hatten, auf den Boden geworfen und faustgroße Löcher hineingefressen.

Mit einem erbosten Ausruf schnappte Gillian sich einen Besen und versuchte, die frechen Biester zu vertreiben. Es gelang ihr nur zum Teil, die Bären zum Fenster hinauszujagen, die anderen kauerten sich fauchend unter die Stühle und einer entwischte sogar aus der Küche in die Diele und verkroch sich unter der Treppe.

Es dauerte eine ganze Weile, bis sie alle Eindringlinge verjagt hatte. Schließlich stand sie außer Atem aber siegreich auf ihren Besen gelehnt mitten in ihrer Küche und konnte sich ein Lachen nicht verbeißen. Es war eine fürchterliche Bescherung, aber sie lachte, laut und ein klein wenig hysterisch, denn sie dachte an Matt und an das Gesicht, das er machen würde wenn er sagte: »Ich hab's dir doch gesagt!«

Doch als sie auf die Veranda kam, blieb ihr das Lachen im Halse stecken.

Charlie war nicht mehr da.

Gillian fühlte ihr Herz für ein paar Schläge aussetzen. Sie blickte sich hilflos um, die Angst schnürte ihr die Kehle zu. Charlie war nirgendwo zu sehen. Sie rief ihn, aber es war sinnlos, denn ein so kleines Kind würde ihr nicht antworten. Verzweifelt sah sie sich nach Hilfe um, doch niemand war da, die Männer waren alle draußen beim Vieh. Schreckliche Bilder tauchten vor ihrem inneren Auge auf, furchtbare Ahnungen davon, dass sie ihn nie wiederfinden würde, dass er zu Tode kam, für immer aus ihrem Leben gerissen wurde. Sie wagte kaum, an Matt zu denken. Es würde ihn umbringen. Und er würde ihr niemals verzeihen, dass sie seinen Sohn verloren hatte.

Zunächst dachte sie daran, dass jemand Charlie mitgenommen haben musste. Allein wäre er doch nie aus dem Laufstall gekommen. Oder war es doch möglich, dass er selbst hinausgeklettert war? Er hatte die Kraft und das Geschick dazu. Sie blickte hinein, ein Kissen lag darin. Ob er es als Leiter benutzt hatte? Es gab ihr Hoffnung, dass er noch in der Nähe war und sie suchte jeden Winkel ab, schaute sogar unter der Veranda nach.

Aber sie fand ihn nicht und die Verzweiflung griff nach ihr wie eine eiskalte Hand.

Doch, da, was war das? Aus dem Augenwinkel nahm sie plötzlich eine Bewegung wahr und als sie in diese Richtung blickte, sah sie gerade noch den blonden Lockenschopf in dem entfernten Dickicht aus jungen Birken und hohem Gras verschwinden, das den Übergang zum Flussufer bildete.

Um Gottes Willen! Der Fluss!

Das Ufer fiel an dieser Stelle steil ab. Das Wasser war tief und die Strömung stark. Wenn er dort hineinfiel, war er verloren. Er würde sofort mit dem Strom mitgerissen, sie hätte nicht mehr die geringste Chance, ihn herauszuziehen.

Wie von Sinnen raste sie den Hang hinunter. Sie stolperte, fiel hin, schlug sich Hände und Knie auf, aber sie merkte es nicht. So schnell sie konnte, stand sie wieder auf, rannte weiter. Die Zweige der Birken schlugen in ihr Gesicht und zerkratzten es. Sie nahm es nicht wahr.

Charlie stand am Rand des Ufers und sah ins Wasser. Das Herz blieb ihr fast stehen. Sie rief ihn mit zitternder Stimme. Er schaute sie an. Doch statt zu ihr zu kommen, hielt er es für ein Spiel und lief kreischend vor Freude am Ufer entlang. Sie setzte ihm nach und endlich erreichte sie ihn. Gott dankend streckte sie die Arme aus und wollte ihn hochheben.

Doch in diesem Moment gab die Uferböschung unter ihr nach, ihr Fuß rutschte ab und sie verlor das Gleichgewicht. Verzweifelt kämpfte sie dagegen an, aber es half nichts. Sie fiel, überschlug sich und landete schließlich kopfüber und laut platschend im Fluss. Ihr Kopf tauchte unter, Wasser und aufgewühlter Schlamm drangen ihr in Ohren, Mund und Nase, hinterließen ihren modrigen Geschmack. Hustend und spuckend griff sie nach dem Erstbesten, was ihr Halt gab, ein paar Grasbüschel am schlammigen Ufer.

Ihr Kleid, ihre Unterröcke sogen sich voll und zogen sie nach unten und in Richtung der Strömung. Es kostete sie immense Kraft, sich festzuhalten. Charlie war über ihr auf dem Ufer, er saß jetzt, aber er war verwirrt und bekam Angst. Weinend streckte er die Arme aus und wollte zu ihr.

Das durfte er auf keinen Fall.

»Nein, Charlie«, rief sie. Sie ließ eines der Grasbüschel los und brachte sich damit in eine fatale Lage, denn das verbleibende Büschel würde ihr Gewicht nicht lange halten. Verlor sie jedoch diesen letzten Halt, war sie in Lebensgefahr. Sie konnte nicht besonders gut schwimmen und dieser starken Strömung hatte sie nichts entgegenzusetzen.

Trotzdem gab sie das Büschel auf und streckte ihre freie Hand dem Kind entgegen, versuchte so, es auf Abstand und am sicheren Ufer zu halten. Es war ihr klar, dass sie dies nicht lange durchstehen würde, aber jeder Versuch, das Ufer wieder zu erklimmen, wurde von der Strömung zunichte gemacht. In ihrer Panik rief sie um Hilfe. Sie rief nach Matt, immer und immer wieder schrie sie seinen Namen.

Aber er war nicht da. Er würde sie nicht hören.

*

Matt war den ganzen Morgen über in Hochstimmung. Er fühlte den Kuss, den er Gillian zum Abschied gegeben hatte, immer noch auf seinen Lippen, auch wenn er viel zu kurz und züchtig gewesen war. Doch mehr hatte er sich nicht erlaubt. Oh, er hätte gern mehr getan. Viel mehr. Liebend gern hätte er diesen Kuss intensiviert und ihren wundervollen, sinnlichen Körper dabei umfasst und fest an seinen gedrückt. Oder seine Lippen über die zarte Haut ihres Halses gleiten lassen.

Er lächelte in sich hinein, denn es fiel ihm noch eine ganze Menge anderer Dinge ein, die er gern mit ihr getan hätte. Der bloße Gedanke daran ließ ihn fast augenblicklich hart werden.

Aber er wollte es nicht. Noch nicht. Und nicht so. Er wollte sie nicht in der Küche verführen, buchstäblich zwischen Tür und Angel und kurz bevor er zur Arbeit aufbrechen musste. Und hätte er sich heute morgen auch nur ein Quäntchen mehr erlaubt, hätte er für nichts mehr garantieren können. Bei Gott, er wusste wirklich nicht, ob er diese Sache mit der Probezeit noch lange durchhielt.

Um die Mittagszeit verwandelte sich seine Stimmung in Sehnsucht und er beschloss, nach Hause zu reiten und das Mittagessen mit seiner Frau einzunehmen. Er tat das sonst nie, gewöhnlich aß er sein Lunchpaket dort, wo er gerade arbeitete. Doch der kurze Moment der Nähe, den sie heute morgen miteinander geteilt hatten, ließ ihn nicht los. Vielleicht würde er sich ja gestatten, zumindest ein wenig von dem Angefangenen fortzusetzen.

Zuhause angekommen sprang er schwungvoll die Stufen zur Veranda hinauf und trat durch die offen stehende Tür ins Haus. Alles war still. Von seiner Frau und seinem Sohn war nichts zu sehen.

»Gillian?«, rief er. »Charlie?«

Keine Antwort.

Er ging in die Küche und traute seinen Augen kaum, als er das von den Waschbären angerichtete Chaos sah.

»Du meine Güte«, stieß er hervor. Dann grinste er.

Ich hab's ihr ja gesagt.

Doch plötzlich fand er es eigenartig, dass sie die Küche nicht schon längst aufgeräumt hatte. Das war nicht ihre Art. Irgendetwas stimmte hier nicht. Er suchte weiter im Haus nach ihnen, vielleicht war ja etwas mit Charlie und sie waren im Kinderzimmer. Aber auch hier war niemand, ebensowenig wie in Gillians Zimmer oder in den anderen Räumen.

»Gillian?«

Nichts.

Matt trat aus dem Haus und betrachtete nachdenklich die Wäsche auf der Leine.

Wo waren sie? Ob Gillian mitsamt seinem Sohn fortgelaufen war? Aber Justin war noch im Corral und er wäre das einzige Pferd gewesen, das sie genommen hätte. Und eine Flucht zu Fuß wäre blanker Wahnsinn. Nicht einmal sie würde so etwas versuchen.

Er rief wieder ihren Namen, diesmal lauter.

Für einen kurzen Moment war es ihm, als erhielte er eine Antwort, aber sie war viel zu leise gewesen, um zu wissen, wo sie herkam. Wenn da überhaupt etwas gewesen war.

»Gillian! Wo bist du?«

Der Wind frischte auf und trug ihren verzweifelten Ruf zu ihm. Sie schrie seinen Namen! Es kam vom Fluss!

Er war noch nie so schnell am Fluss gewesen. Das Bild, das sich ihm dort bot, ließ ihm einen eisigen Schrecken in die Glieder fahren. Da war sein Sohn, weinend und schreiend saß er gefährlich nahe am Flussufer. Unter ihm, im Wasser, Gillian, verzweifelt Halt suchend und gleichzeitig darum kämpfend, dass Charlie nicht in die reißenden Fluten fiel.

Mit einem Satz war er bei ihnen und riss seinen Sohn vom Ufer weg. Mitsamt dem Kind im Arm legte er sich bäuchlings auf die Böschung und versuchte, seine Frau zu erreichen.

»Gillian, gib mir deine Hand«, schrie er.

»Bring ihn weg!«, rief sie.

»Ich halte ihn, Gillian! Gib mir deine Hand!«

Sie streckte ihre Hand aus und er packte sie mit eisernem Griff, versuchte mit aller Kraft, sie aus dem Fluss zu ziehen. Aber er schaffte es nicht mit nur einem Arm, die Strömung war zu stark und ihre vollgesogenen Kleider machten sie schwer wie Blei.

»Halt dich fest!«, schrie er ihr zu. »Ich bringe Charlie vom Ufer weg. Ich bin sofort wieder bei dir!«

Gillian klammerte sich mit beiden Händen fest in die Böschung, während Matt seinen Sohn ein ganzes Stück vom Ufer wegtrug. Aber damit war es nicht getan, er musste dafür sorgen, dass das Kind sich nicht von der Stelle rühren konnte. Es blieb nichts anderes, als den Jungen irgendwo festzubinden. Aber Matts Lasso hing an seinem Pferd und das war oben am Corral angebunden. Kurzerhand riss er sich sein Hemd herunter. Einen Ärmel band er seinem schreienden Sohn um den Leib, den andern befestigte er an einem jungen Baum. Es musste nur so lange halten, bis er Gillian herausgeholt hatte.

Rasch lief er zurück. Er warf sich wieder auf die Böschung und jetzt, da er mehr Bewegungsfreiheit hatte, gelang es ihm, sie an beiden Schultern zu fassen. Seine Hände krallten sich in ihre Kleidung, in ihre Haut. Er zog so stark er konnte und endlich, nach einer gefühlten Ewigkeit, hatte er sie am Ufer und in seinen Armen. Für einige Zeit lagen sie nur da, vor Anstrengung und Erschöpfung heftig atmend und eng umschlungen.

»Ich hab dich!«, sagte er immer wieder und küsste ihr nasses Haar. »Ich hab dich.«

Kapitel 9

Zuhause nahm Matt sie bei der Hand und führte sie hoch in ihr Zimmer. Sie war erschöpft und geschockt.

»Zieh die nassen Sachen aus und leg dich ins Bett«, sagte er. »Ich kümmere mich um Charlie und lasse dir ein Bad ein.«

Er brauchte nicht lange, um seinen Sohn zu beruhigen. Er zog ihn um, gab ihm etwas Milch und legte ihn schließlich in sein Bettchen. Als das Bad fertig war, ging er zu Gillians Zimmer. Die Tür war noch genauso angelehnt, wie er sie zurückgelassen hatte. Er klopfte. Von innen kam keine Antwort. Vorsichtig steckte er den Kopf durch den Türspalt und spähte hinein. Das Bett war unberührt. Stirnrunzelnd sah er sich um und erblickte sie schließlich auf dem Fußboden in eine Ecke gekauert. Sie war noch genauso, wie er sie aus dem Fluss gezogen hatte. Ihre Knie waren angezogen und sie hatte die Hände vors Gesicht geschlagen. Er ging zu ihr und kniete sich vor sie.

»Gillian?«

Sie antwortete nicht.

»Komm.« Er berührte sie sanft an der Schulter. »Du musst aus dem nassen Zeug raus.«

Sie presste ihre Hände nur noch fester gegen ihr Gesicht. Er fasste ihre Handgelenke und zog ihre Hände eine nach der anderen behutsam fort. Ihre Augen blieben fest geschlossen.

»Gillian. Sieh mich an. Gillian. Gilly. Bitte.«

Endlich öffnete sie die Augen.

»Geht es ihm gut?«, fragte sie heiser.

»Ihm ist nichts passiert.«

Er legte die Hand auf ihre Wange. Vorsichtig folgte er mit seinem Daumen den Tränenspuren.

»Du machst mir mehr Sorgen«, sagte er leise.

Plötzlich brach es aus ihr heraus. Sie fing heftig an zu weinen. Sie schluchzte so sehr, dass ihr ganzer Körper bebte. »Ich bin schuld! Ich hab ihn in den Laufstall gesetzt und ihn allein gelassen! Ich hab ihn aus den Augen gelassen, wegen eines Pfunds Zucker und ein paar Eiern! Er könnte tot sein! Oh Matt, wenn er hineingefallen wäre... Ich hatte solche Angst!«

Er hatte auch Angst gehabt. Tödliche Angst, um sie beide. Aber das sagte er jetzt nicht. Stattdessen zog er sie in seine Arme und hielt sie fest. Seine Hände streichelten über ihren Rücken und er beruhigte sie mit leisen Zischlauten.

»Gilly, du bist nicht daran schuld, dass er ausgerissen ist. Ich habe dir gesagt, dort sei er sicher aufgehoben, aber ich hätte wissen müssen, dass er für das Ding schon zu groß ist. Er hasst es und er hat schon mal versucht dort 'raus zu kommen. Es hätte mir genauso passieren können. Dass er nicht ertrunken ist, ist nur dir zu verdanken! Du hast ihm das Leben gerettet Gillian!«

Sie schmiegte sich verzweifelt in seine Umarmung. Er hielt sie einfach, eine ganze Weile. Die Feuchtigkeit ihrer Kleidung drang allmählich durch sein Hemd bis auf seine Haut, aber es kümmerte ihn nicht. Als ihr Atem sich etwas beruhigt hatte, schob er sie von sich, erhob sich und zog sie nach oben.

»Komm, lass mich dir helfen. Du musst die nassen Sachen ausziehen, sonst holst du dir noch den Tod.«

Sie protestierte nicht, also öffnete er die Knöpfe ihres Kleides. Vorsichtig schob er es von ihren Schultern. Die Erkenntnis, dass er gerade im Begriff war, sie auszuziehen, ließ seine Lenden ungewollt hart und seinen Mund ganz trocken werden. Er riss sich zusammen, half ihr auch aus den Unterröcken und zog sie aus bis auf ihr Unterhemd.

Das nasse Leinen klebte an ihrer Haut und überließ kein Detail ihres wundervoll weiblichen Körpers der Fantasie. Er sah ihre wohlgeformte Rückenlinie und die sinnlichen Rundungen, in die sie überging. Ihre vollen Brüste. Ihre schmale Taille. Ihre weich gerundeten Hüften. Durch den dünnen, nassen Stoff schimmerten verheißungsvoll ihre Brustwarzen und das dunkle Dreieck zwischen ihren langen

Beinen. Das Verlangen nach ihr drohte ihn zu überwältigen. Seine Erektion presste sich pulsierend gegen die störende Barriere seiner Hose.

Doch was sie jetzt brauchte, war Trost und nicht Lust. Er überlegte kurz, ob er, so wie er sich gerade fühlte, nicht besser gehen sollte. Aber wie sie dort stand, so verstört und verletzlich, überfiel ihn das überwältigende Bedürfnis sie zu beschützen.

Also blieb er.

Behutsam nahm er ihr Gesicht in seine Hände und küsste ihre letzten, salzigen Tränen fort, tröstende Worte murmelnd. Sein Mund küsste ihre Augen, ihre Wangen und streifte schließlich ihre Lippen. Fast war er selbst darüber erstaunt, wo er gelandet war. Er hatte nicht vorgehabt, sie zu küssen. Denn er fürchtete, wenn er es tat, würde er nicht mehr aufhören können. Doch es fühlte sich viel zu gut an, um diesen Ort wieder zu verlassen. Ihre Lippen waren weich, als er sie in Besitz nahm, so weich und sie überließ sie ihm bereitwillig.

Sanft erspürte er jeden Millimeter ihres sinnlichen Mundes. Er legte die Arme um sie und zog sie etwas enger an sich. Ihre Augen schlossen sich, ihre Hände hoben sich, wie suchend tasteten sie nach ihm, legten sich auf seine Brust, glitten weiter über seine Arme und schließlich zu seinem Rücken.

Mit seiner Zungenspitze fuhr er vorsichtig fragend über ihre Lippen und sie antwortete ihm unbewusst darauf, indem sie ihren Mund leicht öffnete. Unendlich langsam, jede Sekunde dieses magischen Moments auskostend, wagte er sich weiter vor. Das sanfte Drängen seiner Zunge ließ sie ihren Mund weiter öffnen. Er strich über die Innenseite ihrer Lippen und eroberte zärtlich ihren Mund. Sie schmeckte wie der Himmel. Wie berauscht vertiefte er den Kuss, suchte ihre Zunge und als er diese endlich berührte schoss das Verlangen durch ihn hindurch wie ein glühend heißer Pfeil. Ein tiefes Grollen war zu hören und er brauchte ein paar Sekundenbruchteile, um zu realisieren, dass es aus seiner eigenen Kehle kam.

Seine Hände fuhren über ihren Rücken, folgten dem sanften Schwung bis zu der vollendet weiblichen Fülle, die sich daran anschloss. Das sinnliche Gefühl ihrer Weichheit unter seinen Händen ließ ihn aufstöhnen. Er erhöhte den Druck seiner Hände und schob ihren Unterleib noch dichter an seinen, was ihm minimale Erleichterung verschaffte. Er spürte, wie auch sie das Begehren ergriff. Ein kleines Stöhnen entfuhr ihr und sie begann, den Kuss zu erwidern. Zunächst zögernd, doch dann immer leidenschaftlicher, gab sie zurück, was er ihr gab. Zärtlich strichen ihre Hände dabei über seinen Rücken, über seinen Nacken und sein Haar.

Es raubte ihm die Sinne. Sein Herz raste. Fast schmerzhaft schlug es gegen sein Brustbein. In seinen Ohren rauschte es. Er hatte noch nie, niemals im Leben einen solch innigen Kuss erlebt.

»Oh Gott, Gilly«, stieß er hervor, als er ihren Mund schließlich verließ und seine Lippen über ihren Hals glitten. »Ich dachte, ich hätte dich verloren!«

Er fasste sie noch fester, als er sich erinnerte, wie sie in den reißenden Fluten um ihr Leben gekämpft und dabei noch tapfer versucht hatte, seinen Sohn vor Schaden zu bewahren. In seinem Kopf tauchten Bilder auf, die ihm das Herz herauszureißen drohten. Bilder einer schönen Frau, *seiner* Frau, totenbleich und eiskalt am Flussufer liegend. Bilder weit geöffneter, starrer Augen. Augen, die ihn nie wieder ansahen, die tot und still und für immer gebrochen waren. Bilder einer Geschichte, die sich wiederholte. Bilder einer dunklen Vergangenheit und einer noch dunkleren Zukunft.

Einer Zukunft ohne Gillian.

Der Gedanke, dass er sie heute um ein Haar für immer verloren hätte, brachte ihn fast um den Verstand. Und in diesem Moment, da er hier stand, sie in seinen Armen hielt, sie tröstete, sie küsste, sie mit allen Sinnen spürte, wusste er was er zu tun hatte. Er würde diese idiotische Probezeit beenden. Er würde diese Ehe vollziehen und Gillian wirklich und wahrhaftig und bis an das Ende aller Zeiten zu seiner Frau machen.

Und zwar jetzt und hier.

Doch bevor die Lust komplett Besitz von ihm ergreifen und seinen Verstand ausschalten konnte, schoss ihm der Gedanke durch den Kopf, dass es alles andere als fair wäre, sie jetzt einfach zu verführen. Er musste sie fragen, bevor er diesen endgültigen Schritt tat. Er hatte es versprochen.

Er setzte einen zarten Kuss auf die kleine Vertiefung an ihrem Schlüsselbein und ließ seinen Mund ihren Hals emporwandern. Bei ihrem Ohrläppchen angelangt, nahm er es zwischen seine Lippen und saugte und knabberte sanft daran. Sie erschauerte und stöhnte leise, es schien ihr zu gefallen.

»Gilly«, flüsterte er vor Verlangen heiser in ihr Ohr.

»Ich will dich. Mehr als ich sagen kann. Ich will dich in meinem Bett und ich will dich als meine Frau. Ich will diese Probezeit nicht mehr. Lass es uns tun, Gillian. Lass es uns besiegeln. Jetzt gleich!«

Sie wurde augenblicklich starr, riss die Augen auf und stieß sich von ihm ab.

Perplex ließ er sie los.

Sie wandte sich ab, die Angst stand in ihr Gesicht geschrieben. Natürlich. Sie fürchtete sich davor. Das war ganz normal für eine Jungfrau, sagte er sich. Er würde ihr die Furcht nehmen müssen. Er stellte sich vor sie und nahm ihre Hände.

»Ich weiß, du bist nervös. Und ich will dir nichts vormachen. Es wird ein wenig weh tun, ich wollte auch, das wäre anders, aber das ist ganz normal beim ersten Mal. Ich werde behutsam sein. Und es wird besser. Mit der Zeit wird es richtig schön werden, das verspreche ich dir.«

Sie sah ihn nicht an, sondern blickte auf seine Hände, die ihre hielten. Sie sagte nichts.

»Gilly?«, bat er um eine Antwort. »Du musst mir einfach vertrauen.«

Sie riss den Blick zu ihm hoch, ihre Augen waren groß und dunkel und furchtsam.

»Aber ich bin keine Jungfrau mehr!«, platzte es aus ihr heraus. Sie entzog ihm ihre Hände und wandte ihm den Rücken zu.

Ach *das* war das Problem. Sie hatte sich davor gefürchtet, dass er es herausfinden würde. Sicher schämte sie sich auch. Aber wer war er, darüber zu urteilen. Er stellte sich hinter sie und umfasste sie zärtlich. Sie war immer noch ganz starr. Er küsste ihren Hals knapp unter ihrem Ohr.

»Das ist mir egal, Gillian. Das ist Vergangenheit. Vorbei. Außerdem...«, er lächelte gegen ihren Hals, »ist das gar nicht so dumm. Es ist mir viel lieber, wenn ich dir nicht weh tun muss.«

Immer noch angsterfüllt löste sie sich aus seiner Umarmung, ging zum Bett und setzte sich auf die Kante. Sie war verzweifelt, den Tränen nah.

»Du verstehst nicht...«

Er verstand wirklich nicht. Wenn sie doch schon wusste, was sie erwartete, warum hatte sie dann noch solche Angst davor?

Wenn sie wusste, was sie erwartete...

Plötzlich traf ihn die Erkenntnis wie ein Schlag. Der Gedanke, der ihm kam, war so schrecklich, dass er sich zwingen musste, ihn auszusprechen.

»Gütiger Gott«, stieß er hervor. »Man hat dir Gewalt angetan!«

Sie schlug wieder die Hände vors Gesicht und begann zu schluchzen. Matt hätte sich ohrfeigen können. Sie hatte heute schon genug durchgemacht und nur weil er sein Verlangen nicht im Zaum hatte halten können, hatte er jetzt auch noch schlimme Erinnerungen heraufbeschworen. Das tat ihm unendlich leid.

Allerdings verunsicherte ihn diese Offenbarung auch. Er war sich nicht sicher, wie sich ihr schreckliches Erlebnis auf ihre Ehe auswirken würde. Er war ein Mann mit starken Bedürfnissen. Er hatte Spaß daran und den wollte er mit seiner Frau teilen. Abgesehen davon wollte er noch mehr Kinder.

Er wusste nicht, was dieser Mann ihr angetan hatte. Allerdings wusste er durchaus, wozu manche Männer fähig waren und es war möglich, dass eine Frau, die solches erlebt hatte, sich nie wieder von einem Mann berühren lassen wollte. Was, wenn sie niemals darüber hinwegkam? Was, wenn sie sich vollkommen von ihm zurückzog? Das war seine schlimmste Angst. Diese Ehe könnte sie beide todunglücklich machen. In diesem Licht betrachtet, war eine Annullierung vielleicht wirklich besser. Für beide Seiten.

Er stöhnte innerlich, denn je mehr er darüber nachdachte, desto hilfloser fühlte er sich. Er musste wissen, was vorgefallen war, um das alles zu beurteilen. Langsam setzte er sich neben ihr auf das Bett.

»Darf ich...«, er räusperte sich, »dich in den Arm nehmen?« Er wagte nicht, sie jetzt einfach zu berühren.

»Ja«, schluchzte sie. »Bitte.«

Er legte den Arm um sie und sie lehnte sich an ihn. Sie schniefte.

»Möchtest du darüber reden?«, fragte er und reichte ihr sein Taschentuch.

Eine ganze Zeitlang schwieg sie.

»Es ist schon gut«, sagte er schließlich. »Du musst nicht...«

»Doch«, sagte sie entschlossen. »Du sollst es wissen.«

Sie zögerte eine Weile, doch dann begann sie.

»Mein Vater hatte ein Geschäft in Boston. Er und ich lebten allein, meine Mutter ist bei meiner Geburt gestorben. Es war vor ungefähr sechs Jahren, da bekamen wir Besuch aus England. Es waren ein Freund meines Vaters und sein Sohn. Sie lebten eine Weile bei uns. Der Sohn, William, war etwa fünf Jahre älter als ich und ich war sofort hingerissen von ihm. Charmant, gutaussehend, höflich. Der perfekte Gentleman. Äußerlich... Sein wahres Wesen aber ahnte niemand.

Eines Tages ergab es sich, dass er und ich im Haus meines Vaters allein waren. Wie sich später herausstellte hatte er unsere Haushälterin unter einem Vorwand fortgeschickt, um mit mir allein zu sein. Er hatte das alles geplant. Ich war so dumm, Matt. So jung und so naiv. Ich habe ihn vergöttert, ich habe ihm vertraut. Nie, niemals hätte ich gedacht, dass er...«

Sie schluckte und ihre Stimme zitterte als sie fortfuhr.

»Er war ein Sadist. Hinter dieser feinen, englischen Fassade wohnte ein furchtbarer Unhold. Er war brutal und ich wehrte mich. Nur, je mehr ich mich wehrte, umso brutaler wurde er. Er hat mich geschlagen, sogar gewürgt. Hinterher habe ich mich furchtbar geschämt.«

Matt hatte mit wachsendem Entsetzen zugehört.

»Mein Gott, Gillian«, brachte er hervor. »Vor sechs Jahren! Da warst du...«

»Fünfzehn«, beendete sie den Satz mit einem grimmigen Nicken.

»Was ist dann passiert?«, fragte er vorsichtig.

»Nichts. Ich habe es nie jemandem erzählt.«

»Nichts? Wieso hast du ihn nicht angezeigt?«

»Ich schämte mich zu sehr. Außerdem sagte er, er würde mich umbringen, wenn ich es tue. Er ist schließlich wieder nach England gegangen und ich versuchte, es zu vergessen.«

»Aber du konntest es nicht vergessen«, sagte er verständnisvoll.

Sie zog scharf die Luft ein. »Vielleicht hätte ich es ja vergessen können... Wenn er es nicht noch einmal getan hätte.«

»Was?«, rief er fassungslos.

Sie nickte und neue Tränen traten in ihre Augen.

»Mein Vater ist letztes Jahr gestorben. Er war sehr lange sehr krank und das hat unsere ganzen Ersparnisse und den Laden gekostet. Ich habe dann bei einer wohlhabenden Familie als Gouvernante gearbeitet. Vor ein paar Monaten ist eines der Kinder krank geworden. Das Kind hat so gehustet, dass ich Angst bekam. Die Eltern waren nicht da, die Dienstboten hatten frei, also bin ich allein ausgegangen, um den Doktor zu holen. Es war spät abends. Ehe ich den Arzt noch erreicht hatte, zog mich jemand in eine dunkle Gasse.«

»Dieser Hurensohn!«, knurrte Matt.

»Warum und wieso er wieder in Boston war, weiß ich nicht. Aber er sagte, ihm sei sein ›kleines Abenteuer‹, wie er es nannte, nicht mehr aus dem Kopf gegangen. Er hat mich gesucht, mich beobachtet und mich verfolgt. Und nur auf die richtige Gelegenheit gewartet. Dieses Mal war es noch schlimmer. Ich dachte, ich müsse sterben.

Und bevor er mich halb bewusstlos auf den Pflastersteinen zurückließ, sagte er noch, dass er wiederkommen und mich überall finden wird. Die Polizei wollte von mir wissen, wer es war. Aber ich log, ich sagte, ich wüsste es nicht. Ich hatte Angst, dass er mich tatsächlich findet und dann...

Noch während ich im Hospital war, wusste ich, ich musste raus aus Boston. Aber ich hatte niemanden, wo ich hin konnte. Da kratzte ich mein letztes Geld zusammen und ging zu einer Agentur. Dort gab man mir deine Anzeige. Sie schien mir wie ein rettender Anker... Zuflucht und Schutz. Aber bis zu dem Tag, an dem ich in den Zug gestiegen bin, lebte ich in ständiger Angst, er könnte zurückkommen.«

Matt ballte die Fäuste.

»Ich bringe ihn um! Gillian, sag mir wo er ist! Ich bringe dieses Schwein um!«

Sie legte die Hand auf seine Wange.

»Das wirst du nicht tun, Matthew Cole. Ich lasse nicht zu, dass du wegen diesem Mistkerl am Galgen endest. Außerdem ist er sicher längst wieder in England.«

»Dann bringe ich ihn eben in England um!«

Es war unfreiwillig komisch und sie lachte kurz und bitter auf.

»Nein, Matt«, sagte sie dann traurig und schüttelte langsam den Kopf. Ihr mutloser Blick traf ihn bis ins Mark.

Er atmete tief ein und wieder aus und schwieg. Er wusste nichts zu sagen. Das musste erst einmal verdaut werden.

Schließlich strich er ihr mit dem Handrücken über die Wange und erhob sich. »Vielleicht solltest du jetzt dein Bad nehmen, bevor es ganz kalt ist. Und dann will ich, dass du dich ins Bett legst und heute nicht mehr herauskommst. Du musst dich ausruhen. Ich kümmere mich um alles.«

Kapitel 10

Gillian lag lange wach in dieser Nacht. Es waren nicht nur der Schock und die Angst, die sie am Fluss ausgestanden hatte, sondern es war auch Matt, der sie nicht schlafen ließ.

Jetzt hatte sie ihren Kuss. Und, bei Gott, *wie* er küssen konnte! Allein sein Kuss hatte bewirkt, dass heiße, flüssige Glut durch ihre Adern gerauscht war. Wildes Verlangen hatte sie erfasst, ein ungestümes, pulsierendes Pochen hatte sich in ihrem Unterleib breitgemacht, das dafür gesorgt hatte, dass ihr Innerstes in heillosen Aufruhr geraten und ihm mit aller Macht entgegengestrebt war. Nur die bloße Erinnerung daran ließ diese brennende, leidenschaftliche Flamme in ihr immer wieder neu entstehen. Sie sehnte sich nach ihm. Sie wollte diesen Kuss wiederholen, immer und immer wieder.

Nur leider hatte, wie befürchtet, dieser Kuss genau dazu geführt, dass sie ihr schlimmstes Geheimnis hatte enthüllen müssen. Anders als sie gedacht hatte, war sie nicht fähig gewesen, seinem Werben einfach nachzugeben. Die Angst hatte sie einfach überwältigt. Sie hatte immer gedacht, dass es nur William allein wäre, den sie fürchtete. Dass es mit einem anderen Mann ganz anders wäre und dass sie immer noch eine gute Ehefrau – mit allem was dazu gehörte – werden könnte. Vielleicht war das mit der Zeit auch möglich, aber sie konnte einfach bei keinem Mann liegen, den sie kaum kannte. Sie konnte ihm nicht vertrauen. Es ging ihr alles zu schnell. Vor ein paar Tagen war sie noch in Boston gewesen!

Auch wusste sie nicht recht, wie sie seine Reaktion einzuschätzen hatte. Zwar hatte er sie danach in den Arm genommen, aber er hatte sie nicht mehr geküsst und wirkte irgendwie reserviert. Kaum hatte er es erfahren, zog er sich zurück. Gillian wäre es lieber gewesen, wenn er bei ihr geblieben und sie noch eine Weile getröstet und gehalten hätte. Doch abgesehen davon, das er ihr später noch etwas zu Essen gebracht hatte, hatte er sie allein gelassen.

Wahrscheinlich hielt er sie jetzt für beschmutzt, für beschädigt. Vielleicht lag er jetzt gerade drüben in seinem Zimmer und war in Gedanken schon beim Richter. Ja, sie war sich sicher, dass er sie verstoßen würde. Nackte Existenzangst griff nach ihr, denn, mittellos wie sie war, würde sie auf der Straße stehen, wenn er dies tat. Gut, sie könnte wieder als Gouvernante arbeiten. Aber wer brauchte hier draußen schon eine Gouvernante? Dazu müsste sie also in den Osten zurück. Vielleicht hatte Matt ja wenigstens den Anstand, dass er ihr die Reise bezahlte? Aber was, wenn nicht? Jemand anderen heiraten? Dasselbe Problem mit einem anderen Mann. Und wer konnte wissen, ob dieser so viel Geduld zeigte wie Matt.

Sie dachte an die Hure, die sie getroffen hatte. Lizzie Robbins. Noch vor ein paar Tagen hatte Gillian auf sie heruntergeblickt, sie hatte ihr leid getan. Jetzt krampfte sich ihr der Magen zusammen, denn sie sah sich schon selbst einer solchen Zukunft entgegengehen. Ein Albtraum. Mit ihrer Vergangenheit erst recht.

*

Als Gillian am nächsten Morgen in die Küche kam, hatte Matt das Waschbärenchaos beseitigt und bereits das Frühstück fertig gemacht. Charlie hatte er Pete gegeben, denn er wollte ungestört mit Gillian reden. Sie frühstückten zusammen, aber sie war sehr angespannt und es kam kaum ein richtiges Gespräch zustande. Er fragte sie nach einem Spaziergang nach dem Essen und sie stimmte zu.

Als sie ein Stück gegangen waren, atmete er tief ein und sagte: »Gillian, ich weiß nicht wie ich es sagen soll... und bitte, verstehe mich nicht falsch, aber... ich weiß nicht, ob du dir nicht ein bisschen viel zugemutet hast, indem du einen wildfremden Rancher mit Kind geheiratet hast. Ich meine... wenn man bedenkt, was du durchgemacht hast...«

Sie schwieg und der Ausdruck auf ihrem Gesicht verriet nicht viel.

Er fuhr fort. »Also, du sollst wissen, dass sich für mich nichts geändert hat. Ich will diese Annullierung nicht mehr. Aber... ich bin ein Mann und du eine wunderschöne, begehrenswerte Frau. Ich habe... Bedürfnisse. Ich möchte dir niemals weh tun und ich will dir alle Zeit geben, die du brauchst, aber... irgendwann, in nicht so ferner Zukunft, will ich diese Ehe erfüllt sehen.

Ich bin nicht der Mann, der seine Bedürfnisse anderswo auslebt. Das würde dich nur unglücklich machen. Und, bei Gott, das letzte, das ich will, ist eine unglückliche Frau an meiner Seite.

Also, wenn du glaubst... wenn du lieber gehen möchtest... dann werde ich deine Entscheidung akzeptieren.«

Er hoffte, er hatte es einigermaßen geschickt ausgedrückt, denn es sollte auf keinen Fall klingen wie: »Schlaf mit mir oder geh.« Er wollte ihr nur sagen, dass er sie freigab, wenn sie es wirklich wollte.

Ihre Stimme war kühl, als sie antwortete: »Ich hätte gar nicht die Mittel, um dich zu verlassen, Matthew Cole.«

Immer wenn sie seinen vollen Namen benutzte, war sie unzufrieden mit ihm, soviel hatte er schon gelernt. Ihre Antwort enttäuschte und verletzte ihn. Wenn sie nur wegen ihrer fehlenden Mittel bei ihm blieb...

Trotz stieg in ihm auf. Nun, wenn es so war, sollte sie wissen, dass sie durchaus die Wahl hatte.

»Ich kann dir Geld geben. Für eine Reise zurück in den Osten, wenn du möchtest. Vielleicht könntest du wieder als

Gouvernante arbeiten. Oder als Lehrerin. In Medicine Bow suchen sie eine, soviel ich weiß.«

Er stöhnte innerlich auf. Warum hatte er das gesagt? Du meine Güte, er stieß sie ja geradezu mit der Nase darauf. Er hätte genauso gut gleich höchstselbst ihre Koffer packen können. Es klang wirklich als wollte er sie loswerden.

Sie sah ihn unsicher an.

»Entscheide es nicht sofort«, sagte er schnell, bevor sie ihm die Antwort geben konnte, die er insgeheim befürchtete. »Denk in Ruhe darüber nach.«

Verdammt. Das Gespräch war anders verlaufen, als er vorgehabt hatte. Aber wenn er sich nicht zu dumm anstellte, würde es vielleicht gar nicht so weit kommen. Denn soeben hatte er den festen Entschluss gefasst, sie in absehbarer Zeit zu verführen. Er würde ihr zeigen, wie wundervoll die körperliche Liebe zwischen Mann und Frau sein konnte. Und somit würde er sie heilen, ihre Angst ein für alle Mal auslöschen.

*

An diesem und am nächsten Tag bekam er jedoch keine Gelegenheit dazu. Er musste lange arbeiten und sie ging früh zu Bett. Es war offensichtlich, dass sie ihm damit bewusst auswich.

Doch dann kam der Sonntag, ein Tag in den er seine Hoffnungen setzte, denn sie würden etwas Zeit miteinander verbringen können. Sie fuhren auf ihren Wunsch gemeinsam zur Kirche und Matt versetzte es einen kleinen Stich, als sie Reverend Fenimore nach dem Gottesdienst um ein Gespräch bat. Er war sicher, dass es dabei um die Lehrerstelle ging. Sie zog es also in Erwägung.

Er beschloss, keine Zeit zu vergeuden. Statt also mit Gillian an den sonntäglichen Aktivitäten teilzunehmen, denen die Stadtbewohner nach der Kirche nachzugehen pflegten, schob er vor, sich nicht ganz wohl zu fühlen und sie fuhren wieder nach Hause.

Sie aßen eine Kleinigkeit und Charlie schlief dabei ein. Gillian brachte ihn ins Bett und als sie in die Küche zurückkam und sich ans Aufräumen machen wollte, ging Matt zu ihr und fasste sie entschlossen bei der Hand.

Sie lachte unsicher, als er sie an sich zog und ihre Hand an seine Lippen führte. Mit einem Lächeln legte er gleichzeitig seinen freien Arm um ihre Taille und zog sie noch etwas näher.

»Gillian«, raunte er leise und küsste ihre Handinnenfläche, »was hältst du davon, wenn ich Charlie rüber zu Pete bringe? Damit wir uns ungestört ein bisschen besser kennenlernen können.«

»Hast du dich eben nicht noch krank gefühlt?«

Er grinste. »Mir geht es schon viel besser.«

»Ich... ich weiß nicht«, wand sie sich und wich seinem Blick aus.

Er beugte sich herab und setzte ein paar kleine Küsse auf die empfindliche Stelle unter ihrem Ohr. Sie erschauerte und wurde etwas weicher in seinen Armen. Oh, es gefiel ihr, da gab es keinen Zweifel.

»Matt, ich... Ich weiß nicht, ob ich schon soweit bin«, sagte sie schwach.

Er legte einen Finger unter ihr Kinn. Sanft hob er es an und senkte seine Lippen auf ihren Mund.

»Lass es uns doch einfach herausfinden«, flüsterte er. »Ich verspreche dir, ich werde nichts tun, was du nicht willst.«

Er küsste sie nochmals, aber diesmal ließ er seine Zunge vorsichtig über ihre Lippen gleiten. Sie wurde flüssiges Wachs in seinen Armen, öffnete sich für ihn und ließ ihn hinein. Seine Zunge kostete aufs Neue ihre süße Weichheit und atemlos verlor er sich darin. Sie drängte ihm entgegen und erwiderte den Kuss. Das und das leise Seufzen, das sie dabei hören ließ, entfachte sein Begehren wie eine brennende Fackel. Sie reagierte auf ihn mit derselben wachsenden Leidenschaft wie er auf sie, das spürte er deutlich. Eine seiner Hände wanderte ihren Rücken hinab, legte sich auf ihre wunderbaren, weiblichen Formen und schob sie fest gegen seine voll erwachte, harte Männlichkeit. Während er noch überlegte, ob er sie jetzt einfach hochheben und hinauf in sein Zimmer tragen sollte, Charlie hin oder her, klopfte es an der Tür.

Verflucht, einen schlechteren Zeitpunkt konnte es nicht geben!

»Wer immer es ist«, knurrte er, »ich bringe ihn um!«

Der Zauber war gebrochen. Sie lächelte ihn an, jetzt wieder unsicher, und floh vor ihm, indem sie zur Tür ging.

Es war Pete. Der Vormann trat mit ernstem Gesicht ein. »Tut mir leid, Matt, wenn ich dich am Sonntag stören muss. Aber heute kamen nochmal acht Kälber. Alle tot.«

»Verdammter Mist. In Ordnung, ich komme gleich raus.«

Pete ging hinaus und Matt nahm seinen Hut.

Sie sah ihn besorgt an.

»Warum verlieren sie alle ihre Kälber, Matt?«

Er atmete tief ein. »Es scheint eine Krankheit zu sein, die ihre Kälber sterben lässt. Man weiß nicht viel darüber. Außer, dass sie ansteckend ist.«

»Oh Gott. Du meinst, du wirst kein einziges Kalb aus der neuen Herde bekommen?«

»So ist es, fürchte ich.«

»Aber, kann man das denn nicht irgendwie behandeln?«

Er schüttelte den Kopf. »Es gibt keine Kur dagegen. Aber es heißt, wenn sie es einmal hatten, heilt es aus und es passiert dann nicht mehr.«

»Aber das ist doch gut, oder?«, fragte sie.

»Nicht wirklich. Anscheinend können sie andere noch anstecken, wenn sie es schon lange nicht mehr haben.«

Sie erstarrte. »Das heißt?«

»Das heißt, dass ich um jeden Preis verhindern muss, dass dies geschieht.«

Er küsste sie zum Abschied auf den Mund.

»Mach dir keine Sorgen. Solche Dinge passieren. Damit muss man hin und wieder rechnen. Ich muss jetzt los. Bis später.«

*

Matt lehnte seine Arme auf den Zaun des Pferchs.

»Wie viele sind es jetzt insgesamt?«, fragte er.

»Achtundzwanzig«, antwortete Pete. Der Vorarbeiter stand mit unbehaglicher Miene und den Händen in den Taschen neben ihm.

»Gab es lebende?«

»Nicht eins.« Pete spuckte etwas Tabaksaft auf den Boden. »Denkst du, es ist das, was ich denke?«

Matt fuhr sich mit einer Hand durch das Gesicht und fluchte. »Es sieht alles danach aus.«

Lange und nachdenklich ließ er seinen Blick über die Rinder im Pferch schweifen. Es war kein so großes Lot. Nur gut zweihundert Stück. Es würde ihn nicht ruinieren, nur ziemlich zurückwerfen. Wenn es jedoch seinen ganzen Bestand erreichte...

Er wandte sich ab. »Wir erschießen sie. Sofort. Und verbrennen sie dann«, sagte er zu Pete.

»Auch die Bullen?«

»Alle.«

Kapitel 11

Die Sache setzte ihm zu. Äußerlich gesunde Rinder scheinbar sinnlos töten zu müssen, würde niemals zu den Dingen gehören, an die er sich gewöhnte. Es dauerte lange; er kam spät nach Hause und nahm als erstes ein Bad, um den scheußlichen Brandgeruch loszuwerden, den er in jeder Pore seines Körpers glaubte. Als er aus dem Badezimmer kam, war Gillian mit Charlie beschäftigt. Also ging er in sein Zimmer.

Er saß grübelnd auf seiner Bettkante, als es leise klopfte. Erstaunt runzelte er die Stirn. Sie kam nie in sein Schlafzimmer, wenn er sich darin aufhielt.

»Komm rein, Gillian«, rief er, während er sich schnell ein Hemd überstreifte.

Sie kam zu ihm und setzte sich neben ihn. Sie berührte ihn kaum, aber ihre Nähe tat ihm gut.

»Die Schüsse haben aufgehört«, sagte sie leise.

»Ja. Für heute Nacht.« Er lächelte sie schmerzlich an und legte den Arm um sie. »Aber es wird morgen weitergehen.«

Die Munition und das Petroleum würden ihn teuer zu stehen kommen. Aber er würde keine kranken Rinder verkaufen oder sie zum Essen schlachten lassen.

Gillian legte den Kopf an seine Schulter. »Oh, Matt. Es tut mir so leid. Es ist einfach schrecklich.«

»Ja, das ist es. Es gehört zum Schlimmsten, was ein Rancher erleben kann.«

Es war tröstlich, seinen Kummer mit ihr teilen zu können. Er zog sie näher an sich und strich mit den Lippen über ihr Haar. Er nahm ihren Duft wahr und sein Herz schlug sofort etwas schneller.

Sie wandte sich ihm zu und küsste ihn plötzlich auf die Wange. Das war überraschend. Der erste Kuss, den sie ihm von sich aus gegeben hatte. Er sah ihr in die Augen und verlor sich in deren dunklen, geheimnisvollen Tiefen. Die Sorge um die Ranch geriet plötzlich in weite Ferne.

Wie magisch angezogen näherte sich sein Mund ihren Lippen und kaum dass er sie berührte, flammte brennendes Begehren in ihm auf. Und auch ihr schien es nicht anders zu ergehen, denn sie erwiderte seine Leidenschaft. Ohne Zögern öffnete sie den Mund und er ließ seine Zunge geradezu impulsiv hinein gleiten. Die Lust überschwemmte ihn wie eine Woge und sein Kuss wurde fordernder. Während seine Lippen und seine Zunge sie unaufhaltsam in Besitz nahmen, drängte sie ihm nicht weniger stark entgegen. Ihre Hände legten sich auf seine Brust. Sie fuhren unter sein offenes Hemd und berührten seine nackte Haut, streiften flüchtig seine Brustwarzen. Ein wohliger Schauer überlief ihn und seine Lenden krampften sich erwartungsvoll zusammen.

Vielleicht würde es jetzt passieren. Sie war in sein Zimmer gekommen, sie küsste ihn leidenschaftlich, hier auf seinem Bett. Hieß das nicht, das sie es auch wollte?

Langsam ließ er sich mit ihr auf das Bett zurücksinken und küsste sie immer und immer wieder, heiß und gierig, als gäbe es kein Morgen mehr. Sie erwiderte seine Küsse mit deutlich fühlbarem Verlangen. Ihre Handflächen strichen über die festen Muskeln seiner Schultern, seines Rückens. Die Barriere, die sein Hemd bildete, machte ihn fast wahnsinnig. Er richtete sich auf und riss es sich vom Leib.

Er nahm ihre Hände und legte sie voller Ungeduld wieder auf seine nackte Haut. Ihre rastlosen Berührungen ließen ihn in Flammen aufgehen und er stöhnte in verhaltener Lust. Er eroberte ihren Mund mit einem weiteren, tiefen Kuss und setzte dann eine lange Reihe Küsse auf ihr Gesicht und ihren Hals. Er wanderte tiefer, seine Lippen glitten hungrig über ihr Dekolleté, über den wunderbar weichen Ansatz ihrer Brüste. Seine Hand fuhr über ihren schlanken Bauch nach oben, bis zu ihrer linken Brust und umfasste sie sanft knetend. Selbst durch den störenden Stoff ihres Kleides hindurch fühlte sie sich wundervoll an. Seine Fingerspitzen fanden die verlockende Erhebung in der Mitte ihrer Brust; es dauerte nicht lange und die zarte Knospe reagierte auf die sanften Liebkosungen und richtete sich auf. Sie stöhnte leise. Es machte ihn rasend.

»Gefällt dir das, Gilly?«, flüsterte er, heiser vor Lust.

»Ja. Sehr«, seufzte sie, kurz bevor sein leidenschaftlicher Kuss erneut ihren Mund verschloss und ihre schneller werdenden, heißen Atemzüge die seinen wurden. Fieberhaft griff er nach unten, krallte sich in ihre Röcke und zog sie mit fahrigen Bewegungen nach oben. Seine Hand strich über ihre Schenkel, liebkoste ihre warme, glatte Haut. Gott, wie gut sie sich anfühlte! Seine Erregung, seit Tagen zurückgehalten, steigerte sich fast bis ins Schmerzhafte. Er würde ganz sicher sterben, wenn er sie jetzt nicht haben konnte!

Seine Finger schoben sich unter ihre rüschenbesetzten Pantalettes auf der Suche nach der süßen Verheißung, die ihn darunter irgendwo erwartete. Er wollte sie dort berühren, aber ihre Beine waren fest geschlossen. Alles vernünftigen Denkens beraubt, legte er sich auf sie. Er presste die pochende Härte seines Schaftes fest gegen ihren Unterleib und drückte dabei mit einem seiner Knie zwischen ihre Schenkel.

Es hatte etwas zu Besitzergreifendes, aber er bemerkte dies erst, als sie unter ihm starr wie Eis wurde. Ihre Hände streichelten ihn nicht mehr, sondern pressten abwehrend gegen seine Brust. Sie wich seinen Küssen aus und wimmerte.

»Hör auf! Matt! Geh runter von mir! Du tust mir weh!«

Sie wand sich unter ihm und er gab sie frei. Schlagartig wurde er nüchtern, als ihm klar wurde, dass er zu grob vorgegangen war, zu fordernd.

Sie verließ das Bett und wandte sich ab. Still und regungslos stand sie da. Gott, er verachtete sich. Er hatte sich fest vorgenommen, behutsam vorzugehen. Zu warten, bis sie ganz und gar bereit war. Und jetzt hatte er sich benommen wie ein Tier. Er war solch ein Idiot. Keinen Deut besser als alle anderen Männer.

Langsam erhob er sich, ging zu ihr und stellte sich hinter sie. Eine Weile tat er gar nichts. Schließlich schob er vorsichtig ihr Haar zur Seite und hauchte einen Kuss auf ihren Nacken.

» Es tut mir leid«, flüsterte er.

Sie blieb starr wie eine Wachspuppe. Er schluckte.

»Ich bin mir einfach noch nicht sicher«, stieß sie hervor. »Wenn wir diesen Schritt tun, gibt es kein Zurück mehr.«

»Gillian«, sagte er rau. »Darum geht es hier doch gar nicht mehr, hab ich Recht?«

Sie antwortete nicht. Aber Matt wusste, dass er Recht hatte. Sanft drehte er sie zu sich herum, fasste sie leicht bei den Schultern, strich an ihren Armen abwärts und nahm schließlich ihre Hände, führte sie an seine Lippen.

»Gilly, alles, was ich will, ist dich glücklich zu machen! Es tut mir leid, dass ich dich so bedrängt habe. Ich will dich so sehr, ich fürchte, mein Verstand hat ausgesetzt. Aber ich schwöre dir, bei Gott, ich will dir nicht weh tun und ich werde es auch nicht. Lass es mich dir beweisen. Ich werde nichts tun, was du nicht selbst willst. Und ich werde jederzeit aufhören, wenn du mich darum bittest. Gillian, bitte, ich will dich lieben dürfen. Lass mich dir zeigen, wie schön es sein kann!«

Er hätte nie gedacht, dass er jemals eine Frau so anbetteln würde. Aber es war ihm egal. Er würde auch auf die Knie fallen vor ihr, wenn sie es verlangte.

Sie sah ihm nicht in die Augen. Ihr Schweigen riss ihm das Herz heraus. In die Stille hinein hörte man Charlies Weinen aus dem Kinderzimmer.

»Ich muss nach ihm sehen«, sagte sie schnell, machte sich von ihm los und verließ den Raum.

Matt machte einen resignierten Schritt zur Wand und lehnte die Stirn dagegen. Er ballte die Fäuste und ließ sie in einer hilflosen Geste links und rechts neben seinem Kopf gegen die Wand fallen.

Was für ein beschissener Tag.

Er musste hier raus. Er konnte einfach nicht mehr.

Kapitel 12

»Gib mir eine Flasche, Phil«, sagte Matt, als er den Saloon betrat.

»Hallo, Matt«, antwortete der Mann hinter der Bar. »Schon genug vom Eheleben?«

Matt machte eine abwehrende Geste. Phil lachte und stellte eine Flasche und ein Glas auf den Tresen. Matt griff sich beides, begab sich an einen Tisch in einer einsamen, ungestörten Ecke des Saloons und setzte sich, mit dem Rücken zur Wand. Er entkorkte die Flasche und goss sich ein. Eine Weile saß er nur da und starrte das Glas an.

»Matt«, sagte ihre wohlbekannte, warme Stimme und sie ließ sich auf einen Stuhl ihm gegenüber gleiten. Der zahlende Kunde, der mit ihr die Treppe heruntergekommen war, begab sich hinter ihr an die Bar.

»Solltest du nicht zu Hause sein, bei Frau und Kind?«

Er antwortete nicht, aber schenkte ihr zur Begrüßung ein schiefes Lächeln. Lizzie sah schlecht aus, müde und erschöpft, viel älter als ihre achtundzwanzig Jahre. Sie roch nach billiger, käuflicher Liebe. Es verursachte ihm Übelkeit. Er hasste es, dass sie dieser Arbeit nachgehen musste.

Er hatte sie schon hunderte Male freikaufen wollen, doch sie wollte nie etwas davon hören. »Das ist nicht deine Sache, Matt«, sagte sie dann immer. Sie hoffte immer noch auf das Wunder, das nie kommen würde.

Arme Lizzie...

Matt setzte das Glas an und kippte seinen Inhalt auf einmal hinunter. Der Whiskey brannte durch seine Kehle und hinterließ das altbekannte, heiße Gefühl in seiner Magengrube.

»Du solltest nicht hier sein. Das wird ihr nicht gefallen. Du tust ihr weh damit.«

Er schwieg.

Lizzie seufzte.

»Matt, zum Teufel, sei nicht so ein Idiot. Setz' nicht leichtfertig aufs Spiel, was du an ihr hast. Ich habe sie getroffen. Sie scheint sehr nett zu sein.«

Er lachte schmerzvoll auf. »Sie ist ein Engel, Lizzie! Sie hat Charlie das Leben gerettet! Fast wäre sie selbst umgekommen dabei!«

Er erzählte Lizzie in einer Kurzversion, was vor ein paar Tagen am Fluss vorgefallen war.

»Sie ist alles, was sich ein Mann wünschen kann!«, schloss er. »Mutig, intelligent und dazu noch bildschön! Und sie sorgt für uns. Sie ist wie eine Mutter für Charlie. Er vergöttert sie. Und ich...«

»Du liebst sie.«

Statt einer Antwort stürzte er seinen zweiten Whiskey hinunter.

»Warum bist du dann hier?«, fragte Lizzie.

Wortlos goss Matt sich den Nächsten ein und fasste nach dem Glas. Sie legte die Hand darüber. Er schob sie weg.

»Wenn du in dem Tempo weiter trinkst, wirst du in spätestens fünfzehn Minuten halbtot unter dem Tisch liegen.«

»Das ist meine Absicht«, antwortete er.

Lizzies Ton wurde eindringlich. »Warum bist du hier und nicht bei ihr, Matt?«

Matt zuckte die Schultern und trank. Sie gab auf.

»Du willst dich betäuben? Also schön, dann betäube dich für heute Nacht. Aber das wird nichts ändern. Außer, dass du es morgen früh bitter bereuen wirst. Und deine Probleme werden sich dadurch nicht lösen. Im Gegenteil.«

Sie erhob sich zum Gehen.

»Sie will nicht mit mir schlafen, Lizzie«, sagte Matt schnell.

Stirnrunzelnd ließ sich Lizzie wieder auf den Stuhl nieder.

»Du meinst, ihr hab noch nicht...?«

Er gab keine Antwort.

»Warum nicht?«, fragte sie.

Matt goss sich noch ein Glas ein, aber er trank nicht. Als er redete, merkte er, dass der Alkohol langsam Wirkung zeigte. Seine Sprache wurde schon schleppend.

»Ich bin selbst schuld«, knurrte er. »Ich habe das mit dieser Scheiß-Probezeit ja selbst aufgebracht!«

»Probezeit? Matt, was redest du da? Ich versteh' kein Wort«.

Er verzog das Gesicht. »Ich Riesentrottel habe ihr und mir ›Bedenkzeit‹ gegeben. Und ihr gesagt, wenn einer von uns diese Ehe absolut nicht will, dass wir dann eine Annullierung beantragen. *Ich* will das nicht mehr. Aber sie...«

»Sie will noch mehr Bedenkzeit? Oder will sie die Annullierung?«

»Sie sagt, sie sei noch nicht sicher. Doch darum geht es gar nicht. Sie hat Angst.«

»Angst?«, fragte sie. »Du meinst vor dem Akt?«

»Ja.«

Sie hob die Achseln. »Alle Jungfrauen haben ein bisschen Angst davor. Du musst sie eben sanft verführen.«

Matt schüttelte den Kopf. »Das ist es nicht. Es ist viel schlimmer... Sie wurde vergewaltigt. Von so einem dreckigen Engländer. Zwei Mal. Einmal vor sechs Jahren. Und das zweite mal erst vor kurzem. Er hat ihr gedroht, wiederzukommen. Das war der einzige Grund, warum sie mich geheiratet hat! Teufel noch mal, ich könnte dieses Schwein umbringen!«

Lizzie wurde blass. »Mein Gott...«

Er nickte grimmig.

»Versteht sie denn nicht, dass du ihr nicht weh tun wirst?«

»Ich fürchte, das hab' ich schon getan, Liz.«

»Matt!«

»Nein, nicht *so*! Hey, du solltest mich besser kennen! Aber... ich bin heute wohl etwas zu... ungestüm gewesen. Ich hab' mich dafür entschuldigt. Sie angefleht... Aber ich glaube nicht, dass sie mir jetzt noch vertraut.«

Sie legte die Hand auf seinen Arm.

»Matt, das ist eine ernste Sache. Sie ist viel empfindlicher als jede Jungfrau es sein könnte. Wenn du sie jetzt noch gewinnen willst, musst du behutsam vorgehen. Werbe um sie. Sei zärtlich zu ihr. Gib ihr das Gefühl, geliebt zu werden. Und vor allen Dingen, halte dich zurück! Lasse sie, und nur sie bestimmen, wie weit sie gehen will.«

Matt drückte den Handballen gegen seine schmerzende Stirn.

»Ich habe Angst, Lizzie. Eine Frau, die so etwas erlebt hat... Vielleicht kommt sie nie darüber hinweg und es endet wie mit... Verdammt. Ich will das alles nicht noch einmal durchmachen müssen. Allein schon wegen Charlie. Ich steh das nicht nochmal durch. Lieber gebe ich ihr diese verdammte Annullierung.«

»Das mit Victoria war etwas ganz anderes. Sie war *krank*. Und du musst aufhören, dir dafür die Schuld zu geben! Du warst nicht daran schuld! Niemand war das. Und selbst wenn sie nicht mit dir verheiratet gewesen wäre...«

Er schüttelte erneut den Kopf und trank sein Glas aus.

Ein Mann trat an ihren Tisch.

»Lizzie, kommst du mit?«

Sie nickte.

»Ich muss arbeiten«, sagte sie an Matt gewandt. Als sie aufstand, beugte sie sich noch einmal zu ihm herunter und beschwor ihn: »Du wirst jetzt auf der Stelle aufhören zu trinken, dich auf dein Pferd setzen und nach Hause reiten. Du wirst ihr sagen, dass du sie liebst. Du wirst dich um sie kümmern, sie auf Händen tragen und ihr den Hof machen. Das ist das Einzige, was dir und ihr helfen kann. Und nicht, dass du hier im Hurenhaus sitzt und dich besäufst. Das wird alles nur noch schlimmer machen. Himmel noch mal, denk doch mal an sie dabei!«

»Das tue ich doch!«, rief er ihr hinterher. »Ich denke an verdammt noch mal nichts anderes mehr!«

*

Als Lizzie einige Zeit später in den Saloon hinunterging, sagte ihr ein Blick in die Ecke, dass Matt nicht auf sie gehört hatte. Er war vornüber gekippt, sein Kopf und seine Arme lagen auf dem Tisch in einer Whiskeylache. Das Glas hatte er noch in der Hand und neben ihm standen eine leere und eine halb geleerte Flasche.

Sie ging hin, rief seinen Namen und rüttelte ihn an der Schulter. Außer einem Stöhnen kam keine Antwort. Bei ihm waren die Lichter aus.

Sie strich ihm über den Kopf. »Du verdammter Idiot«, sagte sie leise.

Ein Mann betrat den Saloon und ließ sie aufschauen. Schnell ging sie zu ihm.

»Hallo Lizzie«, begrüßte sie Thomas und legte in einer besitzergreifenden Geste den Arm um sie. »Kommst du?« Er schob sie zur Treppe.

Sie hielt ihn auf. »Tom, gut das du kommst!« Mit dem Kopf wies sie auf Matt in seiner Ecke. »Er hat einen über den Durst getrunken. Ich weiß, es ist viel verlangt, aber könntest du ihn nicht mit deiner Kutsche nach Hause zu seiner Frau bringen? Sie wird sich sicher große Sorgen machen.«

Brigham ließ seinen Blick mit Verachtung über den Betrunkenen gleiten und sagte schlicht und einfach: »Nein.«

Er wollte sie wieder zur Treppe ziehen, doch Lizzie gab nicht nach. »Bitte, Thomas. Spring doch mal über deinen Schatten. Es wird Ärger geben, wenn er die ganze Nacht hier bleibt.«

Thomas schnaubte verächtlich durch die Nase. »Es ist genau wie damals. Er wird sie unglücklich machen. Er hat es verdient, wenn sie ihm Ärger macht. Ich hoffe, sie schickt ihn zum Teufel!«

Er zog jetzt stärker an ihr, doch sie befreite sich wütend aus seinem Griff.

»Entweder du hilfst ihm, oder du kannst dir für heute Nacht eine andere suchen!«

Thomas' Augen verengten sich und seine Stimme wurde kalt. »Ich lasse mich von dir nicht erpressen, *Darling.* Und schon gar nicht, wenn es um Matt Cole geht!«

Mit diesen Worten ließ er sie stehen, ging zu einer der wartenden Dirnen und schob sie mit der Hand auf ihrem Hintern die Treppe hoch.

Lizzie schaffte Matt mit Phils Hilfe schließlich in ein Hinterzimmer des Saloons, das als »Ausnüchterungszelle« für gute Stammkunden diente. Er klammerte sich an sie, nannte sie mehrmals »Gillian« und bettelte sie an, mit ihm zu schlafen.

»Schlaf jetzt, du Trottel«, tadelte sie zärtlich und zog ihm die Stiefel aus.

Kapitel 13

Auf nackten Sohlen schlich Matt sich im Morgengrauen in sein Haus, ängstlich darauf bedacht, kein Geräusch zu machen. Er hoffte inständig, sie nicht zu wecken, denn es wäre nicht gut, wenn sie ihn in diesem Zustand sah.

Die Treppenstufen knarrten laut unter seinen Füßen und er hielt erschrocken inne. Taten die das eigentlich immer? Es war ihm noch nie aufgefallen. Vorsichtig setzte er seine nächsten Schritte, doch es war zu spät. Die Tür zu ihrem Zimmer öffnete sich und sie kam heraus, Charlie auf ihrem Arm. Am obersten Treppenabsatz blieb sie stehen und blickte auf ihn herunter. Ihr Gesichtsausdruck war eine Mischung aus Enttäuschung und Erleichterung. Schuldbewusst hob Matt die Augen zu ihr. Wie sie dort stand, barfuß, im Nachthemd, mit offenem Haar, das schläfrige Kind im Arm, fand er sie so wunderschön, dass sich sein Herz zusammenkrampfte.

»Wo warst du?«, fragte sie. Es klang nicht wütend, eher traurig. »Ich habe mir furchtbare Sorgen gemacht! Mein Gott«, sie lachte bitter, »ich hab dich schon im Fluss treiben sehen! Wenn Pete mich nicht davon abgehalten hätte, wäre ich losgezogen um dich zu suchen!«

Er schluckte und erwiderte nichts. Das brauchte er nicht. An ihm haftete der Geruch der Schuld. Er stank nach allem, was die Matratze in Phils Ausnüchterungskammer je gesehen hatte. Tabakrauch aus dem Saloon hing in seinen Kleidern und seine Whiskeyfahne stach meilenweit gegen den Wind. Und über allem lag Lizzies billiges Parfüm.

Er wusste, was sie dachte, denn alle Indizien sprachen gegen ihn.

Gillian war tief enttäuscht. Sogar sein eigener Sohn schien ihn vorwurfsvoll anzublicken. Ihre Stimme zitterte als sie sagte: »Du hast mir gesagt, du willst mir alle Zeit geben, die ich brauche. Du hast gesagt, du wirst deine ›Bedürfnisse‹ nicht woanders ausleben.

Aber nachdem du anscheinend nicht akzeptieren kannst, dass ich noch nicht soweit bin, gehst du hin und tust genau *das*!«

Tränen traten jetzt in ihre Augen. »War das denn alles gelogen? Matt, wie soll ich dir je wieder vertrauen? Wir haben unsere Ehe noch nicht einmal richtig begonnen und Du...«

Er dachte kurz daran, ihr alles zu erklären. Doch es hatte keinen Zweck. Ein Blick in ihre Augen verriet es ihm. Sie würde ihm nicht glauben.

Sie kannte ihn nicht genug, um ihm zu glauben.

Und sie liebte ihn nicht genug, um ihm zu vergeben.

»Matt«, sagte sie leise. »Die Stelle der Lehrerin in Medicine Bow ist immer noch frei. Sie wollen mich haben. Und ich möchte zusagen.«

Er nickte langsam, kniff seine brennenden Augen zusammen und presste die Handballen gegen seine pochenden Schläfen.

»Ich verstehe. Lass mich nur erst ein Bad nehmen, in Ordnung? Danach fahren wir zum Richter.«

*

Das Schlimmste war seine undurchdringliche Miene.

Ab dem Moment, in dem sie ihm gesagt hatte, das sie gehen wollte, zeigte sein Gesicht keinerlei Regung mehr. Weder wirkte er schuldbewusst, noch traurig, noch wütend. Er war ernst und vollkommen undurchsichtig. Was immer in ihm vorgehen mochte, Gillian konnte es in seinem Gesicht nicht lesen. Wenn er sprach, war sein Tonfall völlig neutral. Er war höflich zu ihr, aber wortkarg, noch schlimmer als am ersten Tag ihrer Begegnung.

Was Gillian am meisten verletzte, war, dass er sie weder um Verzeihung gebeten, noch wenigstens *versucht* hatte, sich zu rechtfertigen. War das ein Schuldeingeständnis? Er hatte auch in keinster Weise versucht, ihr ihre Entscheidung auszureden. Hieß das, dass er erleichtert war, dass sie ging?

Sie war traurig, dass es so enden musste. Sie fühlte sich körperlich nach wie vor stark zu Matt hingezogen. Doch das, was er ihr angetan hatte, wog zu schwer. Sie konnte diese Ehe, die eigentlich gar keine gewesen war, nicht länger aufrechterhalten. Vielleicht war es auch besser so. Sie würde als alte Jungfer enden und würde sich nie mehr darum Gedanken machen müssen, ob sie jemals wieder bei einem Mann liegen könnte.

Was aber unendlich schmerzte war, dass sie sich von Charlie trennen musste. Sie hatte von Anfang an die Mutterrolle für den Jungen übernommen, nicht wirklich damit rechnend, dass sie ihn jemals wieder hergeben müsste. Dadurch hatte sie bereits in den wenigen Tagen, die sie hier war, eine innige Beziehung zu ihm aufgebaut. Ihn zu verlassen brach ihr das Herz und sie musste den Gedanken daran immer wieder verdrängen, um nicht andauernd in Tränen auszubrechen.

Nach einem recht schweigsamen Frühstück und einer nicht minder schweigsamen Fahrt nach Medicine Bow nahmen sie den Zug nach Laramie und sprachen beim Friedensrichter vor. Sie mussten beide einige Dokumente unterschreiben und der Richter sagte ihnen, er würde ihren Antrag prüfen, aber es könnte einige Zeit dauern, denn er wäre heillos überlastet.

Anschließend fuhren sie zurück und gingen zu Reverend Fenimore. Sie erklärten ihm den Sachverhalt, natürlich ohne dabei in die beschämenden Details zu gehen und Gillian bat darum, ab sofort im Lehrerhaus wohnen zu dürfen.

*

Die Schule und das Lehrerhaus waren in einfachster Holzbauweise gebaut. Doch »Haus«, war eine zu wohlwollende Formulierung für die kleine Hütte neben dem Schulgebäude. Als Gillian ihre neue Behausung mit Charlie auf dem Arm betrat, empfing sie eine unangenehme Überraschung. Es gab nur einen einzigen Raum. Die Wände waren kahle Bretter, ebenso der Fußboden, nur dass dieser dazu noch ziemlich schmutzig war. Mehrere dunkle Flecken auf dem Boden ließen undichte Stellen im Dach vermuten. An Möbeln gab es nur ein grob gezimmertes Bett, einen ebensolchen Tisch und Stuhl, einen Schrank für Vorräte und Geschirr und einen derben Kleiderschrank. Ein Holzofen stand in einer Ecke, der sowohl zum Kochen als auch zum Heizen diente. Als Waschgelegenheit diente eine Schüssel mit dazugehöriger Kanne. Anscheinend hatte die Gemeinde von Medicine Bow nicht viel Geld für den Komfort ihrer Lehrkräfte übrig.

Als Matt ihr mit ihrem Gepäck in das Haus folgte, fiel zum ersten Mal an diesem Tag seine undurchsichtige Fassade und er blickte Gillian stirnrunzelnd an.

»Gillian, bist du sicher, dass du das tun willst?«

»Ja«, nickte sie.

»Das ist eine Baracke«, sagte er und es klang besorgt. »Wie willst du hier den Winter überstehen?«

»Es wird schon gehen, Matt.«

Er blickte zum Dach hoch. »Das bezweifle ich.« Mit zusammengezogenen Brauen sah er sich um. »Brennholz ist auch keins da.«

»Ich besorge mir welches.«

»Was zahlen sie dir überhaupt?«

»Drei Dollar die Woche.«

»Drei Dollar! Das ist viel zu wenig, um...«

»Matthew«, unterbrach sie ihn. »Es ist gut. Ich werde zurechtkommen.«

Er sah sie lange an und nickte dann langsam. »Also gut... dann gehen wir jetzt.«

»Ja«, antwortete sie heiser. Ihr Herz zog sich zusammen. Lautlos weinend drückte sie Charlie noch etwas enger an sich, küsste ihn und strich zärtlich über seinen blonden Schopf. Matt stellte sich vor sie, um seinen Sohn zu übernehmen.

»Du kannst ihn jederzeit besuchen«, sagte er leise.

Sie nickte dankbar, unfähig zu reden, denn der Kloß in ihrem Hals drückte ihr fast die Luft ab. Matt nahm das Kind behutsam aus ihren Armen und als sie zu ihm hoch sah, glaubte sie in seinen Augen ein feuchtes Glitzern zu sehen.

Er schluckte. »Es... Es tut mir alles sehr leid, Gillian. Lass mich wissen, wenn du irgendetwas brauchst. Ich werde immer für dich da sein. Leb' wohl.« Er hob die Hand, als wollte er ihr Gesicht berühren. Dann besann er sich anders, drückte kurz ihre Hand und ging mit seinem Sohn hinaus.

Eine furchtbare Leere blieb zurück. Gillian setzte sich fröstelnd auf ihre Bettkante und weinte.

*

Wenig später saß Matt mitsamt Charlie an der Theke im Saloon, der um diese Tageszeit fast leer war. Er starrte die beiden unberührten Flaschen an, die vor ihm standen.

Fast lautlos glitt Lizzie neben ihn. »Du sollst ihn doch nicht hier hereinbringen«, zischte sie.

Er zuckte die Schultern. »Sind gleich wieder weg.«

Ihr Blick fiel auf die Flaschen und sie runzelte die Stirn. »Tu das nicht. Denk an deinen Sohn«, warnte sie.

Statt einer Antwort drückte er ihr sein Kind in die Arme und fuhr sich mit einer Hand über die Augen.

»Matt«, sagte sie sanft und legte ihre Hand auf seinen Arm. »Was ist passiert?«

»Ich hab's versaut, Lizzie. Und zwar gründlich...«

Er starrte noch eine Weile länger auf die Flaschen und wischte beide plötzlich mit ein, zwei unbeherrschten Schlägen von der Theke. Mit lautem Klirren zersprangen sie auf dem Boden in hunderte Scherben.

Phil runzelte die Stirn. »Das musst du trotzdem bezahlen«, knurrte er.

Matt schloss die Augen und wurde wieder ruhig. »Natürlich. Tut mir leid, Phil.«

»Komm,« sagte Lizzie. »Gehen wir wohin, wo wir ungestört reden können.« Sie nahm ihn bei der Hand und führte ihn die Treppe hinauf.

»Lizzies Zeit musst du auch bezahlen!«, rief Phil ihnen hinterher.

*

»Sie verlässt dich, nur weil du dich betrunken hast? Und du lässt das einfach zu?«, fragte Lizzie ungläubig, nachdem er ihr in ihrem Zimmer alles erzählt hatte.

»Warum hast du es ihr nicht erklärt?«

»Sie hätte mir nicht geglaubt.«

»Soll ich mal mit ihr reden?«

»Nein.«

Lizzie sah ihn fassungslos an. »Aber... Matt! Willst du denn gar nicht um sie kämpfen? Du leidest wie ein Hund, das sieht ein Blinder. Du liebst sie!«

Matt schüttelte verbittert den Kopf. »Aber sie mich nicht!«

Es stimmte. Er litt unsäglich. Er wusste zwar nicht, ob er Gillian tatsächlich liebte, wie Lizzie es ihm auf den Kopf zusagte. Doch wusste er, dass es, selbst nach der kurzen Zeit, in der er sie kannte, verdammt weh tat, sie wieder gehen zu lassen.

Doch was hatte er eigentlich erwartet? Dass seine bestellte Braut hier ankam und ihre Zuneigung vorbehaltlos einem ihr wildfremden Mann schenkte? Es lag doch auf der Hand, dass solche Ehen nicht aus Liebe geschlossen wurden. Es war ihre Not, die sie dazu veranlasst hatte, ihr dringendes Bedürfnis nach Sicherheit und Schutz! Er hätte sich ihre Liebe verdienen müssen. Vor allem, nach dem, was sie durchgemacht hatte. Aber weiß Gott, er hatte sie schlecht behandelt und bitter enttäuscht. Ein unverzeihlicher Fehler.

Das letzte Mal, dass er sich bis zur Besinnungslosigkeit betrunken hatte, war eine Weile her. Und es hatte seine eigene, ganz persönliche Hölle zu Folge gehabt. Dass er es letzte Nacht wieder getan hatte, ließ ihn vor Selbstverachtung und hilfloser Wut aufstöhnen. Auch und gerade, wenn er wusste, was die Ursache dafür gewesen war. Diese verdammte Angst. Die Schuldgefühle. Er hatte nichts dagegen tun können. Sie waren an ihm hochgekrochen wie fette, schwarze, haarige Spinnen und hielten sein Herz auch jetzt noch im stählernen Klammergriff.

Er hätte es von Anfang an besser wissen müssen. Auch diese Ehe war zum Scheitern verurteilt. Vielleicht war es noch zu früh. Vielleicht war er noch nicht soweit. Vielleicht würde er es nie sein. Eines wusste er jedoch, er würde Gillian nicht weiter mit in diesen Abgrund ziehen. Dazu empfand er viel zu viel für sie.

»Matt?«, fragte Lizzie leise. »Willst du denn gar nichts tun?«

Er erhob sich. »Lass es gut sein, Lizzie. Es ist besser so. Für uns beide.«

Kapitel 14

Es war klar, dass es nicht lange dauern würde, bis ihre Trennung Stadtgespräch wurde. Über die Trennungsgründe gab es wilde Spekulationen. Gillian bekam einen Teil davon mit eigenen Ohren zu hören, als sie ein paar Tage später in Albridges' Geschäft einkaufte. Da standen sie wieder, die ehrenwerten Damen, allen voran Mrs. Soames und als Gillian den Laden betrat, breitete sich betretenes Schweigen aus. Sie wusste, dass sie über sie geredet hatten.

Während sie Mrs. Albridge tapfer ihre Einkaufsliste vorlas, steckten die Lästermäuler ihre Köpfe zusammen und tratschten ungeniert weiter. Sie sprachen mit Absicht gerade so laut, dass sie es noch hören *musste*. Eine unglaubliche Demütigung.

»Vielleicht ist er ja impotent«, hörte sie jetzt eine der Frauen flüstern.

»Impotent? Der?«, zischte Mrs. Soames. »Das kann ich mir nicht vorstellen. Dazu treibt er sich viel zu oft im Hurenhaus herum. Ich glaube eher, dass er vielleicht *merkwürdige Vorlieben* hat!« Sie ließ es sich buchstäblich auf der Zunge zergehen und genoss sichtlich das wohlige Entsetzen, das dieses schaurig schöne Geheimnis bei ihren Kameradinnen auslöste.

»Ja, das ist natürlich gut möglich«, antwortete die Andere. »Und als sie nicht darauf einging, hat er sie verstoßen.«

Gillian versuchte verzweifelt, nicht hinzuhören und sagte an Mrs. Albridge gewandt. »Ich hätte dann gern noch ein Pfund Zucker.«

»Naja«, sagte jetzt ein anderes Klatschweib, »sie hat jedenfalls gut daran getan, sich rechtzeitig davon zu machen. Wer weiß, ob sie sonst nicht auch irgendwann so ein schreckliches Ende gefunden hätte wie seine erste Frau.«

»Das arme unschuldige Kind tut mir ja am Meisten leid. Wenn ihr mich fragt, ich glaube ja, er ist nicht ganz richtig im Kopf«, sagte jetzt wieder Mrs. Soames mit einem schnellen Seitenblick auf Gillian. »Er wird ja nicht umsonst *Mad Matt* genannt. Bestimmt ist er auch gewalttätig. Die erste Frau ist ja unter ungeklärten Umständen…«

Gillian ballte innerlich ihre Fäuste. Was genug war, war genug. Sie atmete tief ein und als sie sich an diesen Club der Hexen wandte, zitterte ihre Stimme nur minimal.

»Mr. Cole ist der beste Vater, den ein Kind haben kann! Er hat mehr Ehre im Leib als jede einzelne von Ihnen und ich bin stolz darauf, ihn kennen zu dürfen. Was ich von Ihnen allen nicht sagen kann.« Sie nickte Mrs. Albridge kurz zu. »Bitte schicken Sie mir meine Sachen ins Lehrerhaus.«

Damit wandte sie sich um und verließ das Geschäft.

*

Ein paar Tage später klopfte es an ihrer Tür. Sie erschrak fast, als sie öffnete, denn draußen stand Matt, jeweils eine Kiste unter einem Arm. Er sah verlegen aus.

»Hallo, Gillian. Die Stiefel sind fertig. Sie gehören dir. Ich... habe keine andere Verwendung dafür.« Er lachte auf. »Meine Männer waren zwar scharf darauf, aber keiner von ihnen hat so zierliche Füße...Und – ähm – ich dachte mir, du könntest vielleicht auch noch ein paar andere Dinge gebrauchen... Also hab ich sie gleich mitgebracht. Darf ich 'reinkommen?«

Sie ließ ihn ein, aber als sie sah, was er alles mitgebracht hatte, schalt sie ihn. Es war eine ganze Menge Lebensmittel. Vorräte, die sie mit ihrem mageren Gehalt bisher noch nicht hatte anlegen können.

»Matt... Das sollst du nicht. Ich komme schon zurecht. Du musst nicht mehr für mich sorgen, ich bin nicht mehr deine...«

Er unterbrach sie. »Bitte«, sagte er und sah ihr ernst in die Augen. »Erlaube es mir, Gillian. Es ist allein meine Schuld, dass du in diese... Lage geraten bist. Lass mich wenigstens einen kleinen Teil dazu tun, um es wieder... um es dir etwas angenehmer zu machen.«

»Also gut. Danke«, sagte sie schließlich und lächelte.

Er lächelte zurück und dieses verwünschte Ziehen stieg wieder in ihrer Brust auf. Sie schüttelte es ab und begann, gemeinsam mit ihm die Lebensmittel in ihren Schrank zu räumen.

»Wie geht es Charlie?«, fragte sie. »Wo ist er?«

»Ich hab ihn bei Pete gelassen. Er ist ein bisschen erkältet.«

Erschrocken sah sie ihn an, aber er beruhigte sie: »Ist wirklich nichts Ernstes, nur ein Schnupfen. Du musst dir keine Sorgen machen. Er ist bald wieder gesund. Wenn du möchtest, bringe ich ihn dir nächstes mal vorbei, wenn ich wieder in der Stadt bin.«

»Oh ja, das wäre wundervoll«, lächelte sie.

Er sah sich nachdenklich im Raum um, sagte aber nichts, sondern verabschiedete sich bald darauf und verließ sie.

*

Gillian nahm ihren Alltag als Lehrerin von Medicine Bow auf. Sie hatte zweiundzwanzig Kinder zwischen sechs und vierzehn Jahren zu unterrichten. Keine leichte Aufgabe, doch sie hatte Spaß daran. Während sie den Kindern alles beibrachte, was ihrer Meinung nach fürs Leben vonnöten war, versorgte sie laufende Nasen, aufgeschlagene Knie, schlichtete Streit, tadelte die frechen Schüler und lobte die fleißigen. Sie ging in ihrer Arbeit auf und es half ein bisschen dabei, über ihre kurze Ehe mit Matthew Cole hinwegzukommen. Tagsüber, zumindest.

Nachts fühlte sie sich einsam wie nie zuvor. Sie lag dann mit angezogenen Knien unter ihre fadenscheinige Bettdecke gekauert und sehnte sich nach der Ranch zurück. Nein, nicht nach der Ranch. Nach ihren Bewohnern. Die Sehnsucht nach Charlie war ungebrochen, aber wenn sie ehrlich war, auch die nach seinem Vater. Wenn sie daran dachte, wie er sie angesehen, sie geküsst und berührt hatte, zog auch jetzt noch das geheimnisvolle Kribbeln in ihr auf, das sie nichts anderes wünschen ließ, als ihm nahe zu sein.

Das ist rein körperlich, schalt sie sich.

Doch sie musste auch zugeben, dass die Momente in denen sie zusammen gelacht, Pläne gemacht und Sorgen geteilt hatten, ihn ihr auch auf andere Weise näher gebracht hatten. Er hatte ihr dabei kleine Einblicke in sein sensibles Inneres gewährt und sie sah dies als Privileg, denn sie wusste bereits, dass er kein Mensch war, der sich leicht für andere öffnete.

Aber das war jetzt alles nicht mehr wichtig. Am Ende hatte er sie tief verletzt. Seine Küsse und die kurzen Momente des gegenseitigen Vertrauens gehörten der Vergangenheit an und bald gab es ihre Ehe noch nicht einmal mehr auf dem Papier.

Diese letzte Tatsache war auch anderen Bewohnern von Medicine Bow bewusst und Gillian bemerkte dies zum ersten Mal, als Thomas Brigham nach dem sonntäglichen Gottesdienst zu ihr aufschloss und ihr seinen Arm bot.

»Miss MacAvery«, sagte er mit einem freundlichen Lächeln. »Ist Ihnen auch so heiß? Ich sterbe vor Durst und bin auf dem Weg ins Kaffeehaus. Dürfte ich Sie auf eine Limonade einladen?«

»Nein, danke«, lehnte sie freundlich ab. Sie konnte nicht mit einem wildfremden Mann ins Kaffeehaus gehen, so etwas schickte sich einfach nicht. »Und ich bin immer noch Mrs. Cole«, fügte sie hinzu.

»Das verstehe ich nicht«, erwiderte Thomas. »Ich dachte Ihre Eheschließung sei nichtig. Warum bestehen Sie noch auf diesen Namen?«

Gillian antwortete ihm nicht, sondern warf ihm einen ungehaltenen Blick zu. Seine Dreistigkeit und Neugier waren mal wieder nicht zu überbieten.

Die Ehe war noch nicht annulliert. Zwar war das nur eine Formalität und es hätte sich niemand daran gestört, wenn sie bereits jetzt wieder ihren Mädchennamen angenommen hätte, doch Gillian hatte dem Reverend gesagt, dass sie Matts Namen solange nicht ablegen würde, bis die Annullierung rechtskräftig war. Für den unwahrscheinlichen Fall, dass ihr Antrag abgelehnt würde. In Wahrheit behielt sie diesen Namen aber auch noch aus einem anderen Grund. Denn er bedeutete Schutz. William suchte nach Gillian MacAvery. Nicht nach einer Mrs. Matthew Cole.

Thomas bemerkte seinen Fehler schnell und sagte: »Oh, ich bin untröstlich, sollte ich Sie beleidigt haben. Sie haben natürlich Ihre Gründe. Bitte, seien Sie mir nicht mehr böse, ja? Ich kann sonst eine ganze Woche lang nicht schlafen.« Er legte mit gespieltem Schmerz die Hand auf sein Herz.

Ja, er war ein wenig unverschämt, wie es wohl seine Art war, aber sein Lächeln und das Blitzen seiner Augen waren sehr charmant.

Sie lachte. »Na, das kann ich doch nicht verantworten.«

»Gestatten Sie mir dann, Sie nach Hause zu geleiten?«, ergriff er hoffnungsvoll die Gelegenheit und bot ihr wieder seinen Arm.

Sie neigte huldvoll den Kopf, ergriff seinen Arm und erlaubte es ihm. Es war ohnehin nicht weit. Die Schule lag in Sichtweite. Sie wappnete sich erneut gegen seine Neugier, doch er trat ihr nicht mehr zu nahe, sondern redete nur über Belangloses.

Als sie seinen Arm kurz vor ihrer Tür losließ, sagte er: »Es war mir ein Vergnügen, Miss... Mrs. Cole. Würden Sie mir die Ehre erweisen, Sie wiedersehen zu dürfen? Sagen wir morgen Nachmittag nach der Schule? Wir könnten ein kleines Picknick machen. Ich besorge alles.«

Eins war klar, Thomas Brigham war jemand, der keine Umschweife machte. Sie war ein wenig überrumpelt, aber sie wollte ihn nicht vor den Kopf stoßen. Also sagte sie zu.

Kapitel 15

Am nächsten Tag wurde der Unterricht durch Lärm gestört. Es war ein Klopfen und Klappern und es schien ganz in der Nähe zu sein. Stirnrunzelnd trat sie ans Fenster, doch sie konnte nichts sehen. Als sie die Kinder schließlich entließ und vor die Tür trat, sah sie, was den Lärm verursachte: Auf dem Dach ihrer Hütte saß Matt Cole und schwang einen Hammer! Sie beschattete ihre Augen vor der Sonne und blinzelte hinauf.

»Hallo, Gillian«, sagte er. »Wie war der Schultag?«

»Matt! Was um alles in der Welt tust du da oben?«

Seine blauen Augen blitzten kurz und spöttisch zu ihr herunter, bevor er mit seiner Arbeit fortfuhr.

»Na, wonach sieht es denn aus? Ich repariere dein Dach.«

»Du reparierst mein...?« Sie war sprachlos.

Er wies mit dem Hammer auf den Himmel. »Wenn es regnet, glaube ich nicht, dass du genügend Eimer hast, um alles aufzufangen, was hier durchkommen wird.«

Gillian lachte unsicher. Es war nicht gut, dass er immer wieder in ihre Nähe kam. Die Wunden würden so niemals heilen. Aber seine Fürsorge berührte sie.

»Also, ich... Nun... Danke!«

Er warf ihr erneut einen kurzen Blick zu und um seine Lippen spielte ein winziges Lächeln.

»Charlie ist noch bei Liz... Ich meine, Miss Robbins«, sagte er dann, während er seinen Blick wieder dem Nagel vor ihm zuwandte. »Ich hole ihn gleich, dann könnt ihr den Nachmittag miteinander verbringen, bis ich hier oben fertig bin.«

Gillian wurde es heiß. »Oh. Matt, ich... es...«

Sie biss sich auf die Lippen. Ausgerechnet heute! Wenn sie hätte wählen können zwischen Charlie und Thomas Brigham, hätte Matts Kind unbestritten das Rennen gemacht. Aber es war zu spät, die Verabredung abzusagen, denn genau in diesem Moment fuhr der Anwalt mit seinem eleganten Einspänner vor.

Er sprang vom Wagen und Gillian bemerkte an seinem kurzen, finsteren Blick zum Dach, dass er Matt gesehen hatte. Doch er sagte kein Wort dazu, sondern stellte sich lächelnd vor sie und verbeugte sich galant.

»Guten Tag, Mrs. Cole. Fertig für unser Picknick?«

Gillian sah schnell zum Dach hinauf. Für einen kurzen Augenblick sah sie Matts Blick kalt auf Thomas liegen, doch dann wandte er sich mit absolut ausdruckslosem Gesicht wieder seiner Arbeit zu.

»Vielleicht ein anderes Mal, Gillian«, sagte er.

»Ja. Ein anderes Mal«, erwiderte sie leise und nahm Thomas' dargebotenen Arm.

*

Das Picknick ließ sich angenehmer an, als Gillian erwartet hatte. Thomas war ein wahrer Gentleman. Er führte sie auf die Gemeindewiese, die auch Sonntags Nachmittags von den Familien für ihre Picknicks genutzt wurde. Damit waren sie an einem gut einsehbaren, öffentlichen Platz und so war es ein Treffen in aller unschuldiger Schicklichkeit.

Wahrscheinlich wollte er keinen Zweifel daran lassen, dass seine Absichten ehrbar waren. Er war höflich und zuvorkommend und sparte nicht mit Komplimenten.

Das Essen, das er mitgebracht hatte, war köstlich und exklusiv. Gillian genoss es wirklich, denn mit ihren bescheidenen finanziellen Mitteln konnte sie sich nur einfache Speisen leisten. Sie hatte das Gefühl, ihm für seine Aufmerksamkeiten danken zu müssen und so sagte sie: »Ich danke Ihnen für dieses Picknick, Mr. Brigham. Es ist wirklich eine schöne Abwechslung.«

Er zeigte seine weißen Zähne in einem gewinnenden Lächeln und nahm behutsam ihre Hand. »Bitte, nennen Sie mich doch Thomas.«

Sein Daumen fuhr sanft über ihren Handrücken. Gillian zog ihre Hand weg. Das ging ihr deutlich zu weit.

»Entschuldigen Sie«, sagte er betroffen. »Es ist nur so, dass ich das Gefühl habe, ich würde Sie schon lange kennen. Schon als ich Sie das erste Mal im Zug gesehen habe, wusste ich, Sie sind etwas ganz Besonderes, Gillian.«

Phrasen. So schnell fiel sie nicht darauf herein.

»Sie irren sich. Ich bin ganz gewöhnlich, Mr. Brigham«, erwiderte sie.

Er lachte. Oh ja, er sah gut aus mit seinem glänzenden, hellen Haar und diesen schelmisch blitzenden Augen. Er ließ sich auf die Decke zurück sinken, streckte die langen Beine aus und stützte sich lässig auf seine Ellbogen.

»Ich habe ausgezeichnete Perspektiven, Gillian.«

Sie konnte sich nicht erinnern, ihm erlaubt zu haben ihren Vornamen zu benutzen, aber sein jungenhafter Charme sorgte dafür, dass sie ihn damit davonkommen ließ.

»In der Tat?«, fragte sie höflich.

»Ja«, nickte er und ließ seinen Blick beifällig über die Wiese schweifen. »Ich habe für meinen Boss in Laramie ein paar sehr wichtige Fälle gewonnen. Er sagte mir, dass er mir vielleicht bald eine Partnerschaft anbieten kann.«

»Das ist sehr schön, Mr. Brigham.«

Er studierte aufmerksam ihr Gesicht. »Das finde ich auch«, sagte er abwesend.

Gillian fühlte sich plötzlich fehl am Platz. Sie wusste, warum er das tat. Warum er seine »Perspektiven« erwähnte. Er präsentierte seine Vorzüge, denn er war an ihr interessiert. Aber das war im Moment das Letzte, was sie brauchte.

Sie war noch nicht einmal aus ihrer Ehe heraus!

Plötzlich musste sie an Matt denken, wie er an diesem heißen Tag auf ihrem Dach saß, um es zu reparieren.

»Mr. Brigham«, sagte sie. »Ich fühle mich plötzlich unwohl. Würde es Ihnen etwas ausmachen, mich nach Hause zu bringen?«

*

Als Gillian nach Hause kam, war Matt schon fort. Thomas verabschiedete sich höflich von ihr, jedoch nicht ohne die Bitte, sie wiedersehen zu dürfen. Und auch wenn Gillian das Picknick irritiert hatte und sie im Moment alles andere wollte, als dass Thomas sich Hoffnungen in eine bestimmte Richtung machte, sie mochte ihn und brachte es nicht übers Herz ihn ohne weitere Erklärung abzuweisen. Sie gab daher eine ausweichende Antwort und er schien damit zufrieden zu sein.

Kapitel 16

Guten Morgen, Mrs. Cole«, grüßte Matt, als er mit dem Einspänner vor Gillians Haus hielt und sie herauskam. Er hatte sie necken wollen mit diesem Namen. Aber als er ihn aussprach, schmerzte es fast. Es fühlte sich eigenartig an, dass sie nicht mehr zu ihm gehören sollte und trotzdem noch immer seinen Namen trug. Und noch eigenartiger war, dass er ständig den Drang hatte, sie mit diesem Namen anzusprechen. Seit er sie mit Thomas gesehen hatte, erst recht.

Es war klar, dass eine so schöne Frau wie Gillian nicht lange ohne Verehrer blieb. Doch er musste zugeben, dass die Tatsache, dass ausgerechnet Thomas Brigham ihr jetzt den Hof machte, ihn um den Verstand brachte. Sicher, er konnte Thomas nur zu gut verstehen. Er hatte Geld und Erfolg, seine Karriere ging zur Zeit steil bergauf und alles was ihm noch fehlte, war eine Ehefrau. Und Matt konnte sehr gut nachvollziehen, dass er sich für Gillian interessierte. Ein Mann müsste schon blind und taub sein, um sie nicht hinreißend zu finden.

Trotzdem wurde er das Gefühl nicht los, dass Brigham Hintergedanken dabei hatte, ausgerechnet jetzt mit der Frau anzubandeln, die – zumindest noch auf dem Papier – *seine* Frau war. Das Motiv lag nahe: Rache, eiskalt serviert. Matt stöhnte innerlich. Das Schlimme war, er war sich nicht sicher, ob er dies nicht sogar verdiente. Aber verdammt, noch war sie kein Freiwild. Sie war immer noch seine Frau.

Mrs. Cole...

»Guten Morgen, Matt«, grüßte sie ihn jetzt.

»Und, hast du schon etwas vom Richter gehört?«, fragte sie. Ihre Stimme war nicht ganz fest.

Er sprang vom Wagen.

»Nein. Und du?«

»Ich auch nicht.«

Hoffentlich bleibt das noch eine Weile so, dachte Matt.

Sie setzte ein Lächeln auf und wechselte das Thema. »Wie ich sehe, bist du heute mal wieder mit dem guten alten Justin unterwegs.«

Sie kam näher und streichelte das Pferd an der Nase. Ihr etwas wehmütiger Blick ging über das Gespann und sie wies auf Matts Fuchsstute, die hinten an den Wagen gebunden war. »Warum hast du Ruby dabei?«

»Ich brauche sie später. Ich will ja wieder irgendwie nach Hause kommen«, antwortete er und räusperte sich. »Deshalb habe ich auch Charlie bei Pete gelassen.«

Sie blickte ihn fragend an.

»Ich lasse Justin hier, Gillian. Er gehört dir und der Wagen auch. Sein Sattel liegt auch hinten drauf.«

Sie sah ihn an, erstaunt, dann ernst. »Matt, das kann ich nicht annehmen.«

»Natürlich kannst du das. Hey! Es ist doch nur der alte Justin! Ich kann ihn sowieso nicht mehr so recht gebrauchen.«

Der letzte Satz war glatt gelogen gewesen. Das Pferd war gesund, voll einsatzfähig und mit seinem ruhigen Wesen und seiner Erfahrung ein zuverlässiger Partner.

»Nimm ihn bitte. Du kannst hier im Westen nicht ohne Pferd und Wagen leben. Auch in der Stadt nicht.«

Sie seufzte gespielt ungehalten, aber lächelte dabei.

»Kann ich dir das irgendwie ausreden?«

»Nein. Keine Chance.«

Sie lachte. »Also, gut. Aber den Wagen betrachte ich als Leihgabe. Nur bis ich einen eigenen habe.«

»Wenn du drauf bestehst... In Ordnung.«

»Ja... dann... Ich weiß gar nicht was ich sagen soll! Danke, Matt!«

Jetzt strahlte sie so sehr, dass sich etwas in seiner Brust zusammenzog.

»Das ist das Mindeste, was ich tun kann«, lächelte er.

Doch bald darauf runzelte sich ihre hübsche Stirn. »Ich weiß nicht... Ob ich überhaupt gut genug fahren kann?«

»Soll ich es dir noch einmal zeigen?«, fragte er hoffnungsvoll.

»Das wäre schön. Wann?«

»Jetzt gleich?«, wagte er sich vor.

Ihr Gesicht erhellte sich. Lachend stieg sie auf den Kutschbock und winkte Matt zu sich herauf.

*

Sie fuhren ein Stück am Fluss entlang. Gillian hatte große Freude an Justin und sie war Matt unendlich dankbar für dieses Geschenk. Eine Weile sprachen sie über belanglose Dinge, aber schließlich stellte sie die Frage, die ihr schon eine ganze Weile auf den Nägeln brannte.

»Warum nennt man dich eigentlich Mad Matt?«

Auf der Ranch hatte sie seinen Spitznamen so gut wie vergessen. Sie fand ihn alles andere als verdient, aber sie hörte den Namen jetzt wieder öfter, seit sie in der Stadt lebte.

Er verzog schmerzlich das Gesicht. »Das stammt aus einem Abschnitt meines Lebens, auf den ich nicht besonders stolz bin.«

Sie fragte nicht weiter. Sie spürte, dass es nichts helfen würde, in ihn zu dringen, sondern dass er ihr es nur erzählen würde, wenn er es wollte.

Er schwieg, eine ganze Weile.

Doch schließlich begann er. »Mein alter Herr war Soldat. Ein Offizier in Shermans Regiment. Nach dem Krieg hat er hier als Rancher angefangen. Er hat hart gearbeitet, um etwas zu erreichen. Hat nach und nach Land dazugekauft, eine Herde aufgebaut. Er hat Indianer, Rinderseuchen, Trockenzeiten und eiskalte Blizzards überstanden. Er hat wirklich hart gearbeitet, das musste man ihm lassen. Er dachte das wohl auch und suchte daher oft seinen ›Ausgleich‹ in der Stadt. Meine Mutter hat ihn kaum zu Gesicht bekommen. Und das einzige, was ich von ihm hatte, waren Strenge und Schläge.

Als ich siebzehn war, wurde meine Mutter sehr krank. Ihn hat das nicht sehr gekümmert und ich hasste ihn dafür, mehr als ich sagen kann. Immer wieder hat sie nach ihm gefragt, aber er kam nicht, noch nicht einmal als sie auf dem Sterbebett lag. Als sie starb, war er bei seiner Geliebten. Noch am selben Tag bin ich abgehauen. Das war vor gut zehn Jahren... Es folgten ein paar Jahre, in denen ich nichts anderes tat als in der Gegend herumzuziehen, zu saufen, zu pokern und mich mit ›Damen von zweifelhaftem Ruf‹ abzugeben. Ich wurde ein professioneller Spieler, ich war richtig gut.«

Soeben dämmerte es Gillian, woher seine Fähigkeit stammte, jede Gefühlsregung vor seinem Gegenüber komplett zu verbergen, wenn er es wollte. Das zur Perfektion getriebene Pokerface des Berufsspielers...

»Anfangs fand ich dieses Leben großartig«, fuhr er fort. »Es war aufregend. Rebellisch. Aber irgendwann war mein Innerstes so tot, dass ich ständig das Gefühl hatte, ich müsste irgendetwas tun, dass mich noch irgendetwas *fühlen* ließ. Ich tat ein paar verrückte Dinge. Die haben mir wohl diesen Spitznamen eingebracht.«

»Was für Dinge?«, fragte Gillian.

Er zuckte die Schultern.

»Waghalsige Wetten, halsbrecherische Rennen... Ein Duell...«

»Ein Duell?«, rief sie erschrocken.

»Keine Sorge«, sagte er zu ihrer Beruhigung. »Ich hab ihn nicht getötet. Der Kerl hat mich des Falschspiels bezichtigt. Und ich ihn.« Er lachte voller Selbstironie. »Ich schätze, wir hatten beide recht. Trotzdem haben wir geschossen. Aber wir waren beide zu voll, um noch richtig zu treffen. Es endete mit einem Streifschuss am Arm für jeden von uns.«

Er wurde ernst und zögerte kurz, bevor er fortfuhr. »Zu guter Letzt bin ich an eine Bande Outlaws geraten. Sie waren Kleinkriminelle. Betrüger, Falschspieler, Diebe... Keine Bankräuber oder Mörder oder so etwas. Zunächst jedenfalls.« Er schluckte. »Eines Tages jedoch, als sie einen Einbruch auf einer Farm begingen, eskalierte die Sache. Sie erschossen den Farmer und seine Frau und vergewaltigten die Töchter.«

»Mein Gott, Matt!«

»Ich war nicht dabei, Gillian. Ich hatte in der Nacht zuvor so viel gesoffen, dass sie mich nicht wach bekommen und in irgendeinem gottverlassenen Nest zurückgelassen hatten. Doch es dauerte nicht lange und jeder einzelne von uns wurde geschnappt. Es hieß, wir würden alle hängen, ausnahmslos.

Zunächst versuchte ich meine Unschuld zu beteuern, aber niemand glaubte mir. Schließlich war es mir egal, der Knast machte mich so fertig, dass mich der Tod nicht mehr schreckte. Ich hatte mit dem Leben abgeschlossen. Nur noch ein rettender Engel hätte mich befreien können, aber ich glaubte nicht daran, dass der kommen würde.«

»Aber der rettende Engel kam.«

»Ja.«

»War das... Victoria?«

»Nein« Er lächelte. »Das war Thomas Brigham.«

»Thomas?«

Er nickte. »Er und ich waren Schulfreunde. Während ich mir jede Nacht den Verstand weggesoffen und mein Geld verspielt habe, ist er in die ehrenwerten Fußstapfen seines alten Herrn gestiegen und ging brav zur Universität. Als er durch einen Zufall hörte, was mir blühte, bat er seinen

Vater um Hilfe. Der alte Brigham war ein guter Mann. Und ein guter Anwalt. Er hat mich rausgehauen, wie genau er das schaffte, weiß ich auch nicht, aber er schaffte es.

Mein Vater war mittlerweile tot. Er hatte spekuliert, fast alles verloren und sich schließlich eine Kugel durch den Kopf gejagt. Die Ranch war verschuldet und heruntergekommen. Pete hat mich überredet, sie wieder aufzubauen. Er war schon Vorarbeiter bei meinem Vater gewesen. Anfangs hasste ich es und ich hasste Pete, denn er hat mich dermaßen zur Arbeit getrieben, dass ich abends vor Erschöpfung meinen eigenen Namen nicht mehr wusste. Aber als ich merkte, dass es sich lohnt, dass ich das alles für mich und nicht für andere tat, dass ich erstmals auf ehrbare Art und Weise Geld verdiente, wachte ich auf.«

»Also hat Thomas dir das Leben gerettet.«

»Das hat er.«

Gillian runzelte die Stirn. Es gab etwas, das sie nicht verstand.

»Warum hasst ihr euch so, Matt?«

Er schwieg einen Moment. Dann sagte er: »Thomas war vor ungefähr vier Jahren bei einer Gerichtsverhandlung in Cheyenne. Als er zurückkam, brachte er ein Mädchen mit. Sie war wunderschön, ein blonder Engel. Er wollte sie heiraten.«

»Aber sie heiratete dich«, sagte sie leise. »Hab ich Recht?«

Er lächelte, aber es war ein trauriges Lächeln.

»Erzählst du mir von ihr?«

Er schüttelte den Kopf. »Es heißt, man soll die Toten ruhen lassen, Gillian.«

Kapitel 17

Bereits am nächsten Tag kam Matt wieder. Diesmal fuhr er mit seinem Gespann schwerer, schwarzer Percherons und einem Wagen voller Brennholz vor.

Und er hatte Charlie dabei.

Gillian schüttelte nur den Kopf, als sie das Holz sah. Es hatte keinen Zweck, ihm seine Fürsorglichkeiten auszureden, soviel hatte sie mittlerweile verstanden. Also tadelte sie ihn lachend der Form halber und nahm dann freudestrahlend seinen Sohn in Empfang.

»Komm her, mein Schatz«, sagte sie und küsste die kleinen Wangen und Händchen des Kindes. »Jetzt wird Tante Gillian dich nach Strich und Faden verwöhnen.«

Tante Gillian. Es klang merkwürdig. Doch sie war schließlich nicht seine Mutter, noch nicht einmal seine Stiefmutter. Nicht mehr. Und nie wieder.

»Das war ja klar«, sagte Matt in leichtem Ton und bewahrte sie damit vor den Tränen, die ihre Augen zu füllen drohten. »Du wirst ihn in den nächsten Tagen wahrscheinlich so sehr verwöhnen, dass er mir zu Hause die Hölle heiß machen wird«, zwinkerte er.

»Die nächsten Tage?«, fragte Gillian verwirrt.

»Yep«, antwortete er und begann, das Holz abzuladen. »Das Holz muss noch gesägt und gespalten werden. Falls du das nicht selbst übernehmen willst, wirst du uns wohl eine Zeitlang ertragen müssen.«

*

Matt kam jeden Tag nach dem Unterricht und brachte Charlie mit. Gillian liebte es, das Kind zu umsorgen und, wenn sie ehrlich war, war ihr auch die Anwesenheit seines Vaters nicht unwillkommen.

Manchmal trug sie einen Stuhl vor ihr Haus und widmete sich ihren anfallenden Lehrerpflichten im Freien, während sie Matt Gesellschaft leistete. Und jeden Abend, wenn er mit der Arbeit fertig war, nahmen sie zusammen das Abendessen ein. Sie scherzten und lachten dann miteinander, oder führten lange Gespräche, während Charlie auf ihrem Arm schlief. Fast war es, als seien sie eine Familie.

Und auch körperlich ließ Matt sie nicht kalt. Wenn er manchmal draußen ohne Hemd arbeitete, ertappte sie sich dabei, dass sie seinen gestählten Körper verstohlen aber fasziniert betrachtete und sich eingestehen musste, dass ihr gefiel, was sie dort sah. Ihm schien es ähnlich zu gehen, denn die Blicke, die er ihr seinerseits manchmal zuwarf, wenn er sich unbeobachtet fühlte, ließen ihr die Röte ins Gesicht schießen. Alles in Allem fühlte es sich wundervoll an und Gillian konnte nicht umhin, sie fieberte jeden Tag aufs neue seinem Besuch entgegen. Und sie fragte sich immer mehr, warum sie eigentlich ihre Ehe annullieren lassen wollten.

Die Wende kam in der Gestalt von Thomas Brigham. Eines Nachmittags tauchte er auf, wie immer tadellos und elegant gekleidet, unter dem Arm eine große, rechteckige Schachtel. Mit einem verächtlichen Seitenblick auf Matt, der gerade dabei war, mit einer Axt Holz zu spalten, zog er seinen Bowler vom Kopf und machte vor Gillian einen höflichen Diener.

»Guten Tag, Mr. Brigham«, begrüßte ihn Gillian freundlich.

Thomas ergriff ihre Hand und deutete einen Handkuss an. »Sie sehen bezaubernd aus«, schmeichelte er.

»Sie Lügner«, lachte Gillian. Sie errötete und griff verlegen in ihr aufgestecktes Haar, aus dem sich ein paar Locken gelöst hatten. »Ich war gerade beim Kochen. Bestimmt sehe ich furchtbar aus.«

»Aber ganz und gar nicht«, versicherte ihr Thomas.

Matt betrachtete die beiden stirnrunzelnd. Ein heißer Stich der Eifersucht durchfuhr ihn. Am Liebsten hätte er diesen Laffen davon gejagt. Doch er hatte nicht das Recht dazu. Dies war Gillians Haus. Und er praktisch nicht mehr ihr Ehemann.

Diese Erkenntnis schmerzte plötzlich höllisch.

»Wunderbare Neuigkeiten, Mrs. Cole«, strahlte Thomas. »*Ich habe die Partnerschaft*!«, rief er, jedes Wort sorgfältig betonend.

»Das ist ja wunderbar! Ich freue mich für Sie!«, erwiderte Gillian lächelnd.

Matt stöhnte innerlich.

Thomas wedelte mit dem Paket. »Das ist ein Grund zum Feiern, Gillian! Und das werden wir – Mr. Johnson, mein Arbeitgeber, nein, mein *Partner*, hat mich für Samstag in Laramie zum Dinner eingeladen. Mit Begleitung. Und ich möchte, dass *Sie* mich begleiten! Und zu diesem Zweck...«, er überreichte ihr das Paket, »erlauben Sie mir, Ihnen diese kleine Aufmerksamkeit zukommen zu lassen. Ein Kleid – ich hoffe, es ist die richtige Größe. Mrs. Albridge war so nett, mir beim Aussuchen behilflich zu sein.«

Matt ließ die Axt mit Wucht auf das Holzstück vor ihm niederfahren und stellte sich vor, es sei Thomas' Kopf.

Gillian warf ihm einen irritiert wirkenden, kurzen Seitenblick zu und wandte sich dann wieder an den Anwalt. »Mr. Brigham – das ist sehr freundlich von Ihnen, aber ich...«

»Nein, kein ›Aber‹«, unterbrach sie Brigham. »Sie haben sich einen eleganten Abend verdient. Und Mr. und Mrs. Johnson werden bezaubert von Ihnen sein. Sie kommen auch aus Boston. Es wird sicher sehr interessant.«

Thomas zeigte sein verdammtes, gewinnendes Lächeln. »Bitte, schlagen sie es mir nicht ab, Gillian!«

Gillian blickte wieder zu Matt herüber. Was war das? Suchte sie seine Erlaubnis? Er würde den Teufel tun, sich einzumischen. Sollte sie doch tun, was sie wollte. Äußerlich völlig unbeteiligt griff er nach dem nächsten Holzstück.

»Also gut«, lächelte Gillian den Anwalt an.

Thomas strahlte. »Dann bis übermorgen. Wir nehmen den Drei-Uhr-Zug. Und – bitte lassen Sie es mich wissen, wenn mit dem Kleid etwas nicht in Ordnung ist.«

Damit verließ er sie.

Matt warf das gespaltene Holzstück auf den Stapel und räumte sein Werkzeug zusammen. Schließlich holte er sein Pferd von dem kleinen Paddock neben Gillians Haus und machte sich daran, es vor seinen Wagen zu spannen.

»Holst du bitte Charlie?«, fragte er Gillian.

Sie runzelte die Stirn. »Bleibt ihr heute nicht zum Essen?«

»Nein«, antwortete er. »Ich muss heute früher zur Ranch zurück. Wir bereiten einen Viehtrieb vor.« Er nickte zum Holzstapel. »Ich werde daher auch leider keine Zeit mehr für dein Holz haben. Ich schicke dir Sam für den Rest.«

Sie sah verwirrt und bestürzt aus. Sein Magen krampfte sich zusammen und er musste den Blick von ihr abwenden, sonst wäre er wahnsinnig geworden. Er musste hier weg. Er konnte nicht mehr in ihrer Nähe sein und so tun, als ob nichts wäre.

Er konnte einfach nicht.

Kapitel 18

Der Abend in Laramie war exquisit. Das Haus der Johnsons war edel und gediegen eingerichtet. Die servierten Speisen waren erlesen. Es gab Fasan in Mandelsauce, Roastbeef mit frischem Gemüse, gebackene Kartoffeln und eine Creme aus köstlicher, dunkler Schokolade. Zu jedem Gang reichte man ausgezeichneten Wein. Nach dem Essen wurde eine Fülle von frischem Obst und Käse serviert. Gillian hatte seit einer Ewigkeit nicht mehr so erstklassig gegessen.

Sie trug natürlich das Kleid, das Thomas ihr geschenkt hatte. Eine wunderschöne, seidene Robe in dunkelblau, die, wie ihr ein Blick in Johnsons' goldgerahmten Spiegel verraten hatte, wunderbar mit ihrem kastanienbraun schimmerndem Haar und ihren dunklen Augen harmonierte und ihre weiblichen Reize züchtig genug, aber dennoch perfekt in Szene setzte. Sie fühlte sich wie eine Frau der feinsten Gesellschaft darin. Thomas hatte wirklich einen guten Geschmack, das musste man ihm lassen.

Sie erhielt viele Komplimente von den Johnsons und nachdem sie festgestellt hatten, dass sie gemeinsame Bekannte in Boston hatten, entspannen sich angeregte Unterhaltungen.

Thomas hätte nicht mehr Besitzerstolz ausstrahlen können, hätte er sie als seine Verlobte präsentiert. Er strahlte sie an wie ein verliebter Teenager und warf sich in die Brust, wenn sein neuer Partner ihn in den höchsten Tönen lobte.

Gerade erzählte Mr. Johnson von Thomas' außergewöhnlichem Talent im Kreuzverhör. »Er hat ein hervorragendes Gespür dafür, wenn ein Zeuge sich in Widersprüche zu verstricken droht. Er bemerkt die kleinste Unsicherheit, die kleinste Ungereimtheit, und hat er einmal diese Fährte gewittert, verfolgt er sie wie ein Bluthund!«, dröhnte Johnson lachend.

Er hob sein Glas und zwinkerte Gillian über den Rand hinweg zu. »Ich sage Ihnen, dieser Bursche hat eine große Zukunft als Jurist. Ach was sag' ich, er hat das Zeug zum Politiker! Also, wenn ich Sie wäre, würde ich ihn mir schnappen und nie mehr loslassen.«

Mrs. Johnson, eine gutmütige Matrone in den mittleren Jahren lächelte Gillian zu. »Ja, wirklich. Ein erfolgreicher Mann ist doch nichts ohne eine starke Frau an seiner Seite. Hab ich nicht Recht mein Lieber?«, fügte sie mit einem bedeutungsschweren Augenaufschlag an ihren Mann gewandt hinzu und alle lachten.

Alle außer Gillian. Ihr war das Thema mehr als unangenehm. Es hörte sich wirklich an, als hätte Thomas ihr schon einen Antrag gemacht. Sie sah ihn von der Seite an. Sein strahlender Blick lag auf ihr und er sprach Bände. Er war dem Gedanken ganz und gar nicht abgeneigt. Ihr wurde plötzlich heiß. Thomas war sehr gutaussehend und nett, keine Frage. Er hatte Geld und Erfolg und er war ein sanfter, höflicher Mensch. Vielleicht war er ja auch ein sanfter Liebhaber.

Aber sie konnte sich nicht vorstellen, ihn zu heiraten. Wenn sie dies überhaupt in Erwägung zog, musste sie sich ihm zuvor anvertrauen, um nicht dasselbe Desaster zu erleben wie mit Matt Cole. Und sie wusste im Moment nicht, ob und wie sie dies über sich bringen würde.

Als sie sich schließlich von den Johnsons verabschiedet hatten und am Bahnhof auf ihren Zug warteten, war Thomas immer noch in Hochstimmung. Auf dem Bahnsteig schaffte er es tatsächlich, sie in eine verschwiegene Ecke zu manövrieren. Durch aufgestapelte Kisten vor neugierigen Blicken geschützt, nahm er Gillians Hand und führte sie an seine Lippen.

»Es war ein wunderschöner Abend, Gillian«, lächelte er und sah ihr dabei tief in die Augen. »Ich danke Ihnen dafür.«

»Ich fand es auch sehr nett, Mr. Brigham.«

Er küsste ihre Hand ein weiteres Mal.

»Wollen Sie mich nicht endlich Thomas nennen?«

Sein Lächeln und das Strahlen seiner Augen zogen Gillian in ihren Bann.

»Also gut.« Sie sah scheu zu Boden. »Thomas.«

»Gillian«, sagte er rau und schluckte. »Finden Sie nicht auch, dass die Johnsons Recht haben? Dass ein erfolgreicher Mann eine starke Frau braucht?«

»Das mag sein«, antwortete sie unsicher. Ihr wurde mit einem Mal etwas flau. Sie hätte vielleicht das Korsett nicht so eng schnüren sollen.

Thomas Hand lag plötzlich auf ihrer Taille. »Ich glaube, ich habe diese Frau gefunden.«

Sie konnte nichts darauf erwidern, jedes Wort schien in ihrem Hals steckenzubleiben.

Er zog sie näher an sich und küsste sie sanft auf die Wange. Sein Mund wanderte weiter, suchend, und berührte schließlich den ihren. Seine Lippen waren kühl und feucht. Es war nicht wirklich angenhem. Er schob seine Zunge vor und eroberte etwas unbeholfen ihren Mund.

Gillian wartete. Sie wartete auf den heißen Blitz der Empfindungen, der jedes Mal durch ihren Körper geschossen war, wenn Matt sie geküsst hatte. Dieses sehnende, pulsierende Ziehen, dass sie sogar dann verspürte, wenn sie nur an Matts Küsse zurückdachte.

Doch nichts dergleichen geschah.

»Liebste«, stieß Thomas hervor, als er sich endlich von ihr löste. »Ich bin mir sicher, dass *du* diese Frau bist. Bitte, gewähre mir die Ehre, meine Ehefrau zu werden.«

Gillian versuchte etwas mehr Abstand zwischen sich und ihn zu bringen, doch er ließ sie nicht los. Leichte Panik stieg in ihr auf. Sie konnte es kaum ertragen festgehalten zu werden, wenn sie es nicht wollte, nicht seit ihren Erlebnissen in Boston.

Sie riss sich zusammen und wand sich nur ein wenig und zum Glück gab er sie daraufhin frei.

»Thomas«, sagte sie vorsichtig. »Ich bin schon verheiratet.«

»Aber nicht mehr lange«, erwiderte er schnell. »Es ist doch nur noch eine Formalität. Wenn die Ehe nicht vollzogen wurde, dann...«

Gillian runzelte die Stirn. Woher wusste er davon?

Er bemerkte ihren Gesichtsausdruck und lachte. »Oh, bitte, schau nicht so. Ich bin *Anwalt*! Es gibt nur wenige Rechtsgründe für eine solche Annullierung. Zum Beispiel, dass einer der beiden Ehepartner schon verheiratet ist oder vorgegeben hat, jemand anderes zu sein. Da ich Matt kenne und dir so etwas nicht zutraue, mein Herz, schließe ich beides einmal aus. Dann gibt es natürlich noch die Unzurechnungsfähigkeit, aber... auch wenn Matt verrückt ist, *so* verrückt ist er auch wieder nicht. Und du natürlich auch nicht, meine Liebe. Und du sahst auch nicht aus, als hätte man dich unter Drogen gesetzt. Tja, da bleibt nicht mehr viel. Aber was immer der Grund dafür war, ich kann nur sagen, du hast gut daran getan, Matt Cole nicht in dein Bett zu lassen.«

Er lächelte. Es war freundlich, nicht gehässig, aber Gillian lief trotzdem ein Schauer über den Rücken.

Er nahm wieder ihre Hand. »Ich kann dich glücklich machen, Gillian«, flüsterte er. »Bitte, gib mir eine Chance dazu. Du musst mir nicht sofort antworten. Alles was ich will ist, dass du darüber nachdenkst.«

Gillian brachte kein Wort heraus.

Thomas sah sie erwartungsvoll an. »Und? Wirst du... darüber nachdenken?«

»Ja«, sagte sie schließlich, um seinem Drängen zu entgehen. »Ich denke darüber nach.«

Thomas strahlte.

Der einfahrende Zug erlöste sie. Brigham bot ihr seinen Arm und half ihr beim Einsteigen.

*

Als sie in Medicine Bow vom Bahnhof zu ihrem Wagen gingen, stand plötzlich wie aus dem Nichts kommend Matthew Cole vor ihnen. Gillians Herz schlug ungewollt schneller. Was tat er hier? Hatte er etwa die ganze Zeit auf sie gewartet?

Thomas straffte sich, doch Matt beachtete ihn nicht, sondern wandte sich direkt an Gillian. Er sprach höflich und ruhig.

»Guten Abend, Gillian, es tut mir leid, dich so zu überfallen, aber ich muss mit dir sprechen.«

Thomas machte einen Schritt vor, sein Gesichtsausdruck verriet, dass er bereit war, seinen Besitzanspruch an Gillian zu verteidigen. Aber sie machte eine abwehrende Geste und hielt ihn am Arm zurück.

»Matt«, grüßte sie besorgt. »Was ist passiert?«

»Es ist nichts passiert«, beruhigte er sie. »Aber es ist so, dass ich dieses Mal beim Viehtrieb mitreiten muss. Drei meiner Treiber sind ausgefallen. Jeder Mann wird gebraucht. Und – ich wollte dich fragen, ob du solange auf Charlie aufpassen würdest. Es ist nur für zwei Wochen.«

Gillian wurde es warm vor Freude. Er fragte sie. *Sie*, und nicht Lizzie Robbins.

»Natürlich, Matt«, lächelte sie. »Wann wäre das denn?«

Er seufzte, etwas verlegen. »Der Treck startet übermorgen in aller Frühe. Du müsstest Charlie also morgen Abend schon nehmen. Ich weiß, das ist kurzfristig, aber es war wirklich nicht so geplant.«

Sie legte die Hand auf seinen Arm. Aus dem Augenwinkel sah sie Thomas Hand zucken, aber er sagte nichts.

»Das ist kein Problem, Matt. Ich nehme ihn gern.«

Matt nickte. »Danke, Gillian. Ich bringe ihn dir dann morgen Abend.«

Thomas nahm in einer besitzergreifenden Geste Gillians Hand, die noch auf Matts Arm gelegen hatte, und hakte sie demonstrativ bei sich unter. Er machte einen Schritt auf Matt zu und fragte: »War das dann alles, Cole? Ich möchte die Lady jetzt nach Hause geleiten, es ist spät. Sie wird ihre Energie noch brauchen, wenn sie demnächst zwei Wochen ihrer kostbaren Zeit deinem *Welpen* widmen muss.«

Gillian warf einen Seitenblick auf Brigham und entzog ihm irritiert ihre Hand. Wo war seine gewählte Ausdrucksweise geblieben?

Matt stellte sich ihm in den Weg. Gillian erschrak, denn er wirkte plötzlich furchteinflößend. Seine Augen wurden schmal und dunkel, seine Stimme bekam etwas Drohendes.

»Ich warne dich, Thomas. Ich weiß was du da tust. Aber, ich werde nicht zulassen, dass du sie benutzt, um...«

»Du weißt überhaupt nichts, Cole! Und davon abgesehen hast du keinerlei Recht mehr auf sie!«, fiel Brigham ihm erbost ins Wort. »Es ist allein ihre Sache, mit wem sie sich trifft! Sie geht aus freien Stücken mit mir aus. Und warum auch nicht? Ich kann ihr alles bieten, was sie sich wünscht. *Ich* kann sie glücklich machen. Du hast sie doch nur belogen und betrogen! Jeder weiß doch, wo du dich herumgetrieben hast, als ihr noch nicht einmal eine Woche verheiratet wart! Aber weißt du was? Du tust mir leid. Denn du kannst nichts dafür, Matt! Es ist deine Natur! Du bist dazu verdammt! Alles was du kannst, ist eine Frau ins Unglück zu stürzen. So war es mit ihr und so war es mit...«

Matts Hand schnellte vor und packte Thomas an seinem blütenweißen Kragen. Schnell und kraftvoll schob er ihn vor sich her und presste ihn fest an die nächste Wand.

»Matt!«, rief Gillian entsetzt. »Lass ihn sofort los!«

Aber Matt beachtete sie nicht. Stattdessen hob er seine Faust wie zum Schlag, doch er ließ sie vor Thomas in der Luft stehen. Er brachte sein Gesicht dicht vor das des Anwalts.

»Ich rate dir, dass du es ernst meinst«, zischte er. »Denn, wenn du ihr weh tust, bring' ich dich um.«

Fassungslos sah Gillian zu, wie er Thomas von der Wand wegriss und ihn so vehement von sich stieß, dass er zu Boden ging.

Matt stieg schnell auf sein Pferd und wendete es. Die Stute sprang aus dem Stand in einen fliegenden Galopp und trug ihren Reiter in Sekundenschnelle aus der Stadt hinaus.

*

Als es am nächsten Morgen an Gillians Tür klopfte und sie sie öffnete, prallte sie vor Überraschung zurück.

Dort stand Lizzie Robbins. Ihr süßes Parfüm umwogte sie und Gillian drehte sich fast der Magen um. Sie kannte diese Note. Nur zu gut.

»Miss Robbins«, sagte sie. »Was immer es ist, aber... es tut mir leid, ich möchte nicht mit Ihnen reden. Bitte gehen Sie wieder.«

Sie konnte nicht mit ihr sprechen. Sie war sich sicher, dass sie die Hure war, mit der Matt in jener Nacht zusammen gewesen war. Sie wollte die Tür schließen, doch Lizzie stellte ihren Fuß dazwischen.

»Ich hab' gesehen, was gestern Abend passiert ist.«, sagte sie schnell.

Gillian zögerte.

»So *ist* er nicht, wissen Sie... Aber Thomas hat wirklich alles getan, um ihn zu provozieren«, sagte Lizzie beschwörend.

Gillian war von dem gestrigen Erlebnis immer noch so mitgenommen, dass sie der Dirne antwortete, obwohl sie es gar nicht wollte. »Ich kann immer noch nicht glauben, dass er Thomas so an die Kehle gegangen ist. Ich dachte nicht, dass er so sein kann... So... gewalttätig! Ich verstehe ja, dass das, was Thomas gesagt hat, ihn verletzt haben muss, aber... Mein Gott! Dieser Hass!«

Lizzie schüttelte den Kopf. »Meine Liebe«, sagte sie. »Wissen Sie, ich mag Sie. Wirklich. Aber ich muss Sie jetzt wirklich fragen: Sind Sie dumm oder nur blind? Verstehen Sie es nicht oder sehen Sie es nicht?«

»Miss Robbins, ich denke nicht, dass ich mich von Ihnen beleidigen...«

»Er liebt Sie, verdammt noch mal!«

Gillian hob das Kinn. Wie diese Frau mit ihr sprach!

»Wenn er mich tatsächlich liebt, so wie Sie sagen, Miss Robbins, wäre er nicht, bevor die erste Woche unserer Ehe vorbei war, ins Hurenhaus gegangen, um mich zu betrügen«, erwiderte sie kuhl. *Mit Ihnen*, fügte sie in Gedanken hinzu.

Lizzies Augen verengten sich. »Er hat Sie in dieser Nacht weder mit einer Hure noch mit irgendeiner anderen Frau betrogen. Er hat sich bis zur Besinnungslosigkeit volllaufen lassen, Teufel noch mal, das war alles! Weil er verzweifelt war! Weil er eine Scheißangst hatte! Angst, zu versagen.

Schon wieder... Verdammt noch mal! Er hat die Hölle schon einmal hinter sich! Hätte er nicht mal zur Abwechslung etwas Glück verdient?«

Damit wandte die Hure sich erbost um und ließ Gillian einfach in ihrer Tür stehen.

*

Am Abend kam Matt, um ihr Charlie zu bringen. Die Atmosphäre war angespannt. Sein Angriff auf Thomas hing wie eine dunkle Gewitterfront zwischen ihnen in der Luft. Er blieb bis Charlie eingeschlafen war und Gillian spürte die ganze Zeit, dass er reden wollte.

Aber erst nach einer ganzen Weile sagte er: »Ich würde jetzt gerne sagen, dass es mir leid tut. Wegen Thomas Brigham. Aber das tut es nicht. Es tut mir nicht leid. Aber ich bedaure, dass es vor dir geschehen ist, Gillian.«

»Du hast mir Angst gemacht, Matt.«

»Ich weiß.« Er sah betroffen zu Boden.

»Es ist schon gut«, sagte sie leise. »Thomas hat dich zur Genüge provoziert.«

Er schwieg.

Gillian atmete tief ein. Wenn sie jetzt nicht fragte, blieb es womöglich für immer unausgesprochen. »Ich habe heute Lizzie Robbins getroffen. Sie hat mir gesagt, dass du dich in jener Nacht nur betrunken hast, sonst nichts. Ist das die Wahrheit?«

Sein Mund wurde zu einem schmalen Strich. »Ja.«

Sie starrte ihn fassungslos an. »Aber warum hast du mir das nicht gesagt? Warum hast du mich in dem Glauben gelassen, du hättest... du hättest... mich betrogen?«

Er sah sie nicht an und antwortete nicht.

Gillian spürte, wie Tränen in ihre Augen stiegen. Sie bekam kaum ihre Stimme in den Griff. »Weißt du, was ich denke? Ich denke, es war dir Recht so. Du hattest nicht den Mut, es selbst zu beenden, aber du hast es mich glauben lassen, damit ich dich von mir aus verlasse und du mich los bist! Kommen daher jetzt die ganzen Geschenke und deine Fürsorge? Damit du dein schlechtes Gewissen beruhigst?«

»Nein!«, sagte er schnell. »Nein, Gillian, ich wollte dich nicht ›loswerden‹. So war das nicht...«

»Aber warum hast du dich dann nicht verteidigt? Du hast den Eindruck gemacht, als wäre es dir völlig egal, dass ich gehe. Wenn du es nicht wolltest, warum hast du nicht versucht, es mir auszureden?«

Er atmete scharf ein. »Ich weiß es nicht... Vielleicht... Vielleicht wollte ich ja wirklich nicht, dass du bleibst. Nicht so! Gillian, du willst mich nicht und das weiß ich. Ich wollte einfach nicht, dass du nur bei mir bleibst, weil du dachtest, du hättest keine andere Wahl. Ich hoffte auf eine Ehe mit gegenseitiger Zuneigung, ja, vielleicht auch Liebe. Aber du warst unglücklich! Ich habe schon einmal eine unglückliche Ehe geführt, Gillian. Und bei Gott, du hast nicht verdient, so etwas durchmachen zu müssen.

Also habe ich dich freigegeben, bevor... Solange... Solange ich es noch fertig brachte, ohne dass... ohne dass mir dabei das Herz herausgerissen würde...«

Er schluckte schwer. »Aber da habe ich mir etwas vorgemacht. Es war schon zu spät. Und es blutet, Gillian. Verdammt. Es blutet!«

Er wandte sich ab und ging zur Tür.

»Matt! Warte!«, rief sie.

Er drehte sich wieder zu ihr herum. Sie ging zu ihm und legte langsam die Hände auf seine Brust. Sie spürte den Herzschlag darin, hart und schnell pulsierte er gegen ihre Handflächen.

Sie wusste selbst nicht, warum sie dies tat.

Vielleicht berührte es sie, dass er ihr seinen Schmerz gestanden hatte.

Vielleicht wollte sie einfach nicht, dass er jetzt ging.

Vielleicht wollte sie, dass er sie umarmte, sie küsste und alles wäre wieder gut.

»Alles, was wir gebraucht hätten«, flüsterte sie tränenerstickt, »war ein bisschen mehr Zeit...«

Er legte seine Hände auf ihre und sie fürchtete, ja, sie wusste, dass er sie gleich wegschieben würde. Doch er tat es nicht. Ihr Herz schlug so heftig, sie konnte es in ihrer Kehle fühlen. Wortlos blickte er auf sie herunter. Der Ausdruck auf seinem Gesicht schien undurchdringlich. Es war ihr unmöglich darin zu lesen, was in ihm vorging. Endlose, bange Sekunden lang fühlte sie sich, als stünde sie an einem Abgrund. Und nur er hatte die Macht, sie vor dem Fall zu bewahren. Dem Fall in eine bodenlose, verzweifelte Leere.

Etwas glomm in den eisblauen Tiefen seiner Augen auf, so kurz, so flüchtig, dass sie sich fragte, ob sie es wirklich gesehen hatte. Ohne den Blick von ihr zu nehmen, hob er langsam ihre Hände von seinem Körper und führte sie an ihren Seiten herab. Er ließ sie los, wandte sich um und verließ sie.

Kapitel 19

Mit düsterem Blick starrte Matt in die Flammen des Lagerfeuers. Heute Nacht hatte er sein eigenes, für sich allein. Er hatte es nicht ertragen können, bei den anderen zu sitzen. Sie nahmen es ihm nicht übel. Die meisten seiner Männer kannten ihn lange genug, um zu wissen, dass er manchmal die Einsamkeit vorzog. So wie heute. Er fühlte sich zerschlagen, ausgelaugt, vollkommen leer.

Drei Tage waren sie jetzt unterwegs. Es war nichts Ungewöhnliches für ihn. Er war es gewohnt tagelang im Sattel zu sein. Das Reiten und das Treiben der Herde waren es nicht, was ihn so erschöpft hatte. Sein Zustand war eher auf den nächtelangen Schlafmangel zurückzuführen. Und auf das permanente Grübeln, das ihn nicht zur Ruhe kommen ließ. Tag und Nacht.

Er fragte sich immer wieder, was wohl geschehen wäre, hätte er dort in Gillians Haus dem übermächtigen Impuls nachgegeben, den er in diesem Moment empfunden hatte. Dem Impuls, sie einfach in die Arme zu nehmen, sie zu küssen, einfach alles hinter sich zu lassen und neu zu beginnen. Sie hatte es gewollt. Er wusste es, ohne dass sie es hatte sagen müssen. Er hatte es in ihren Augen gelesen. Still hatte sie ihn darum gebeten, ja angefleht, den nächsten Schritt zu tun.

Und doch hatte er es nicht getan. Warum?

Ja, warum? Das war die Frage, die ihn schon seit Tagen im Kreis denken ließ und ihn fast verrückt machte. Die Signale, die sie ihm gegeben hatte, hatten ihm wieder Hoffnung gegeben. Doch das war eine zerstörerische, quälende Hoffnung. Er wagte nicht danach zu greifen, aus Angst, dass sie dann zu Staub zerfiel. Nein. Er musste Gillian gehen lassen. Das war am besten, vor allem für sie.

Verdammt.

War es das?

So wie es aussah, war Thomas ernsthaft an ihr interessiert. Matt war brennend eifersüchtig. So eifersüchtig, dass er, wäre Gillian nicht dabei gewesen, seine Faust lieber in Thomas Gesicht gerammt hätte, als vorher innezuhalten. Aber Thomas war kein schlechter Mensch. Wenn er Gillian tatsächlich liebte, wäre er gut zu ihr, davon war Matt überzeugt.

Eine ganz andere Frage war, was dabei in ihr vorging. Wenn ihre Angst vor dem Ehebett so überwältigend war, konnte sie dann allen Ernstes erwägen, kaum dass ihre Ehe mit Matt geschieden war, bald eine neue einzugehen? Der Gedanke verletzte ihn mehr als er zugab. Doch wie auch immer, letztlich würde sie es vielleicht überwinden und eine glückliche Ehe führen können. Möglicherweise mit Thomas, vielleicht aber auch mit jemand ganz anderem.

Nur nicht mit ihm. Das war entschieden.

Aber warum konnte er es dann nicht einfach dabei bewenden lassen? Warum quälte ihn der Gedanke so, dass er an jenem Abend nur die Hand nach ihr hätte ausstrecken müssen? Warum hallten ihre Worte immer und immer wieder in seinem Kopf, so dass es ihn zu zersprengen drohte.

Alles, was wir gebraucht hätten, war ein bisschen mehr Zeit...

»Matt?«

»Pete...«

Der Vormann riss ihn aus seinen Gedanken.

»Willst du noch etwas essen? Ist noch etwas Stew übrig.«

»Nein, danke, ich hab' genug.«

Pete zog eine kleine Flasche hervor und bot sie Matt an.

Der schüttelte den Kopf. »Das Zeug rühr' ich nicht mehr an.«

»Was dagegen, wenn ich mich zu dir setze?«, fragte der Alte.

Matt wies einladend mit dem Kopf neben das Feuer.

»Alles ruhig in der Herde«, sagte Pete und streckte sich ächzend auf dem Boden aus.

»Gut.«

Pete blickte zum Himmel. »Schöne Nacht. Mondhell und sternenklar wie schon lange nicht mehr«, brummte er.

»Hm...«

Der alte Vormann lachte leise.

»Was?«, fragte Matt mit einem Stirnrunzeln.

Pete schüttelte den Kopf. »Oh, Mann, Matt... Wie lange willst du dich eigentlich noch damit herumquälen?«

»Weiß nicht. Bis es nicht mehr weh tut, schätze ich«, knurrte Matt.

»Junge, Junge! Ich kann immer noch nicht begreifen, was ihr beiden da für einen Blödsinn angestellt habt.«

»Ach, Pete...« Matt fuhr sich mit der Hand durchs Gesicht. »Das ist kompliziert.«

»Ah. Zu kompliziert für einen alten Viehtreiber wie mich, he?«, grinste er. Doch dann beugte er sich zu ihm herüber und wurde streng.

»Ich sag dir jetzt mal was, Sohn. Kompliziert oder nicht, du willst die Kleine. Und sie will dich. Also – wo ist verdammt noch mal das Problem?«

Matt antwortete nicht.

Pete seufzte. »Matt, ich hab dich seit 'ner Ewigkeit nicht mehr so erlebt wie in dieser ersten Woche nach ihrer Ankunft! Es war als hätte sie dich von den Toten erweckt! Die Frau ist gut für dich!«

»Es geht eher darum, dass ich nicht gut für *sie* bin.«

»Ach? Und warum sollte das so sein? Nur weil du dich mal eine Nacht lang besoffen hast? Die Kleine war verknallt in dich! Das hat jeder Blinde sehen können! Sie hätte dir diese idiotische Dummheit schon verziehen. Du hast bloß viel zu schnell aufgegeben.«

Matt seufzte. Er konnte Pete nichts erklären. Er konnte ihm nicht sagen, dass man Gillian Gewalt angetan und er nicht hatte damit umgehen können.

»Ohne mich ist sie besser dran. So einfach ist das!«, sagte er trotzig.

»Pah«, stieß Pete aus. »Du hast Angst.«

»Und wenn?«, schrie Matt ihn an. Die Wut brach aus ihm heraus, doch nicht die Wut auf Pete. Sondern die Wut über die Wahrheit. »Habe ich nicht allen Grund dazu? Ja, ich hab' Angst! Um sie!«

»Sie ist nicht Victoria!«, unterbrach ihn der Vormann harsch. »Du unterschätzt sie. Dieses kleine neu-englische Kätzchen ist viel stärker als du denkst. Das hab ich auf den ersten Blick gesehen. Die Kleine da, die hat genug Kraft für euch beide! Den Mut zu haben, den ganzen Weg von Boston allein zu machen, hierher, in die Einöde, als *bestellte Braut*! Mann, allein für den Schneid, den es braucht, um mit dir vor den Traualtar zu treten, hätte sie schon einen Orden verdient!«

Matt schüttelte den Kopf.

»Du weißt dass ich Recht habe«, bellte Pete und boxte ihn. »Junge! So eine Frau wie sie findet man nur ein Mal unter tausend! Willst du wirklich, dass dieser windige Hund von Thomas Brigham sie dir wegschnappt? Der *feine Herr Anwalt*? Pah!«, er spuckte aus.

Matt schloss die Augen und atmete schwer aus. »Vielleicht wäre sie ja mit Thomas besser dran.«

Aber die Eifersucht stach wie ein Messer.

»Verdammt noch mal, Matt«, polterte Pete weiter. »Was meinst du wohl, was mit dir passiert, wenn sie wirklich diesen Winkeladvokaten nimmt? Verflucht, ging es dir nicht beim letzten Mal schon beschissen genug?«

»Das war etwas völlig Anderes!«

»Ja, in der Tat, das war es. Dieses Mal hast du nämlich die Macht, etwas zu ändern. Aber dazu musst du endlich aufhören, dich selbst zu belügen! Du willst sie! Mal ganz zu schweigen von deinem Sohn, der sich keine bessere Mutter wünschen könnte. Also wach auf! Tu 'was!«

Petes Geduld war eindeutig am Ende. Er packte Matt an den Schultern und rüttelte ihn. »Wir sind jetzt drei Tage unterwegs. Allein schaffst du die Strecke in einem Tag. Versöhne dich mit ihr, nimm sie wieder mit zur Ranch, stoppe diese blödsinnige Annullierung und liebe sie. Mehr musst du doch nicht tun!«

»Ich werde hier gebraucht.«

Pete schnaubte verächtlich. »Im Ernst, Matt. Glaubst du nicht, dass wir im Stande sind diese paar *Doggies* ohne dich zu treiben? Zur Not mach ich das allein und im Schlaf, wenn's nötig ist. Das ist vielleicht deine letzte Chance, Mann! Geh!«

Matt atmete tief ein und rieb sich den Nacken.

»Also gut. Ich werd' gleich morgen früh...«

Pete schüttelte grimmig den Kopf. »Nein, nicht *morgen früh*. Jetzt. Sonst kommst du nur mit immer anderen Ausreden.«

Matt lachte auf. »Mann, Pete. Manchmal kannst du die reinste Pest sein, weißt du das?«

Pete grinste breit. »Ich weiß. Da steht dein Pferd. Hau' endlich ab.«

Kapitel 20

Das Essen war köstlich, das musste sie zugeben. Gillian hatte nicht schlecht gestaunt, als es diesen Abend an ihrer Tür geklopft und Thomas davorgestanden hatte – einen Korb mit Delikatessen und eine Flasche Cider in der Hand.

»Ich hätte dich heute eigentlich lieber ins Restaurant ausgeführt, Gillian«, hatte er gegrinst, »aber da du ja gewisse... *Verpflichtungen* eingegangen bist, blieb mir wohl nichts übrig, als das Restaurant zu dir zu bringen.«

Sie war verwundert und überrumpelt, nicht entsprechend gekleidet und gerade dabei gewesen, das Abendessen für sich und Charlie zu machen, aber sie wusste auch, dass es ihn sehr verletzt hätte, wenn sie es abgelehnt hätte. Also hatte sie ihn gebeten, einen Moment draußen zu warten, und nachdem sie sich nach einem kurzen Blick in ihren milchigen Spiegel etwas zurecht gemacht hatte, ließ sie ihn ein und sie aßen zusammen.

Während des Essens sprach er fast nur von seinem Beruf. Er erging sich über die verschiedensten Fälle, die meisten davon unspektakulär und uninteressant für Gillian, da sie die beteiligten Parteien nicht kannte. Sie konnte ohnehin kaum zuhören, denn ihre Gedanken kreisten schon seit Tagen mehr um Matt, als gut für sie war. Die Enttäuschung darüber, dass er sie an jenem Abend trotz ihrer Bereitschaft einzulenken einfach stehen gelassen hatte, saß noch tief. Sie versuchte immer wieder, sich einzugestehen, dass es vorbei war, das sie allein durch ihr Misstrauen ihn so tief enttäuscht und beschämt hatte, dass sie sich einfach nicht mehr versöhnen konnten. Doch scheiterte sie immer wieder darin, ihn vollends aufzugeben. Die Anziehung, die er auf sie ausübte, war immer noch ungebrochen und jetzt, da sie wusste, dass er sie nie betrogen hatte, konnte sie noch nicht einmal mehr zornig auf ihn sein.

Ihr Blick fiel auf Charlie, der auf dem Boden saß und zufrieden mit seinen Holzfiguren spielte. Sie sah Matts Züge in dem Kind und manchmal, wenn sie es ansah, krampfte sich ihr Herz auf eigenartige Weise zusammen, so wie auch jetzt.

»Gillian? Geht es dir gut?«, riss Thomas sie aus ihren Gedanken.

»Hm?«

»Ich fragte gerade, ob du das nächste Mal mitkommen willst.«

»Mitkommen?«

»Ja.«

Er erhob sich und kam zu ihr, zog sie sanft von ihrem Stuhl hoch und umfasste ihre Taille.

»Oh, Gillian. Das Haus, das ich für uns in Laramie gefunden habe, ist einfach wunderbar. Du *musst* einfach das nächste Mal mitkommen und es dir ansehen. Und du allein sollst alles planen, du sollst es genau so einrichten, wie du willst. Das hier...«, er machte eine ausschweifende Handbewegung durch den Raum, »wird bald alles der Vergangenheit angehören. Du wirst endlich den Luxus genießen, den du verdienst. Und du wirst nie mehr arbeiten müssen.«

»Aber ich mag meine Arbeit, Thomas.« Sie versuchte zu lächeln.

Er schüttelte geduldig den Kopf, zog sie näher an sich und sein Mund näherte sich ihren Lippen.

»Aber meine Frau soll nicht arbeiten. Auch nicht im Haus. Wir werden Dienstboten haben, eine ganze Menge. Und ein Kindermädchen. Und später eine Gouvernante.«

Oh Gott, das ging ihr alles etwas zu schnell!

Doch bevor sie etwas erwidern konnte, küsste er sie. Seine Hände strichen dabei zärtlich über ihren Rücken. Dieser Kuss war weit besser als der, den er ihr am Bahnhof gegeben hatte. Seine Lippen waren warm und auf seiner Zunge lag noch der süße Geschmack des Cider, den er fast ganz allein getrunken hatte.

Trotzdem war er auch dieses Mal nicht in der Lage, dieses wilde, leidenschaftliche Gefühl in ihr zu verursachen, wie Matt es vermocht hatte. Mehr noch, allein durch einen Blick, eine Berührung hatte Matt in ihr mehr auslösen können als Thomas es mit all seinen Küssen fertig brachte.

Das hier fühlte sich einfach nicht richtig an. Sie wollte Thomas nicht weh tun, aber sie fühlte auch, dass es immer schlimmer werden würde, wenn sie jetzt nicht damit aufhörte, ihm immer wieder Hoffnungen zu machen. Abwehrend drückte sie die Hände gegen seine Brust, wandte den Kopf ab und beendete den Kuss. Enttäuschung und Verwirrung standen ihm ins Gesicht geschrieben.

»Was ist denn, Liebste?«

Sie machte sich von ihm los und seufzte. »Thomas... Ich... ich kann dich nicht heiraten.«

»Aber... ich dachte... Gillian, du hast mir berechtigte Hoffnung gegeben, dass...«

»Ja«, unterbrach sie ihn und Tränen stiegen in ihren Augen auf. »Ich weiß. Und das war falsch von mir. Es tut mir wirklich sehr, sehr leid! Aber... ich weiß noch gar nicht, ob ich überhaupt noch einmal heiraten möchte.«

Er trat auf sie zu und wollte ihre Hände nehmen, aber sie wich ihm aus.

»Also willst du noch mehr Zeit? Gillian, ich verspreche dir, ich gebe dir alle Zeit, die du willst, ich...«

Sie legte leicht die Hand auf seine Wange.

»Die Zeit wird nichts daran ändern, fürchte ich. Ich mag dich, wirklich. Aber ich *liebe* dich nicht!«

Charlie fing plötzlich an zu weinen.

»Entschuldige«, sagte Gillian und ging zu dem Kind, um es hochzuheben.

»Es ist wegen ihm, habe ich Recht?« Thomas Stimme war jetzt zornig und er hatte die Fäuste an seinen Seiten geballt.

Gillian sah ihn verständnislos an. »Was soll Charlie mit...«

»Nicht das Kind! Ich meine Cole. Du empfindest etwas für ihn, habe ich recht?«

Gillian schloss kurz die Augen. Ja, er hatte Recht, aber das tat nichts zur Sache und ging ihn auch nichts an.

»Matt und ich sind nur Freunde. Wir helfen einander und...«

»Pah! *Freunde*!«, schrie er. »Das kaufe ich dir nicht ab. Ich habe gesehen, wie du ihn anschaust. Und er dich! Aber...«, er zeigte mit dem Finger auf sie, »ich werde dir jetzt mal etwas über deinen sogenannten *Freund* erzählen und dann werden wir ja sehen, ob du ihn immer noch so gern magst, diesen verlogenen, verdammten Hurensohn!«

Gillian senkte betroffen den Kopf. »Ich weiß, dass Matt dir sehr weh getan hat. Er hat es mir erzählt. Das mit... Victoria.«

»Ach?«, funkelte er sie an. »Hat er dir denn auch erzählt, dass er sie umgebracht hat?«

Gillian erstarrte und ihr wurde eiskalt. Matt ein Mörder? Nein, nein, das konnte nicht sein. Instinktiv zog sie Charlie in einer beschützenden Geste näher an sich.

»Nein. Thomas! Was sagst du da? Das kann nicht wahr sein! Matt wäre niemals fähig, so etwas...«

Brigham gab ein verächtlich schnaubendes Geräusch von sich. »Ach, so gut kennst du ihn, hm? Nun...Vielleicht hat er es ja nicht mit seinen eigenen Händen getan. Aber getötet hat er sie trotzdem!«

Gillian verstummte und sie hatte das Gefühl, dass jeden Moment ihre Beine unter ihr nachgeben würden. Verzweifelt hinter sich tastend suchte sie nach ihrem Stuhl und ließ sich darauf fallen.

Thomas nickte. »Ja... Jetzt bist du entsetzt, nicht wahr?«

Gillian konnte kaum atmen, nur mit Anstrengung gelang es ihr, Luft in ihre Lungen zu pumpen.

Thomas traten jetzt Tränen in die Augen und er wischte sie zornig fort. »Sie hätte mein sein sollen. *Mein*! Ich hatte ihr mein Herz zu Füßen gelegt. Sie hätte die Welt von mir haben können. Alles, alles hätte ich für sie getan! Wir waren so glücklich... Aber dann kam *er*... Er hat ihr den Kopf verdreht, sie verdorben, sie verführt, mit seinen Lügen und mit seinen Blicken aus diesen verdammten, teuflischen Augen... Er hat sie mir weggenommen und sie dann mit hineingezogen in seinen dunklen, verfluchten Abgrund. Er war ihr Untergang und ich konnte nichts tun, als hilflos dabei zuzusehen!«

Gillian saß wie erstarrt da. Sie konnte nichts sagen, ihre Kehle war zugeschnürt. Sie überlegte kurz, ob Thomas das alles nur sagte, weil er eifersüchtig war. Doch dann hallten Worte durch ihren Kopf. Worte, die sie bisher verdrängt und als dummes Gerede abgetan hatte.

Mad Matt... gewalttätig... schreckliches Ende... ungeklärte Umstände...

Sie schluckte. »Wie?«, war alles was sie hervorbringen konnte.

Thomas ließ sich jetzt auch auf einen Stuhl fallen und presste die Hände an seine Schläfen. »Oh, es hat lange gedauert... Er hat sie *langsam* getötet. Stück für Stück hat er ihr den Lebenswillen entzogen, bis nichts mehr davon übrig war. Zunächst hat niemand etwas gemerkt, aber *ich* habe es gesehen. Kaum, dass sie ihn geheiratet hatte, ist sie stiller und stiller geworden. Sie verlor an Lebenslust, wurde immer teilnahmsloser.

Ich habe versucht, sie zu retten. Ich habe sie angefleht, mit mir zu kommen, ihn zu verlassen, doch sie hatte nicht mehr die Kraft dazu. Sie saß nur da, so... so abwesend und still. Sie hatte sich so verändert! Wie eine Lerche, der man die Flügel gebrochen hat!«

Er warf einen finsteren Blick auf Charlie, der jetzt ruhig auf Gillians Schoß saß. »Richtig schlimm wurde es nach der Geburt des Kindes. Matt hat sie vernachlässigt und betrogen. Während sie litt, während sie verzweifelte, hat er fast jede Nacht im Hurenhaus verbracht. Er hat noch nicht einmal einen Hehl daraus gemacht! Er hat sogar ein Haus in der Stadt gemietet, damit er sich jeden Tag mit seiner Hure treffen konnte. Aber das Schlimmste, das Allerschlimmste dabei war, dass er ihr das Kind weggenommen hat! Ihren Sohn, ihr Fleisch und Blut! Er hat ihn ihr entzogen und ihn mit zu seiner Hure genommen!«

Er wischte sich nochmals heftig über die Augen und schluckte. »Eines Morgens fand man sie am Flussufer. Zehn Meilen unterhalb der Birch Creek. Ertrunken...«

Er schluchzte auf. »Sie war so schön, Gillian. So schön und so zerbrechlich! Sie hätte meine Braut sein sollen! Sie würde noch leben, wenn sie mich genommen hätte und nicht diesen elenden, verfluchten Bastard!«

Gillian brachte es kaum hervor, doch sie musste es fragen. »Glaubst du, dass er...«

»Was?« funkelte Thomas sie an. »Ob ich glaube, dass er sie in den Fluss gestoßen hat?« Er schnaubte. »Manche Leute hier glauben das tatsächlich, auch wenn man ihm nie etwas nachweisen konnte. Ich weiß es nicht. Niemand weiß es. Noch nicht einmal er selbst, denn er war in dieser Nacht so voll, dass er sich angeblich an nichts erinnert. Aber das macht letztlich keinen Unterschied. Denn getötet hat er sie. So oder so!«

Gillian atmete mühsam ein. Diese schrecklichen Enthüllungen waren so niederschmetternd, dass sie sich fühlte, als sei sie gelähmt. Wenn es stimmte, was Thomas sagte, wenn Matt seine Frau wirklich mit Huren hintergangen, sie vernachlässigt, ihr das Kind entzogen, sie am Ende gar getötet oder zumindest in den Tod getrieben hatte, was für ein Monster musste er sein!

Sie konnte, sie wollte es nicht glauben, nicht Matt, ein Mann, der so liebevoll zu seinem Kind war und ihr mit Rücksicht und Respekt begegnete. Er, der seinen eigenen Vater verachtete, weil er seine Mutter im Stich gelassen und betrogen hatte, sollte sich tatsächlich derselben Vergehen schuldig gemacht haben?

Nein, es musste irgendeine andere Erklärung dafür geben!

Thomas Verzweiflung erschien ihr zwar echt und sie glaubte nicht, dass er dies alles nur sagte, um Matt in ihren Augen zu erniedrigen. Doch was war, wenn Thomas' Blick durch seine Trauer um Victoria und den Hass auf Matt getrübt war und er die Tatsachen anders sah, als sie wirklich waren? In diesem Fall konnte sie nicht umhin, unsägliches Mitleid für Matt zu empfinden. Denn wie schwer mussten diese Erlebnisse, eine solche Schuld, wie auch immer die Wahrheit dahinter aussah, auf seinem Gewissen lasten?

Falls dem so war, verstand sie auch seine Reaktionen. Seine Bereitschaft, sie gehen zu lassen, seine Weigerung, sich zu verteidigen, auch wenn er im Recht gewesen war.

Was hatte Lizzie Robbins gesagt? *Er hatte Angst zu versagen. Schon wieder...*

Ja, das musste es sein. Er hatte Angst, dass er sie unglücklich machen und ihr letztlich dasselbe Schicksal bereiten würde, wie Victoria. Er wollte sie beschützen, indem er sie freigab.

Sie warf einen Blick auf Thomas' ernstes Gesicht und gleich darauf wurde sie wieder unsicher. Was, wenn sie sich irrte und er doch Recht hatte? Sie wusste es nicht. Sie kannte Matt kaum und auch Thomas war ihr fremd. Sie wusste überhaupt nichts mehr, wusste nicht, was und wem sie glauben sollte und sie wollte einfach nicht mehr daran denken müssen. In was für einen Albtraum wurde sie hier hineingezogen? Am Liebsten hätte sie geschrien, um die sich überschlagenden Gedanken in ihrem Hirn abzuschalten.

Charlie weinte und holte sie in die Realität zurück. Was auch immer sein Vater getan haben mochte, der Junge war unschuldig und er brauchte sie, jetzt und hier. Sie erhob sich. »Er ist müde.«

Thomas stand ebenfalls auf. Der Blick, mit dem er sie bedachte, stach in ihr Herz. »Gillian«, sagte er leise. »Der Mann ist der Teufel. Bitte, geh mit mir von hier fort. Heirate mich!«

Sie schüttelte den Kopf. Sie war zu aufgewühlt. Sie konnte jetzt nicht an eine Heirat denken, mit wem auch immer. Lieber wäre sie davongelaufen.

»Ich glaube, du gehst jetzt besser, Thomas«, sagte sie leise.

Seine Miene wurde hart und er nickte. »In Ordnung«, erwiderte er beherrscht. »Ich gehe. Für heute. Aber ich werde nicht ruhen, bis du vernünftig wirst, Gillian.«

Als er die Tür hinter sich zugezogen hatte, brach sie zusammen. Sie sank zu Boden, wo sie gerade stand, drückte Charlie an sich und weinte hemmungslos.

Kapitel 21

Es regnete in Strömen. Am frühen Abend hatte es ein Gewitter gegeben, und obwohl es längst vorbeigezogen war, prasselte der Regen jetzt unaufhörlich auf das Dach des kleinen Lehrerhauses. Gillian sah, wohl zum hundertsten Male an diesem Abend, zum Dach hinauf und dankte Matt im Stillen dafür, dass er es repariert hatte. Nicht auszudenken, wenn diese Wassermengen sich ihren Weg durch das Hüttendach gebahnt hätten. Zumal sie ja im Moment auch die Verantwortung für ein Kind trug. Sie ging zu Charlies Bettchen und sah hinein. Der Kleine schlief süß wie ein Engel und Gillian zog lächelnd seine Decke zurecht.

»Was dein Daddy wohl gerade macht, bei diesem Regen da draußen?«, flüsterte sie leise.

Seit Thomas' Enthüllungen hatte sie viel darüber nachgedacht, doch sie war immer noch nicht in der Lage, ihre zwiespältigen Gefühle für Matt unter Kontrolle zu bringen. Ihre Gedanken drehten sich im Kreis, zum einen wollte sie nicht glauben, dass Matt solch schreckliche Dinge getan haben sollte. Zum anderen glaubte sie aber auch, dass Thomas' Beschuldigungen irgendwie der Wahrheit entsprechen mussten. Alles Grübeln half jedoch nichts. Es gab zu viel, was sie nicht sah, nicht wusste. Dachte sie, eine Erklärung gefunden zu haben, nagten sofort wieder Zweifel an ihr. Die ganze Sache machte sie fast wahnsinnig.

Sie seufzte und sah auf ihre kleine Taschenuhr. Thomas hatte sich für heute Abend angekündigt, aber er war noch nicht erschienen, sicher hatte seine Arbeit ihn aufgehalten. Sie stellte fest, dass sie nicht traurig darüber war. Das Letzte, was sie jetzt gebrauchen konnte, war, dass er sie weiterhin in Bezug auf ihre Heirat bedrängte.

Es klopfte an ihrer Tür und ihr entfuhr ein unwilliges Seufzen. Er war also doch noch gekommen. Während sie in Gedanken nach einer Ausrede suchte, seinen Besuch auf ein Minimum zu beschränken, öffnete sie.

Als sie hinaussah, erschrak sie so sehr, dass sie die Hand vor den Mund schlug. Nicht Thomas Brigham stand dort draußen, sondern Matt Cole, nass und triefend wie ein aus dem Wasser gezogener Kater. Die silberhellen Augen über seinen dunklen Bartstoppeln blickten ernst und er wirkte – äußerst ungewöhnlich für ihn – irgendwie unsicher. Er sah aus, als fürchtete er, unverzüglich fortgeschickt zu werden.

»Matt!«, rief sie aus. »Du bist schon zurück? Ist irgendetwas passiert?«

»Nein, nein«, beeilte er sich zu sagen. »Ich...« Er zögerte.

Sie schüttelte den Kopf. »Oh, was bin ich unhöflich! Komm erst 'mal herein, du bist ja völlig durchnässt.«

»Das stimmt nicht ganz, auch wenn mein Mantel etwas undicht ist«, lächelte er, aber nachdem er Hut und Mantel auf der Veranda abgelegt und seine Stiefel notdürftig gesäubert hatte, trat er hinter ihr in die Hütte.

»Charlie schläft«, sagte sie leise. »Aber wenn du willst, wecke ich ihn und ziehe ihn an, damit du ihn mitnehmen kannst.«

Er ging zum Bettchen und schaute zärtlich auf seinen schlafenden Sohn hinunter. Sanft schob er eine blonde Locke aus dem kleinen Gesicht und schüttelte den Kopf. »Nein«, flüsterte er. »Lass ihn schlafen. Ich werde ihn morgen mit dem Wagen abholen.«

Gillian sah wie gebannt zu. Er ging so liebevoll mit Charlie um. Konnte dieser Mann derselbe sein, den Thomas beschrieben hatte? Aber es war ihr auch bewusst, dass der Umgang mit dem eigenen Kind nichts damit zu tun hatte, was ein Mann aus Selbstsucht oder Verachtung zu tun vermochte. Er hatte einmal gesagt, dass seine Ehe unglücklich gewesen war. Vielleicht hatte er Victoria verachtet? Sie demütigen *wollen*?

Sie schluckte und um sich abzulenken, schürte sie unnötigerweise das Feuer und stellte den Kessel auf.

»Ich wollte mir gerade Tee machen, möchtest du auch welchen?«, fragte sie.

Er schüttelte den Kopf. »Ich wollte nicht lange bleiben. Die Stadt hat viele Augen. Das gibt nur unnötiges Gerede.« Er zögerte und atmete tief ein, bevor er weitersprach. »Gillian... Ich weiß nicht, wie es dir ergeht, aber ich hatte viel Zeit zum Nachdenken.«

Sie schloss die Augen. *Bitte nicht*, dachte sie.

Doch er fuhr fort: »Ich kann nur sagen, wie unendlich leid mir alles tut. Ich bin ein solcher Idiot gewesen. Es ist unverzeihlich, wie ich dich behandelt habe. Aber...« Er fuhr sich ungeduldig durch seinen feuchten Haarschopf und schüttelte den Kopf, ein schmerzliches Lächeln auf den Lippen.

»Es ist wirklich verrückt, weißt du... Seit ich dich kenne, ist mein Leben aus allen Fugen geraten. Es ist nichts mehr so, wie es war! Und... seit du fort bist, fühle ich mich... ich fühle mich so... ach verdammt!«

Er trat auf sie zu und sie musste sich beherrschen, nicht vor ihm zurückzuweichen.

Dicht vor ihr blieb er stehen und sah auf sie herab. Seine Augen loderten wie blaue Flammen. Fragen, Verzweiflung und Begehren standen gleichzeitig darin.

»Es ist als sei ich... unvollständig!«, stieß er hervor.

Er hob eine Hand, wie um sie zu berühren, aber er hielt inne und ließ die Hand wieder sinken.

»Ich bin gekommen, um dich zu fragen, ob du dir vorstellen kannst, mir zu verzeihen. Uns nochmal eine Chance zu geben, alles hinter uns zu lassen und einfach neu zu beginnen.«

Da, er hatte es gesagt. Er wollte sie zurück. Ihre geheime Hoffnung, gleichzeitig ihre schlimmste Befürchtung, war eingetreten. Sie zitterte und musste mit aller Gewalt die Tränen zurückhalten, die sich brennend ihren Weg von ihrem zugeschnürten Hals in ihre Augen bahnten. Wenn er sie das noch ein paar Tage zuvor gefragt hätte! Sie hätte keine Sekunde gezögert. Aber jetzt? Sie konnte einfach nicht. Sie fühlte sich überfordert. Wenn es nicht so feige gewesen wäre, wäre sie weit fortgelaufen, fort von diesen beiden Männern und all dem Schmerz und der Verwirrung, die sie ihr bescherten.

Sein Blick bohrte sich in ihre Augen in Erwartung ihrer Antwort. Sie hielt es nicht aus und wandte ihm den Rücken zu.

»Ich weiß nicht, Matt«, sagte sie leise.

Er trat hinter sie und legte die Hände auf ihre Schultern. Sie konnte nicht anders und gab nach, schloss die Augen und lehnte sich an ihn. Seine Nähe tat so gut. Seine Lippen streiften kaum merklich ihr Haar als sein Mund sich ihrem Ohr näherte.

»Ich weiß, dass ich dich sehr verletzt habe, Gilly. Aber... können wir es nicht wenigstens versuchen? Ich will nicht, dass es so mit uns endet, nur weil ich so unendlich dumm gewesen bin. Ich brauche dich!«

Seine tiefe Stimme, sein Atem dicht an ihrem Ohr machte ihre Knie weich. Sein vertrauter Duft, gemischt mit einem Hauch von Lagerfeuer, Leder, Pferd und der unendlichen Weite der Prärie, füllte ihre Lungen und drohte sie zu überwältigen.

»Ich liebe dich«, flüsterte er, kaum hörbar. Ihr Herz klopfte jetzt so wild, dass sie glaubte zu zerspringen. Er liebte sie! Nicht, dass sie dies nicht gespürt hätte. Aber es ihn leise in ihr Ohr flüstern zu hören, raubte ihr den Verstand und ließ sie ihre Zweifel an ihm fast gänzlich vergessen.

Sie fühlte ihren Widerstand endgültig zusammenbrechen als seine Lippen ihren Hals berührten. Leidenschaft und Begehren streckten ihre flammenden Finger nach ihr aus und führten einen heftigen Kampf mit ihrer immer schwächer werdenden Standhaftigkeit. Er bedachte ihren Hals mit vielen kleinen Küssen und ihr war als hinterließen seine Lippen ihre brennende Spur auf ihr, wo immer sie sie auch berührten. Es war ein Leichtes für ihn, sie zu sich herumzudrehen und vollends in seine Arme zu schließen.

Als er sie küsste, glaubte sie, den Boden unter ihren Füßen zu verlieren. Er war zärtlich und behutsam, vorsichtig bat er um Einlass, so als könne er noch nicht glauben, dass sie es wirklich zuließ. Doch sie fühlte sich wie von einer Woge mitgerissen. Ihr Herz schlug einen wilden Rhythmus und das heiße Pulsieren, das sie schon so vermisst hatte, kehrte ihn ihren Körper zurück, jagte durch ihre Adern und ließ sie ihren Körper fast schon verzweifelt an seinen pressen. Es war ihm keinesfalls unrecht, das sagte ihr sein leises Stöhnen und die Art, wie er sie fester umfasste. Als sie ihre Lippen öffnete, dauerte es keine Sekunde bis ihre Zungen sich in der süßen, innigen Verbundenheit trafen, nach der sie sich beide so gesehnt hatten. Sie berührte seinen Hals, sein Gesicht, seinen Nacken. Seine Haut und sein Haar waren kalt und feucht vom Regen draußen, aber sein Kuss war sengend heiß.

Seine Hand glitt zu ihrer Brust und umfasste sie. Sanft strich sein Daumen über ihre Brustwarze. Sogar durch den störenden Stoff ihrer Kleidung hindurch sandte seine Berührung einen gleißenden Blitz durch ihr Inneres. Fast ungläubig hörte sie ihr eigenes Stöhnen, doch genau das sorgte dafür, dass sich plötzlich ungebeten und unerbittlich ihre Zweifel in ihr Bewusstsein zurückdrängten.

Was in Gottes Namen tat sie da? Dies hier war doch nur Leidenschaft, die sie übermannt hatte. Körperlich hatte Matt sie stets angezogen, seine Küsse und Berührungen waren von Anfang an wundervoll, unwiderstehlich gewesen, aber damit waren ihre Probleme, ihre Ängste nicht aus der Welt.

War das wirklich richtig, was sie hier tat? Was war mit all den Vorwürfen, die Thomas vorgebracht hatte? Mit all den schrecklichen Dingen, die Matt getan haben sollte? Was war die Wahrheit und wie war er wirklich, der Mann, der sie hier in den Armen hielt? Kannte sie ihn überhaupt?

Abrupt beendete sie den Kuss und befreite sich aus seiner Umarmung. Sie wandte sich ab und schlang die Arme um sich selbst, ein schwacher Ersatz für seine Nähe.

»Gilly? Es tut mir leid, ich wollte nicht...«

Sie schüttelte heftig den Kopf. »Nicht!«

Er ging um sie herum um sie anzusehen. »Was ist?«, fragte er.

Sie wich ihm wieder aus. »Ich... Ich kann das einfach nicht.«

Er fasste sie am Arm. Sein Blick war forschend und seine Augen verengten sich als er sagte: »Das glaube ich dir nicht. Dein Kuss gerade sprach eine ganz andere Sprache.«

Sie machte sich von ihm los.

»Du weißt, wie ich reagiere, wenn du mich küsst. Es war nur ein Kuss.«

Er lachte auf, hart und bitter. »Oh nein, Gillian! Das nehme ich dir nicht ab!«

»Thomas hat um meine Hand angehalten!«, platzte sie heraus, den Tränen nah. Sie erschrak selbst, denn sie hatte das so nicht sagen wollen.

Doch man sah ihm nicht an, wie er darauf reagierte. So wie immer. Seine Miene war wie versteinert. Oh, sie hätte ihn schlagen können, dafür.

Er nickte. »Ich verstehe«, sagte er gedehnt. »Und du hast ›Ja‹ gesagt?«

Ihre Beine zitterten. »Nein, noch nicht.«

»Liebst du ihn?« Sein Blick lag so eindringlich auf ihr, dass sie noch nicht einmal mehr wegsehen konnte.

Schließlich senkte sie doch die Augen und schüttelte fast unmerklich den Kopf. »Das habe ich ihm auch schon gesagt«, gab sie zu. »Aber er will mich trotzdem.«

»Und du?«, fragte er unnachgiebig. »Willst du ihn auch ›trotzdem‹ heiraten?«

Sie schloss verzweifelt die Augen. Ja, sie hatte sehr wohl schon daran gedacht. Aber es jetzt Matt gegenüber auszusprechen kam ihr vor wie Verrat.

Er machte einen Schritt auf sie zu und fasste sie wieder am Arm. »Gillian, ich glaube dir nicht, dass du mich nicht willst«, wiederholte er. »Doch wenn es wirklich so sein sollte, dann verspreche ich dir, für immer aus deinem Leben zu verschwinden.«

Er zog sie näher und sein Blick war eine einzige, verzweifelte Herausforderung. Sein Griff um ihren Arm war fest, nahezu schmerzhaft und fast war sie dankbar dafür, denn endlich zeigte er Gefühle. Ihr war als verkrampfe sich ihr Herz.

»Aber ich will, dass du es sagst, Gillian. Jetzt und hier. Sieh mich an, sieh mir in die Augen und sage mir, dass du mich nicht willst!«

»Nimm sofort deine dreckigen Finger von ihr, Cole!«

»Thomas!«, rief Gillian erschrocken aus.

Matt ließ sie los, aber er schloss in verhaltenem Ärger kurz die Augen. Seine Kiefermuskeln zuckten. »Verschwinde, Thomas«, zischte er. »Das hier geht dich absolut nichts an!«

Thomas trat einen Schritt vor und stieß Matt kurz aber heftig mit dem Handballen gegen die Schulter. »Oh nein!«, rief er zornig. »Ich werde *nicht* gehen. Der einzige der hier gehen wird, bist du!«

»Thomas, bitte«, versuchte Gillian zu schlichten.

»Sei still«, rief er ihr zu und wandte sich dann wieder an Matt, baute sich drohend vor ihm auf. »Ich werde *nicht* gehen und zusehen, wie du sie mir wieder wegnimmst. Nicht schon wieder. Nicht dieses Mal!«

»Sie liebt dich nicht, Thomas«, knurrte Matt ihm entgegen. »Sie will dich nicht!«

»Pah!«, lachte Thomas auf. »*Du* bist derjenige, den sie nicht will. Du hast es doch gerade selbst gemerkt!«

»Hört auf, um Gottes Willen!«, schrie Gillian die Männer an, als Charlie erwachte und zu weinen anfing.

Doch sie beachteten sie nicht.

»Du wirst sie niemals zurückbekommen, Matt! Ich werde nicht zulassen, dass du sie auch zugrunde richtest, so wie du es mit Victoria gemacht hast, du gottverdammtes, selbstgefälliges Schwein!«

Jetzt wurde Matt wütend und stieß seinerseits Thomas in die Brust. »Und *ich* werde nicht zulassen, dass du Gillian nur benutzt, um deinen Rachedurst an mir zu stillen. Du willst sie doch in Wahrheit gar nicht. In Wahrheit willst du sie mir wegnehmen, weil du mich so sehr hasst. Weil du es nie verwinden konntest, dass Victoria mich gewählt hat und nicht dich! Weil du willst, dass ich leide, so wie du damals gelitten hast! Das ist es doch, oder nicht? Mann, Thomas, wach endlich auf! Sie ist tot! Und sie kommt nicht zurück, nur weil du mich bestrafst! Gib dein elendes Selbstmitleid auf und lass' die Vergangenheit endlich ruhen! Verdammt, ich versuche das doch schließlich auch! Denkst du, du warst der Einzige, der sie geliebt hat?«

»Halt den Mund«, heulte Thomas auf. Wütend holte er aus und verpasste Matt einen kräftigen Schlag ins Gesicht, der dessen Lippe aufplatzen ließ. Ein dünner Blutstrom bahnte sich augenblicklich den Weg zu Matts Kinn.

Erschrocken schrie Gillian auf und wollte sich zwischen die Kontrahenten stellen, doch Thomas schob sie so vehement fort, dass sie strauchelte und Matt sie gerade noch auffangen konnte. Doch auch der schob sie weg, wenn auch weniger grob.

»Geh zur Seite, Gillian«, knurrte er. »Sonst wirst du noch verletzt.«

Er kochte vor Wut. Mühsam atmend und mit geballten Fäusten stand er vor dem Anwalt, jeder Muskel in seinem Leib schien gespannt. Gillian wusste, dass nicht mehr viel fehlte, bis er zurückschlug.

»Wage *du* es nicht, von Liebe zu sprechen!«, schrie Thomas jetzt. »Du hast sie *nie* geliebt, du verdammter Hurensohn!«

Er wollte nochmals zuschlagen, doch Matt wehrte seinen Schlag mit dem Unterarm ab und verabreichte ihm gleichzeitig mit der anderen Faust einen kraftvollen Haken in die Magengrube.

Thomas taumelte unter schmerzvollem Husten und Stöhnen zurück, doch so schnell gab er nicht auf. Mit gesenktem Kopf stürmte er vor und stürzte sich auf seinen Gegner. Matt konnte in der Enge der Hütte nicht ausweichen und der Schwung des Angriffs ließ sie beide mit lautem Getöse in den Tisch krachen.

Matt rappelte sich als erster auf. Er packte Thomas an Kragen und Schulter, riss ihn hoch und gab ihm einen kräftigen Schubs in Richtung Tür. »Wenn du dich schon wie ein Kind benehmen musst, lass es uns wie Männer draußen fortsetzen, bevor du hier die gesamte Einrichtung zertrümmert hast!«

»Matt!«, rief Gillian. »Sei doch wenigstens du vernünftig! Hört sofort auf damit, alle beide!«

Doch die beiden waren viel zu sehr in Fahrt, um auf sie zu hören. Kaum waren sie zur Tür hinaus, stürzten sie sich aufeinander wie zwei wilde Keiler.

Gillian nahm den jetzt ohrenbetäubend schreienden Charlie auf dem Arm und folgte ihnen schnell nach draußen. Mehrmals versuchte sie, die beiden zu beschwichtigen, doch vergeblich. Sie waren taub gegen ihre Rufe.

Die Männer waren jetzt in einen erbitterten Kampf verstrickt. Unablässig verpassten sie sich gegenseitig brutale Schläge auf den Körper und ins Gesicht. Immer wieder ging einer zu Boden, nur um sich umso wütender aufzurappeln und wieder auf den anderen loszugehen. Matt hatte bereits eine stark blutende Platzwunde über einer Augenbraue. Aus Thomas' Nase schossen Ströme von Blut.

Beide waren triefend nass und schlammbedeckt, denn der unablässig herab strömende Regen hatte die Straße, auf der sie sich schlugen, vollkommen aufgeweicht und in klebrigen, stinkenden Matsch verwandelt.

Mit wildem Geheul stürzte Thomas sich jetzt auf Matt, doch dieser nahm ihn gebührend im Empfang und packte ihn in den Schwitzkasten. Erstickt hustend hob Thomas das Gesicht zu Gillian und zeigte mit einem zitternden Finger auf sie. »Sie weiß alles, Cole! Sie wird niemals mehr zu dir zurückkehren wollen!«

Matt versetzte ihm einen zielsicheren Schlag auf die kurzen Rippen und schleuderte ihn dann von sich. Thomas strauchelte, aber ging nicht zu Boden. Keuchend und Blut spuckend blieb er vornübergebeugt stehen.

Auch Matts Atem ging schnell und heftig. Er schnappte nach Luft und nutzte die Pause, um sich mit dem Ärmel das Blut und das Regenwasser aus dem Gesicht zu wischen. »Was soll das heißen, ›sie weiß alles‹?«, bellte er Thomas heiser entgegen.

Thomas spuckte aus und funkelte ihn aus seinen fast schon zugeschwollenen Augen an. »Sie weiß, was du mit Victoria gemacht hast! Dass du sie wie *Dreck* behandelt hast. Dass du sie vernachlässigt hast, belogen und betrogen. Du hast sie auf dem Gewissen! Du hast sie zugrunde gerichtet mit deiner Sauferei und Hurerei. Aber damit nicht genug, du musstest ihr auch noch ihr Kind wegnehmen! Das Schlimmste und Niederträchtigste was man einer Mutter antun kann! Das hat sie umgebracht! *Du* hast sie umgebracht!«

Damit wollte er sich wieder auf Matt stürzen, aber dieser stieß ihn einfach von sich. Für ihn war der Kampf beendet, denn seine Verwirrung hatte sichtlich die Überhand genommen. Mit gerunzelter Stirn sah er zu Gillian herüber. Der Anblick wie er dort stand, fassungslos, schwer atmend, blutend und völlig durchnässt, brach ihr das Herz.

»Und du glaubst das?«, fragte er, mühsam um Atem ringend.

Sie zögerte, einen Wimpernschlag zu lange wie es schien, denn sie sah wie tiefe Enttäuschung ihn übermannte.

»Nein!«, beeilte sie sich zu sagen.

Doch es war zu spät. Sie sah ihm an, wie leicht er ihre Lüge durchschaute.

Einen furchtbar endlosen Moment lang starrte er sie nur an. Dann lachte er bitter auf und schüttelte den Kopf. »Jetzt wird mir einiges klar«, sagte er, mehr zu sich selbst als an irgendjemand anderen gewandt. Als er zur Veranda ging um seinen Hut und seinen Mantel zu holen, riss Thomas ihn an der Schulter zurück und wollte ihn ein weiteres Mal schlagen, doch er wich ihm aus und ließ ihn ins Leere laufen. Thomas, schon sichtlich erschöpft, ging durch seinen eigenen Schwung zu Boden.

»Verdammt noch Mal, Thomas«, knurrte Matt. »Macht dein Hass dich so blind, dass du noch nicht einmal siehst, wenn du *gewonnen* hast?«

Er zog sich den Mantel über, ein sinnloses Unterfangen, so nass wie er war und rammte sich den Hut auf seinen Kopf.

»Charlie wird morgen abgeholt«, sagte er im Vorbeigehen zu Gillian, ohne sie dabei anzusehen. Dann band er sein Pferd los, saß unter sichtlichen Schmerzen auf und verschwand in der Dunkelheit.

Kapitel 22

Als am nächsten Morgen Lizzie Robbins an ihre Tür klopfte, wusste Gillian, dass Matt es wahr machen würde. Er würde aus ihrem Leben verschwinden und er hatte bereits damit begonnen. Denn Lizzie war gekommen, um Charlie für ihn abzuholen.

Als sie öffnete, sah die Hure sich gerade kopfschüttelnd auf der Veranda um. Gillian folgte ihrem Blick und sah die Blutspuren, die die beiden Männer in der Nacht zuvor überall auf dem hellen Holz hinterlassen hatten. Lizzie bemerkte, wie sie mit den Tränen kämpfte und legte mitfühlend die Hand auf ihren Arm.

»Oh, Miss Robbins«, schluchzte Gillian. »Es war so furchtbar!«

Lizzie nickte grimmig und reichte ihr ein Taschentuch. »Ich weiß.«

Gillian schniefte in das Tuch. »Wie geht es ihnen?«

»Sie haben beide ganz schön was abgekriegt. Matt ist drüben im Saloon und leckt seine Wunden. Sechs Stiche hat ihm der Doc über dem Auge verpasst. Thomas soll eine gebrochene Nase und sogar Rippenbrüche haben.«

Gillian schlug sich die Hand vor den Mund. »Ach, das ist einfach schrecklich!«

Lizzie zuckte die Schultern. »Sie haben es nicht besser verdient, diese beiden Idioten. Schlagen sich um eine Frau! Pardon«, fügte sie schnell hinzu, »Nicht, dass Sie es nicht wert wären.«

Gillian schüttelte den Kopf. »Das Schlimme ist, dass ich gar nicht so sicher bin, um *welche* Frau sie sich eigentlich geschlagen haben. Ich hatte das Gefühl, es ging da eher um die Dämonen der Vergangenheit.«

Die Hure nickte. »Damit könnten Sie recht haben.«

»Wollen Sie nicht hereinkommen?«, fragte Gillian. »Ich könnte eine Tasse Kaffee vertragen, Sie auch?«

Lizzie sah sich verstohlen um. »Ich weiß nicht, ob das so gut ist.«

»Ach was«, entgegnete Gillian. »Mein Ruf ist doch sowieso schon heillos ruiniert. Wenn ich erst einmal fort bin, ist es ohnehin egal.«

Also folgte Lizzie ihr hinein.

Als die Dirne Charlie hochhob und sich setzte, fiel Gillian auf, dass sie keine Schminke und ein züchtig geschlossenes Kleid trug. Lizzie bemerkte ihren Blick sofort und sagte fast trotzig: »So früh morgens trage ich noch keine Arbeitskleidung.«

»Es tut mir leid«, sagte Gillian leise. »Ich wollte nicht hochmütig erscheinen.«

Lizzie lachte. »Schon gut. Damit können Sie mich nicht beleidigen. Ich bin, was ich bin.«

Als Gillian sich umwandte, um den Kaffee zu holen, fragte Lizzie: »Sie wollen also von hier fortgehen?«

»Was soll ich jetzt noch hier?« lachte Gillian aufgesetzt und bemühte sich um einen leichten Ton, aber ihre Stimme brach fast.

Lizzie schnaubte. »Und ich hatte gedacht, es sei eine gute Idee«, sagte sie. »Aber es hat alle nur noch unglücklicher gemacht. Es tut mir leid, dass Sie in das alles mit hineingezogen wurden.«

Gillian goss den Kaffee ein und setzte sich. »Eine gute Idee?«

Lizzie lächelte schwach. »Ich habe Matt zu der Anzeige überredet. Ich dachte, es würde ihm helfen über.... über alles hinwegzukommen.«

Gillian sah aus dem Fenster. »Ich glaube, sie sind beide noch lange nicht darüber hinweg.«

»Ja«, nickte Lizzie. »Die Sache mit Victoria hat ihnen beiden sehr zugesetzt.«

Plötzlich sah sie Gillian eindringlich an. »Sie dürfen nicht gehen! Es wird Matt das Herz brechen!«

Gillian schüttelte langsam den Kopf. »Er wird mir niemals verzeihen.«

»Verzeihen?«

Gillian sah zu Boden. »Hat er es Ihnen nicht erzählt?«

»Es war nichts rauszubekommen aus ihm.«

Mit tränenerstickter Stimme berichtete Gillian, was Thomas ihr alles erzählt hatte und wie Matt reagiert hatte, als ihm ihre Zweifel an ihm klar geworden waren.

»Oh verdammt«, stieß Lizzie hervor. »Dieser gottverdammte Idiot. Wie kann er die Wahrheit so verdrehen? Wie kann er ihm das nur antun?«

»Was ist die *Wahrheit*? Was genau ist damals geschehen, Lizzie?«, fragte Gillian eindringlich. »Ich muss es wissen!«

Lizzie seufzte. »Dass Victoria zuerst mit Thomas verlobt war, wissen Sie ja schon.«

Gillian nickte.

Lizzie lächelte schmerzlich. »Naja, es kam, wie es kommen musste. Matt hat sich in sie verliebt. Und sie sich in ihn. Es war wie ein Präriefeuer. Sie erwartete bereits ein Kind, bevor sie überhaupt heiraten konnten.«

»Aber, er sagte, es war vor vier Jahren. Charlie ist erst eineinhalb.«

Lizzie nickte. »Sie hatte eine Fehlgeburt. Und dann noch eine. Es machte ihr sehr zu schaffen. Matt versuchte sie zu trösten, er war fest davon überzeugt, dass noch gesunde Kinder kommen würden. Aber es wurde immer schlimmer mit ihr. Sie zog sich nach und nach völlig in sich zurück. Matt bemühte sich sehr um sie. Er tat alles, wirklich alles, um sie glücklich zu machen, vernachlässigte sogar die Ranch. Doch es stand nicht in seiner Macht, wissen Sie. Es war nicht nur die Trauer um die verlorenen Kinder. Diese Traurigkeit, die kam irgendwie aus... ihrem Inneren. Sie konnte nichts dafür und niemand konnte etwas dagegen tun.

Als dann Charlie geboren wurde, war sie bereits so schwermütig, dass sie ihr eigenes Kind ablehnte. Sie wollte es noch nicht einmal stillen! Matt musste sie dazu zwingen, doch sie schloss sich immer wieder in ihr Zimmer ein. Ein paar Mal brach er die Tür auf, doch sie weigerte sich trotzdem, den Kleinen anzunehmen und bald hatte sie auch keine Milch mehr. Matt hat es mit Kuhmilch versucht, aber die hat Charlie nicht vertragen. Er wurde immer schwächer. Fast wäre er gestorben.«

»Oh mein Gott!«, stieß Gillian hervor. Ihr wurde eiskalt. Was musste das für ein Albtraum gewesen sein.

Lizzie fuhr fort: »Da hörte Matt von einer Hure, die gerade ihr Kind verloren hatte. Er scherte sich einen Dreck darum, was die Leute dachten, er wollte, dass sein Sohn lebte, also brachte er ihn ihr.«

»Das waren Sie, oder?«, fragte Gillian leise. »Sie waren Charlies Amme!«

»Ja, das war ich«, erwiderte Liz langsam und ihr Blick wurde abwesend als sie in die Vergangenheit schaute. »Mein Kind, mein kleines Mädchen, war gestorben.« Sie schluckte. »Keine zwei Monate hat sie gelebt, meine kleine Anne... Als sie starb, fühlte ich mich, als hätte man mir das Herz herausgerissen. Der Schmerz war so stark... Ich wünschte mir, ich wäre mit ihr gestorben.«

Sie lächelte Gillian traurig an. »Wissen Sie, als Matt mir damals den kleinen Kerl hier brachte, hat er nicht nur ihn gerettet, sondern in gewisser Weise auch mich.« Sie schluckte nochmals und küsste Charlies Lockenschopf.

»Und ich habe ihn Ihnen weggenommen«, murmelte Gillian.

»Oh nein«, lachte Lizzie freudlos. »Sie wissen doch genauso gut wie ich, dass ein Hurenhaus gewiss kein geeigneter Ort für ein Kind ist. Matt hat Charlie bereits wieder zu sich genommen, als ich ihn nicht mehr stillte. Aber bis dahin gab er Phil Geld für meine Zeit und brachte Charlie mehrmals täglich zu mir. Anfangs ließ er ihn sogar ganz bei mir, bis er wieder bei Kräften war. Danach versuchte er verzweifelt, Victoria ihrem Kind wieder näher zu bringen. Damit er nicht ständig mit Charlie hin- und herfahren musste, mietete er ein Haus in der Stadt. Er flehte Victoria an, mit ihm dort einzuziehen, doch sie schloss sich auf der Ranch ein. Also kam er allein.«

Das Haus, das Thomas erwähnt hatte... War das die Wahrheit? War Lizzie wirklich nur Charlies Amme gewesen? Oder war dort in diesem Haus doch noch etwas Anderes zwischen Matt und ihr vorgegangen?

Als hätte Lizzie ihre Gedanken gehört, fuhr sie fort: »Matt und ich wurden enge Freunde. Ich blieb manchmal noch lange nachdem ich mit dem Stillen fertig war und wir redeten stundenlang. Wir halfen uns gegenseitig über die schlimme Zeit, die wir durchmachen mussten. Aber er hat nie mit mir geschlafen.« Lizzie schüttelte den Kopf. »Er war ihr treu, selbst wenn er ihr wohl nicht mehr bedeutete als der Staub unter ihren Sohlen.«

Gillian musste es fragen. »Aber Sie hätten es gewollt?« Sie wurde verlegen. »Ich meine, dass er...«

Lizzie schaute sie offen an. »Matt ist ein sehr attraktiver Mann«, lächelte sie. »Aber, nein. Es hätte wohl nur alles zerstört. Er ist eher wie ein Bruder für mich. Ich habe in meinem Leben nur einen Mann geliebt. Den Vater meines Kindes.«

Die Richtung, in die sie aus dem Fenster blickte, verriet es Gillian. »Thomas war der Vater?«

Lizzie nickte.

»Aber wie konnten Sie wissen...«

»Sie meinen, wie kann eine Hure wissen, wer sie geschwängert hat?«

»Es tut mir leid, ich wollte Sie nicht kränken. Aber... wie ist das möglich?«

»Ich hatte in der Zeit, als ich mein Kind empfing, nur einen einzigen Freier.« Sie lachte gallig. »Zunächst kam er wohl nur, um sich über Victorias ›Verrat‹ hinwegzutrösten. Ich verliebte mich schnell in ihn und habe ihn daher wohl so gut *getröstet*, dass er irgendwann auch glaubte, in mich verliebt zu sein. Schließlich duldete er keine anderen Freier mehr. Herrje, er hat sich finanziell fast ruiniert, um mich für sich allein zu haben.«

»Du meine Güte, das klingt furchtbar«, warf Gillian ein.

»Ja. Aber es war so«, antwortete Lizzie.

»Wenn er Sie geliebt hat, warum hat er Sie dann nicht freigekauft?«, fragte Gillian.

Lizzies Augen glitzerten. »Ein junger, aufstrebender Anwalt und eine ehemalige Hure an seiner Seite? Seine Karriere wäre keinen Penny mehr wert gewesen.« Sie schüttelte den Kopf.

»Nein, es war unmöglich und ich wusste es. Oh, er hat es versprochen. Immer wieder machte er Pläne, dass er nur erst genügend Geld verdienen müsste, dass wir dann gemeinsam von hier weggehen würden, weit weg, an einen

Ort wo uns niemand kennt. Und eine Weile träumte ich diesen schönen Traum mit. Doch irgendwann merkte er, dass es Victoria schlecht ging. Er wandte sich von mir ab und setzte sich in den Kopf sie ›retten‹ zu müssen. Als Matt mir Charlie brachte, wurde es noch schlimmer, denn Thomas glaubte nicht, dass wir kein Liebespaar waren. Für ihn sah es aus als würde Matt Victoria mit mir betrügen. Das machte ihn doppelt eifersüchtig und bestärkte ihn nur noch mehr darin, sie vor ihrem schrecklichen Leben bewahren zu müssen.«

Sie nickte Gillian zu. »Ich denke, dass er einen Teil von dem, was er Ihnen erzählt hat, wirklich glaubt. Sein Herz sieht die Wahrheit auf andere Weise.«

Lizzies Tonfall war genug, es brauchte keine Worte um Gillian ihre Gefühle erkennen zu lassen. »Sie lieben ihn immer noch«, sagte sie leise.

Liz zuckte fast entschuldigend die Schultern. »Eine Frau kann nicht aus ihrer Haut... Nach Victorias Tod kam er irgendwann zu mir zurück. Nur als zahlender Kunde zwar, aber von Zeit zu Zeit spricht er immer noch davon, mich freikaufen zu wollen. Süße Lügen... Manchmal will man sie einfach hören.« Jetzt entkam ihr doch eine Träne und sie wischte sie ärgerlich mit dem Handrücken fort.

Gillian verspürte plötzlich großes Mitleid mit Lizzie. Was für ein trostloses, einsames Leben sie führen musste. Dagegen machten sich Gillians eigenen Probleme wie ein Lachen im Winde aus. Sie konnte nicht umhin, sie war froh, dass wenigstens Matt dieser armen Frau ein Freund war und sie verspürte das Bedürfnis, ihr auch ihre Freundschaft anzubieten, auch wenn sie das sicher nicht wollte. »Wenn ich irgendetwas für Sie tun kann«, sagte sie etwas unbeholfen. »Ich meine... Ich wäre gern für Sie da.«

Lizzie lächelte. »Sie müssen sich keine Sorgen um mich machen. Ich mache das schon so lange, ich komme zurecht. Wenn Sie etwas für mich tun wollen, bleiben Sie. Gehen Sie zurück zu Matt und retten Sie seine Seele.«

Gillian schüttelte den Kopf. »Wie kann er das jetzt noch wollen, nachdem ich ihm das angetan habe? Wie konnte ich Thomas nur glauben! Matt hätte mein Vertrauen gebraucht, meine Liebe! Stattdessen habe ich ihn bitter enttäuscht mit meinem verdammten Misstrauen.«

Lizzie beugte sich vor und legte die Hand auf ihren Arm. »Matt hat mir in seiner Verzweiflung in jener Nacht erzählt, was Sie durchgemacht haben. Es ist doch nur verständlich, dass Sie allem und jedem gegenüber misstrauisch sind. Außerdem kennen Sie beide Männer kaum. Wie hätten Sie also die Wahrheit wissen können?«

»Ich *konnte* sie nicht wissen, aber ich *fühlte* sie. Und ich hätte es Matt spüren lassen müssen, zu ihm halten!«

»Es ist noch nicht zu spät dafür, Gillian.«

Gillian schüttelte mutlos den Kopf.

»Hören Sie«, sagte Lizzie eindringlich. »Victorias Selbstmord hat ihn fast umgebracht. Wortwörtlich. Er hatte die Kanone schon an seinem Kopf! Wenn Pete nicht gewesen wäre, dann läge er jetzt sechs Fuß tief unter der Erde!«

Gillian riss entsetzt die Augen auf. »Ist das Ihr Ernst?«

Lizzie nickte und schluckte. »Er hat sich zerfleischt mit Selbstvorwürfen. Er tut es noch. Es ist alles noch lebendig in ihm und es ist auch der Grund, warum er sich mit Ihrer Ehe so schwer getan hat. Aber Sie können ihm helfen, über all das hinwegzukommen. Denn er liebt Sie. Ich weiß es!«

Gillian legte die Hände an den Kopf und rang nach Luft. Ihre Kehle war wie zugeschnürt.

»Ich glaube, ich liebe ihn auch«, gestand sie. Das erste Mal sprach sie laut aus, was sie sich die ganze Zeit nicht eingestanden hatte. Aber womöglich war es jetzt zu spät für diese Erkenntnis. »Was soll ich denn nur tun?«, schluchzte sie in ihre Hände.

»Zuallererst: Gehen Sie jetzt nicht überstürzt fort. Geben Sie ihm etwas Zeit. Und ich versuche derweil, wieder etwas Verstand in ihn hineinzubekommen, in Ordnung?«

Gillian bemühte sich tapfer um ein Lächeln unter ihren Tränen und nickte.

Lizzie stand auf und setzte Charlie auf dem Boden ab.

Als Gillian sich ebenfalls erhob, breitete Lizzie die Arme aus und umarmte sie fest. »Es wird alles gut«, sagte sie leise und streichelte ihren Rücken. »Ich weiß es!«

Hätte jemand Gillian dies prophezeit, sie hätte es nie geglaubt. Denn sie stand da und fühlte sich verstanden, getröstet und geborgen. Und das in den Armen einer Hure.

Kapitel 23

Ein lautes Klopfen an ihrer Tür riss Gillian aus dem Halbschlaf. Noch ganz benommen von ihrem Schlummer, war sie einen Moment lang verwirrt. Hatte sie verschlafen? Waren das da an der Tür ihre Schüler, die kamen, um sie zu wecken? Doch schon im nächsten Moment wurde ihr klar, dass heute Samstag war, da gab es keinen Unterricht.

Sie lag vollkommen angezogen auf ihrer Bettdecke und erinnerte sich, dass sie nach dem Frühstück erschöpft dort niedergesunken war. Sie hatte schlecht geschlafen in den letzten beiden Nächten. Eigentlich so gut wie gar nicht. Die Erinnerung an die furchtbare Prügelei und an Matts Verzweiflung, die sie nach ihrem Verrat deutlich in seinen Augen gesehen hatte, ließ sie keinen Schlaf finden. Schlimmer noch als das war die Sehnsucht nach ihm. Seit er an jenem Abend bei ihr gewesen war, war sie sich mehr und mehr darüber klar geworden, dass sie ihn liebte. Tagsüber versuchte sie jeden Gedanken daran zu verdrängen, indem sie sich mit Arbeit ablenkte, doch nachts wälzte sie sich unruhig in ihrem Bett herum, gepeinigt und gejagt vom heillosen Chaos ihrer Gefühle. Er hatte sie daran erinnert, wie wundervoll es war, wenn er sie in seinen Armen hielt und seither spürte sie das Verlangen nach seinen Berührungen, seinen Küssen und seiner Nähe heftiger denn je.

Gleichzeitig verfolgten sie ihre Schuldgefühle. Warum hatte sie ihm nicht vertrauen können? Die Versöhnung, die Aussicht auf einen Neuanfang war zum Greifen nah gewesen. Sie hatte gespürt, wie ernst und wichtig es ihm war. Wie ehrlich er zu ihr gewesen war, als er ihr seine Gefühle gestanden hatte. Und doch hatte sie es nicht fertig gebracht, zu ihm zu halten, hatte ihre letzten Zweifel an ihm nicht aufgeben können.

Und jetzt war es zu spät. Er war aus ihrem Leben verschwunden, wie er es angekündigt hatte. Seit jener Nacht hatte sie ihn nicht ein einziges Mal mehr gesehen. Und auch Lizzie Robbins hatte sich nicht mehr blicken lassen. Vermutlich hatte auch sie nichts an seinem jetzt wohl endgültig gefassten Beschluss ändern können. Oder nicht wollen, wer wusste das schon.

Der einzige, der sie aufgesucht hatte, war Thomas. Der Anblick seines zerschlagenen Gesichts hatte ihr die Tränen in die Augen treten lassen. Sie hatte niemals gewollt, dass er oder Matt verletzt wurden. Er war gedrückter Stimmung, aber nett zu ihr gewesen und hatte ihr gesagt, dass sich an seinen Gefühlen für sie nichts geändert hatte. Dass er sie immer noch heiraten wollte, sie brauchte nur »Ja« zu sagen. Doch war sie insgeheim froh, als er ihr mitgeteilt hatte, dass er für eine Weile nach Laramie reisen würde, um zu arbeiten. Denn sie konnte seine Gegenwart kaum ertragen. Sie wollte ihn auf keinen Fall mehr heiraten und sie wusste, es war unfair von ihr, ihm nicht endgültig reinen Wein einzuschenken. Doch sie hatte im Moment keine Kraft dazu und so war es ihr Recht, dass sie dem Problem noch eine Weile aus dem Weg gehen konnte.

Das Klopfen ertönte erneut und riss sie aus ihren Gedanken. Schlaftrunken richtete sie flüchtig ihr Haar und öffnete.

»Reverend Fenimore«, rief sie überrascht aus, als sie die hochgewachsene, hagere Statur des Mannes vor ihrer Tür erblickte. »Sind Sie gekommen um noch einmal den Stoff für die Sonntagsschule zu besprechen? Möchten Sie, dass ich etwas ändere?«

Der Prediger stand verlegen vor ihr, den Hut in seiner Hand und schüttelte den Kopf. Er sah sie nicht an und das merkwürdige Lächeln auf seinem Gesicht erreichte die Fältchen um seine Augen nicht.

»Nein«, sagte er jetzt, »aber ich muss dennoch mit Ihnen sprechen, Mrs. Cole. Darf ich hereinkommen?«

»Natürlich«, antwortete sie und ließ den Priester hinein, indem sie einen Schritt zur Seite trat.

»Setzen Sie sich«, sagte sie und nahm seinen Hut entgegen. »Möchten Sie etwas trinken? Etwas Tee oder Kaffee vielleicht?«

Wieder schüttelte Fenimore den Kopf und setzte sich an ihren groben Tisch. »Nein, keine Umstände bitte, Mrs. Cole.«

Sie setzte sich ihm gegenüber, ein ungutes Gefühl in ihrer Magengegend.

»Ich...«, er räusperte sich, »ich fürchte, ich habe keine guten Nachrichten für Sie.«

Das ungute Gefühl verstärkte sich in Richtung Übelkeit und Gillian wurde es heiß. War Matt etwas zugestoßen? Kam der Priester, um ihr zu sagen, dass sie Witwe war? Doch im nächsten Moment wurde klar, dass es hierbei nicht um Matt ging, denn der Reverend sprach weiter: »Der Stadtrat von Medicine Bow hat beschlossen, Sie als Lehrerin zu entlassen. Fristlos. Es tut mir sehr leid.«

Gillian musste sich beherrschen, nicht benommen den Kopf zu schütteln, so sehr rauschte es in ihren Ohren. »Aber...«, entgegnete sie mühsam, »warum denn?«

Der Priester räusperte sich erneut und zog ein kleines weißes Taschentuch hervor, mit dem er sich die Stirn abtupfte. »Die Mitglieder unserer Gemeinde sind der Meinung, dass Sie als Erzieherin ihrer Kinder nicht... nun... nicht tragbar sind. Die... Geschehnisse um Sie herum in letzter Zeit... Dazu noch der... unangemessene, ich will nicht sagen ›unschickliche‹ Umgang, den Sie pflegen... Sie müssen verstehen... Die Leute möchten ihre Kinder nicht von einer solchen... Person...«

»Aber...«, versuchte sie einen hilflosen Einwand, »ich habe die Kinder immer gut unterrichtet. Ich habe stets versucht, ihnen anständiges und ehrenwertes Handeln zu vermitteln. Gesellschaftliche Werte. Christliche Nächstenliebe. Moral.«

Der Pastor schüttelte heftig den Kopf und wirkte fast ungehalten dabei. »Mrs. Cole, Sie müssen doch verstehen, dass Sie als Lehrerin ganz besonders ein Vorbild sein müssen. Es mag ja sein, dass Sie persönlich durchaus hohe Wert- und Moralvorstellungen haben und ich glaube das sogar, aber die meisten Menschen sehen doch nur bis zur Oberfläche. Und man kann es ihnen nicht verübeln. Es ist einfach zu... zu ›unruhig‹ um Sie. Nicht nur, dass Sie gewissermaßen in Scheidung leben, was Ihnen ohnehin schon einen sehr schweren Stand in unserer Gemeinde verliehen hat, jetzt prügeln sich auch noch zwei Männer um Sie, auf offener Straße!«

Gillian bemühte sich um eine feste Stimme und hielt ihre Tränen trotzig zurück. »Bei dieser Prügelei ging es nicht wirklich um mich. Diese Männer haben eine Fehde, die schon seit Jahren besteht.«

Fenimore nickte mitleidig. »Das weiß ich. Jeder hier weiß das. Aber die Gemeinde ist der Meinung, dass allein Ihre Anwesenheit dazu geführt hat, dass diese Fehde jetzt offen ausgetragen wird. Sie scheinen beiden gleichzeitig den Kopf verdreht zu haben, und das, obwohl Sie mit einem von ihnen immer noch verheiratet sind. Die Leute finden es skandalös, wie diese beiden Herren bei Ihnen ein- und ausgehen. Dazu noch Ihr unbekümmerter Umgang mit gewissen Damen... Ich möchte Ihnen zuliebe nicht wiederholen, welche Worte im Zusammenhang mit Ihnen gefallen sind, aber ich kann Ihnen sagen, dass dies alles Ihrem Ruf keinesfalls förderlich war. Die Menschen bringen mitunter eine schmutzige Fantasie auf. Sehr schmutzig.«

Der Reverend sah sie traurig an. »Es tut mir sehr leid«, sagte er erneut. »Ich weiß, dass das Alles nicht Ihre Schuld ist. Und ich habe versucht, mich für Sie einzusetzen, aber ich wurde überstimmt. Ich fürchte, es ist endgültig. Sie müssen gehen. Das Haus wird für den neuen Lehrer gebraucht. Er kommt innerhalb der nächsten Wochen. Ihr – ähm – Gehalt wird Ihnen noch für diese Woche ausbezahlt. Darüber hinaus können wir Ihnen leider nichts gewähren.«

Gillian fühlte ihre Beine taub werden, es war gut, dass sie saß, sonst hätten sie unter ihr nachgegeben. Sie warfen sie hinaus? Das konnte doch nicht wahr sein! Was sollte sie denn jetzt tun? Ja, es stimmte, sie hatte selbst schon daran gedacht, die Stadt zu verlassen. Nur hatte sie dafür sparen wollen, so lange, bis sie genügend zusammen hatte, um wenigstens ein paar Wochen über Wasser zu bleiben.

Aber so?

Sie hatte kaum Geld und keine Arbeit mehr. Und so wie die Dinge standen, würde niemand hier in der Stadt ihr je wieder Arbeit geben. Und wo sollte sie leben? Für ein paar Tage würde ihr Geld für das Hotel reichen, aber was dann? Sie würde auf der Straße stehen, mittellos, ohne ein Dach über dem Kopf.

Der Reverend schien ihre Gedanken in ihrem bestürzten Gesicht zu lesen, denn er legte die Hand auf ihren Arm. »Mrs. Cole. Die Gemeinde ist zwar anderer Meinung, aber ich will Ihnen dennoch mit meinen eigenen Mitteln helfen. Ich möchte Ihnen zumindest die Reise zurück nach Boston bezahlen, wenn Sie das wünschen.«

Sie erschauerte und konnte jetzt die Tränen nicht mehr aufhalten, die heiß ihr Gesicht herabrannen. Sie konnte nicht zurück nach Boston, auf keinen Fall. Und auch sonst gab es keine Stadt, wo sie hätte hingehen können. Sie würde überall genauso auf der Straße stehen wie hier. Und der Moloch einer Großstadt machte für gewöhnlich kurzen Prozess mit den Heimatlosen.

Außerdem, wenn sie ging, würde sie Matt und Charlie sicher niemals mehr wiedersehen. Auch, wenn es kaum noch Aussicht auf ein Leben mit den beiden gab, wenn sie blieb, bestand zumindest noch ein winziger Hoffnungsschimmer, dass Matt ihr eines Tages vergeben und sie vielleicht wenigstens wieder so etwas wie Freunde werden konnten.

So schüttelte sie nur den Kopf und der Priester erhob sich seufzend. »Denken Sie in Ruhe darüber nach. Ich würde Ihnen das Geld gern geben. Wenn Sie es sich anders überlegen – Sie wissen ja, wo Sie mich finden.«

Als sie den Reverend hinausbegleitet hatte, lehnte sie sich mühsam atmend an die Tür, die sie hinter ihm geschlossen hatte. Sie weinte bis sie hemmungslos schluchzte, und auch, wenn sie sich selbst schalt, dass ihre Heulerei unnütz und dumm war und nichts, aber auch gar nichts ändern würde, konnte sie nicht anders. Denn der Gedanke, der sich ihr jetzt unaufhaltsam und unerbittlich aufdrängte, ließ sie nur noch mehr weinen.

Oh ja, es gab sehr wohl einen Ausweg aus ihrem Dilemma. Ein Ausweg, so offensichtlich und gleichzeitig so schmerzvoll, dass es sich anfühlte, als risse sie ihr Herz heraus und opfere es im Fegefeuer ihrer Verzweiflung. Es war feige. Und es war Verrat. Verrat an sich selbst und Verrat an jedem der beiden Männer, die ihre Welt in diesen letzten Wochen so sehr aus den Angeln gehoben hatten.

Nein, schrie sie sich selbst in Gedanken zu und wischte zornig ihre Tränen fort. Sie würde es nicht tun. Sie würde Thomas nicht heiraten, nur weil sie in dieser Notlage war.

Es musste irgendeinen anderen Ausweg geben. Sie würde ihn schon finden. Sie musste einfach!

Kapitel 24

Es war wie sie vermutet hatte. Mit einem Kloß im Hals blieb Gillian an der Ecke zu Albridges Laden stehen und zog sich verstohlen in die kleine Gasse zurück, die der Laden und das daneben stehende Haus bildeten. Sie blinzelte durch den Tränenschleier, der ihr die Sicht zu nehmen drohte. Den ganzen Tag war sie unterwegs gewesen, war von Geschäft zu Geschäft, von Haus zu Haus gezogen. In den Geschäften hatte sie nach Arbeit gefragt und die Häuser hatte sie aufgesucht, um die Stadtbewohner doch noch umzustimmen und von ihrer Rechtschaffenheit zu überzeugen. Der Erfolg war bei beiden gleich Null. Während ihr in den Geschäften nur mitleidige oder gar feindselige Gesichter begegneten, waren es bei den Häusern ausschließlich zugeschlagene Türen. Noch nicht einmal die Albridges zeigten Mitleid und stellten sie an, und das, obwohl sie schon lange eine Aushilfe suchten. Sie konnte es ihnen nicht verübeln. Wahrscheinlich wäre die Kundschaft ausgeblieben, wenn eine solche »persona non grata«, wie Gillian es in den Augen der Gemeinde war, dort arbeitete.

Jetzt war es fast Nacht. Mit dem Gefühl zu ersticken nestelte Gillian an dem hochgeschlossenen Kragen ihres schlichten Reisekostüms herum. Sie hatte einen demütigen, züchtigen Eindruck auf die Leute machen wollen – letztlich hatte es nichts genutzt. Sie seufzte und straffte sich. Noch gab sie nicht auf. Als Nächstes würde sie es wohl in Laramie versuchen müssen.

Doch zuvor gab es hier in Medicine Bow noch einen Weg, den sie gehen musste. Sie hatte Angst davor, diesen Weg einzuschlagen. Aber Lizzie Robbins war die Einzige, die ihr jetzt noch helfen konnte, bei diesem letzten, unmöglich scheinenden Versuch. Die Matt vielleicht dazu bringen konnte, ihr zumindest soweit zu vergeben, dass er mit ihr sprach. Und wenn er sie auch letztlich sicher nicht zurück wollte, vielleicht würde er ihr wenigstens helfen, irgendwie Fuß zu fassen. Sie wusste, dass er das für sie tun würde.

Sie wusste es? Nein, sie hoffte es nur. Aber er hatte sie nie im Stich gelassen und er würde es gewiss auch jetzt nicht tun. Wenn er ihr nur ein klein wenig verzeihen könnte! Alles andere würde sich finden. Entschlossen richtete sie sich auf, wischte die Tränen von ihren Wangen und begab sich zum Bordell.

»Du meine Güte, sind Sie von allen guten Geistern verlassen? Was machen Sie denn hier?«

Lizzie Robbins Begrüßung fiel alles andere als herzlich aus. Gillian senkte niedergeschlagen den Blick. Sie hätte es wissen müssen. Es war wirklich irrsinnig gewesen, herzukommen. Wie hatte sie annehmen können, diese Frau würde ihr helfen? Sie mochte sie wahrscheinlich noch nicht einmal. Ja, in Wahrheit war sie sicher froh, wenn Gillian möglichst bald und vollständig aus Matts Leben verschwand. Ihr Mitleid, ihre Bitten an Gillian, um Matts Willen hierzubleiben, waren sicher nichts anderes gewesen als eine verlogene Farce.

Gillian wollte gehen. Sie hätte es gleich tun sollen, nachdem das blutjunge Mädchen im seidenen Hausmantel ihr die Tür des Hurenhauses geöffnet hatte und auf ihre Nachfrage hin gegangen war, um Lizzie zu holen. Es wäre noch Zeit gewesen, sich zurückzuziehen und die Demütigung zu ersparen, die jetzt ganz sicher folgen würde.

Doch die Hure vor ihr runzelte jetzt die Stirn und sagte, deutlich milder: »Mein Gott, Mädel! Willst du dich jetzt vollends ruinieren? Die Leute reden, und nicht zu knapp! Ich bin absichtlich nicht mehr zu dir gegangen, um deinen Ruf nicht noch mehr zu zerstören. Falls das überhaupt noch möglich ist. Und du hast nichts besseres zu tun, als mir-nichts-dir-nichts an die Vordertür des Hurenhauses zu klopfen? Mein Gott, du könntest genauso gut gleich bei Phil einen Vertrag unterzeichnen!«

Gillian blickte auf, Trotz und Verzweiflung in ihrem Blick. »Ich bin schon ruiniert! Ganz und gar! Und wenn Sie mir nicht helfen, dann weiß ich nicht...« Die Stimme versagte ihr und diese verdammten Tränen brachen jetzt wieder aus ihr heraus.

Lizzie seufzte und nachdem sie sich ein paar Mal umgesehen und vergewissert hatte, dass wenigstens die übelsten Lästermäuler der Stadt nicht in der Nähe waren, zog sie Gillian am Arm schnell in das Haus und schloss die Tür.

Gillian blinzelte im Zwielicht der kleinen Vorhalle, die der Treppenaufgang des Hurenhauses bildete. Während sich ihre Augen langsam an das hier herrschende Halbdunkel gewöhnten, führte die Dirne sie durch den Eingangsbereich und die Treppe hinauf. Gillian hatte, Gott bewahre, noch nie zuvor ein Bordell von innen gesehen und ihre Fantasie hätte all die Eindrücke, die jetzt auf sie einschlugen, in keinster Weise realistisch ausmalen können.

Die Einrichtung des Hauses war kitschig und plüschig; Rot und Gold waren die dominanten Farben. Die Möbel waren oberflächlich betrachtet teuer und edel, doch bei genauerem

Hinsehen entpuppten sich die troddel- und fransenbesetzten Kanapees und Sessel als genauso billig, wie es wohl die Huren hier waren.

Nachgemachte, griechische Vasen, mit erschreckend eindeutigen Motiven bemalt, standen fast überall herum; anzügliche Statuetten in unmissverständlichen Posen konkurrierten mit riesigen Bildern, die mit ihren antik anmutenden Szenen von Lust und Verführung an den Wänden prangten. Die drallen, halbnackten Protagonistinnen auf den Bildern waren kaum leichter bekleidet als die geschminkten Mädchen, die ihnen auf ihrem Weg über die Treppen und Korridore begegneten; viele davon kaum älter als zwanzig Jahre.

Es roch süßlich stechend nach Parfüm, Tabak- und irgendeinem anderen Rauch, gemischt mit dem unterschwelligen, aber eindeutigen Geruch menschlicher Ausdünstungen. Aus manchen der Zimmer, die sie passierten, drang Gelächter oder Stöhnen, von Männern und Frauen gleichermaßen.

Gillian zuckte zusammen, als sich plötzlich hinter ihnen eine Tür öffnete. Dies brachte nicht nur kurzzeitig den Lärm und Gestank des dahinter liegenden Saloons mit sich, sondern auch eine der jungen Dirnen und einen ungewaschen aussehenden Mann, der eine seiner Hände lüstern grinsend auf dem Hinterteil des Mädchens liegen hatte.

»Willkommen in meiner Welt«, murmelte Lizzie und schob Gillian weiter, in ein Zimmer hinein. Sie schloss die Tür ab. »Tut mir leid. Ist sicher etwas viel für dich.«

Gillian schniefte und Liz reichte ihr ein Taschentuch, während sie sie sanft aber bestimmt auf einen Stuhl drückte. Sie setzte sich ihr gegenüber und sah Gillian eine Weile dabei zu, wie sie sich schnäuzte.

»Also?«, fragte sie dann, aber ihre Stimme war nicht mehr streng. »Warum bist du hergekommen? Ich hoffe, es ist nicht, weil du hier arbeiten willst – denn das werde ich verdammt noch mal auf keinen Fall zulassen, hörst du?«

»Du weißt es also?«

»Dass man dich gefeuert hat? Teufel, ja!«, spuckte sie aus. »Diese Arschlöcher! Über die Hälfte dieses elendig verlogenen Stadtrats ist hier Stammgast.« Sie hielt inne und verzog schuldbewusst den Mund. »Entschuldige.«

Gillian schüttelte den Kopf zum Zeichen, dass ihr die Flüche einerlei waren. »Keine Sorge«, stieß sie hervor. »Ich werde nicht als Dirne arbeiten. Niemals. Aber wenn mir nicht bald etwas Anderes einfällt, werde ich mich trotzdem zur Hure machen müssen, um mich aus dieser Notlage zu befreien. Ich werde mich ebenso... *verkaufen* müssen, wenn auch nur an einen einzigen Mann.«

»Thomas?«, fragte Lizzie leise. »Du wirst ihn also heiraten?«

Gillian nickte langsam. »Wenn er mich noch will. Er hat es zumindest gesagt. Er meinte auch, dass es ihm egal ist, was die Leute reden und dass, wenn wir zusammen nach Laramie oder Cheyenne gehen, kein Mensch sich dafür interessiert, was hier geschehen ist. Und was soll ich denn anderes machen? Mir bleibt doch keine andere Wahl.« Sie atmete zitternd ein und sprach mühsam an der Enge in ihrer Kehle vorbei.

»Und dann... dann muss ich für den Rest meines Lebens damit leben, dass ich den Mann, den ich liebe, ein für alle Mal aufgeben musste. Das ist wohl meine Strafe. Aber Lizzie, zuerst muss ich mit Matt sprechen! Nur noch ein einziges Mal! Ich muss ihm einfach sagen, wie leid mir das alles tut! Und was ich für ihn empfinde! Auch wenn es vielleicht nichts mehr ändern wird. Aber ich muss ihn sprechen, ich muss!«

Lizzie seufzte und schloss kurz die Augen. »Er will dich nie wiedersehen. Hat er zumindest gesagt. Ich habe wie auf einen Schwachsinnigen auf ihn eingeredet, aber er wollte nichts mehr davon hören. Schließlich wurde er sogar wütend. Aber nur, weil er im Grunde wütend auf sich selbst ist. Weil sein Herz erneut gebrochen ist, weil er schon wieder zerstört am Boden liegt. Dabei könnte er jetzt, im Gegensatz zu damals, etwas dagegen tun. Doch er verachtet sich selbst zu sehr und hat viel zu viel Angst.«

Gillian legte beschwörend die Hand auf Lizzies Arm. »Er *darf* sich nicht verachten, Lizzie. Er konnte doch nichts dafür, er hat das alles doch nur getan, um seinen Sohn zu retten. Ich weiß das jetzt und ich verachte ihn nicht, das könnte ich nie! Ich *liebe* ihn! Und ich muss ihn das wissen lassen! Er muss wissen, dass die Vergangenheit, weder seine noch meine, nicht mehr zwischen uns stehen darf! Lizzie, bitte, du musst mir helfen! Du musst ihn überreden, mich noch einmal zu treffen. Bitte! Du bist die Einzige, die das kann!«

Lizzie schüttelte den Kopf. »Nein, das kann ich nicht«, sagte sie mit belegter Stimme, »Denn er ist fort.«

Gillian wurde es plötzlich eiskalt. »Fort?«

Lizzie schniefte jetzt selbst und wischte sich eine verräterische Träne aus dem Augenwinkel. »Er hat ein Telegramm erhalten und ist daraufhin nach Cheyenne gefahren. Mehr weiß ich nicht. Charlie hat er mitgenommen. Ich habe ihn gefragt, aber er wollte mir nicht sagen, wo genau er hin wollte und wie lange er beabsichtigt wegzubleiben. Und seine Männer sind noch nicht vom Treck zurück, also bezweifle ich, dass es jemand von ihnen weiß.«

Gillian schluckte und presste die Lippen fest aufeinander. »Was soll ich denn jetzt tun?«

»Auf keinen Fall etwas Unüberlegtes! Wie zum Beispiel überstürzt Thomas' Antrag annehmen«, erwiderte Lizzie.

Gillian wollte aufstöhnen, so sehr verkrampfte sich ihr Magen. »Ich will Thomas ja gar nicht heiraten, aber womöglich bleibt mir wirklich keine andere Wahl! Ich muss irgendwie überleben! Ich habe schon mein Pferd verkauft und alles andere was ich erübrigen konnte, aber ich habe fast kein Geld mehr. Noch ein paar Tage und ich werde dem Hotel die Miete schuldig bleiben.« Sie schaute sich um, mit einer Mischung aus Trauer und Abscheu. »Hierbleiben kann ich ja wohl auch schlecht.«

Lizzie nickte grimmig. »Stimmt, das kannst du nicht und das würde ich auch niemals erlauben. Aber vielleicht gibt es trotzdem noch eine Möglichkeit...« Sie überlegte kurz.

»Kannst du kochen?«

»Leidlich«, gab Gillian zu. Matt hatte sich nicht beklagt, aber sie wusste, dass ihre Kochkünste eher durchschnittlich waren.

»Das reicht. Die sind hier nicht wählerisch«, erwiderte Lizzie und nahm mit einem entschlossenen Ausdruck Gillians Hand und drückte sie leicht. »Ich kann es nicht versprechen und die Bezahlung wird sicher miserabel sein, aber ich werde versuchen, Phil zu überreden, dich als Aushilfe in der Küche zu beschäftigen.«

»Sucht er denn eine Aushilfe?«

»Er weiß noch nicht, dass er eine sucht«, entgegnete die Hure mit einem schlauen Lächeln. »Aber unser Koch, dieser alte Hund, ist viel zu langsam. Es wird mich trotzdem wohl etwas mehr als nur Überredungskunst kosten, denn Phil ist ein verdammter Geizhals! Aber lass das meine Sorge sein.«

»In der Küche also?«, fragte Gillian und wagte kaum, sich über den vagen Hoffnungsschimmer zu freuen, der sich dort am Horizont auftat.

»Ja, und *nur* in der Küche! Ich werde noch nicht einmal zulassen, dass du als Bedienung arbeitest, du hast mein Wort. Aber jetzt musst du verschwinden. Wenn Phil herausfindet, dass du mich hier von der Arbeit abhältst, wird er dir wohl kaum wohlgesonnen sein.«

Gillian zögerte und runzelte die Stirn. »Aber... Wo soll ich wohnen? Wenn die Bezahlung nicht gut ist, wie du sagst, werde ich mir das Hotel nicht mehr leisten können.«

Lizzie überlegte kurz. »Es gibt da eine Möglichkeit. Etwa vier Meilen außerhalb der Stadt lebt die alte Mrs. Dunnover. Eine Farmerswitwe. Sie hat so eine Art... Pension. Manchmal nimmt sie unsere Mädchen auf, wenn sie... ähm... krank sind. Du könntest dort wohnen. Sie stellt weder Fragen noch Ansprüche.«

»Vier Meilen!«, rief Gillian. »Aber dann werde ich ein Pferd brauchen und ich habe Justin gerade verkauft!«

Lizzie zog die Stirn kraus. »An wen?«

»An Mr. Marston, den Mietstallbesitzer.«

»An Chuck, den alten Halsabschneider? Wie viel hast du für ihn bekommen?«

»Nun.. äh... zehn Dollar. Mr. Marston sagte, er sei schon alt und...«, antwortete Gillian kleinlaut.

»Zehn Dollar!«, zischte Lizzie erbost. »Dieser Mistkerl! Hast du das Geld noch?«

»Ja«.

»Gib es mir.« Gillian gab ihr das Geld und Lizzie stapfte daraufhin zu einem Schränkchen und nahm eine Flasche Whiskey heraus. »Das bleibt unter uns, klar?«, brummte sie, nahm Gillian bei der Hand und machte sich auf zum Mietstall.

Kapitel 25

Mit zwiespältigen Gefühlen stand Matt vor der Tür des eleganten Stadthauses in Cheyenne und streckte die Hand zum Türklopfer aus. Schon zwei mal hatte er die Hand wieder sinken lassen. Was war nur los mit ihm? War er wirklich so eine traurige Gestalt geworden, dass er es noch nicht einmal schaffte, an diese Tür zu klopfen?

Und doch kostete es ihn alle Überwindung. Alles in ihm sträubte sich dagegen, dieses Haus zu betreten. Zu schmerzlich waren die Erinnerungen und die Worte des Hasses, die er zuletzt von seinen Bewohnern gehört hatte, klangen ihm immer noch in den Ohren und schnitten wie ein Messer.

Das Schlimmste von Allem war, dass er diese Worte ganz und gar verdient hatte.

Charlie regte sich auf seinem Arm, lachte und streckte jetzt seinerseits sein kleines Händchen nach dem Klopfer aus. Wahrscheinlich hielt er es für ein lustiges Spiel. Matt schluckte und klopfte beherzt an. Ein Dienstbote öffnete ihm und fragte ihn nach seinem Namen.

»Matthew Cole. Ich werde erwartet.«

Der Diener nickte und führte Matt durch die Eingangshalle zu einer Tür. Er wusste nur zu gut, was dahinter lag. Das Wohnzimmer. Er würde diesen Raum nie vergessen. Hier hatte er um Victorias Hand gebeten. Die er nie erhalten hätte, wäre sie nicht von ihm schwanger gewesen.

Denn niemals wäre er ihrem Vater gut genug gewesen. Niemals.

Als er eintrat, sprang die junge Frau, die ihn erwartet hatte, vom Sofa auf und kam ihm mit ernstem, aber auch erleichtertem Gesicht entgegen. Matt prallte fast zurück, als er feststellte, wie ähnlich sie ihrer Schwester war. Bei seiner Hochzeit vor vier Jahren war sie noch ein ungelenker Backfisch gewesen. Zuletzt hatte er sie vor gut einem Jahr gesehen, auf Victorias Beerdigung, doch das war nur kurz und er hatte in seiner Trauer kaum Augen für sie gehabt. Doch jetzt war sie neunzehn, nur ein Jahr jünger als Victoria, als er sie geheiratet hatte und sie war zu ihrem vollkommenen Ebenbild geworden. Fast wie ein Zwilling! Er musste sich zusammenreißen bei ihrem Anblick nicht scharf einzuatmen.

Sie wirkte sehr erwachsen und reif für ihr Alter. Das kam wohl von der Verantwortung, die sie nach dem Tod ihrer Mutter hatte übernehmen müssen. Matt fragte sich von Zeit zu Zeit, ob ihre Mutter, die den Tod ihrer ältesten Tochter nie hatte verwinden können, an ihrem gebrochenem Herzen gestorben war. Seine ohnehin schon unerträglichen Schuldgefühle wuchsen dann ins Unermessliche.

Sie streckte ihm ihre Hand hin. »Matt. Es ist gut, dich zu sehen. Ich danke dir, dass du gekommen bist.«

»Charlotte«, grüßte er sie und nahm ihre Hand, drückte sie kurz.

Charlottes Aufmerksamkeit ging nun zu Charlie und sie schlug mit einer überwältigten Geste die Hand vor den Mund. Tränen traten in ihre Augen als sie sagte: »Mein Gott, Matt! Er sieht aus wie Victoria!«

Er nickte. »Ja. Er hat Glück, nicht wahr?«, bemerkte er sarkastisch.

Charlotte streckte die Hände nach dem Kind aus. »Darf ich?«

»Wenn er möchte.«

»Möchtest du zu deiner Tante Charlotte kommen, hm?«, säuselte sie und Charlie ließ sich von ihr auf den Arm nehmen. Sie ging ein paar Schritte mit ihm, machte kleine, kosende Geräusche, schaukelte ihn auf ihrem Arm und küsste ihn.

Matt schüttelte den Kopf. Frauen waren doch alle gleich, wenn sie ein Kleinkind hielten. Ein scharfer Schmerz durchfuhr ihn. Nur eine nicht. Wenn Victoria doch nur auch ein kleines bisschen mehr von einer Mutter gehabt hätte... Aber es war ungerecht, so zu denken.

Charlotte wandte sich jetzt wieder Matt zu. »Oh, es tut mir leid. Ihr seid sicher müde von der Reise. Ich werde Jameson sagen, dass er eine Erfrischung bringen soll.«

Matt schüttelte den Kopf. »Keine Umstände, Charlotte. Das hier ist kein Freundschaftsbesuch. Ich werde nicht lange bleiben.«

Charlotte wurde ernst. »Ich verstehe.«

»Ehrlich gesagt, hätte ich mir nie vorstellen können, dieses Haus je wieder zu betreten«, fuhr er fort. »Nicht nach allem, was er gesagt hat.«

Und was ich getan habe, fügte er in Gedanken hinzu.

»Aber...«, er seufzte. »Ich möchte keinem Sterbenden seinen letzten Wunsch verweigern. Nicht einmal ihm. Ich habe schon viel zu viel auf mein Gewissen geladen.«

Sie nickte langsam. »Ich kann dir nicht sagen, wie viel es mir bedeutet, dass du gekommen bist, Matt..«

»Tut es das?«

Sein Ton war zu harsch. Schon wieder eine Ungerechtigkeit. Aber der Keil, der zwischen ihn und diese Familie getrieben worden war, saß abgrundtief.

Sie reckte das Kinn. »Ich will Frieden, Matt! Ich kann es nicht mehr ertragen, diesen Hass, diese Trostlosigkeit. Ja, ich habe um sie getrauert, nicht weniger als alle anderen hier! Und eine Zeitlang war auch ich verbittert in meiner Trauer. Aber ich will so nicht weitermachen. Ich will dir vergeben!« Sie wies auf Charlie. »Allein schon um seinetwillen. Er ist das Einzige, was von Victoria geblieben ist. Und ich möchte für ihn da sein! Ich hätte die Versöhnung mit dir schon längst gesucht, aber Vater hat es unmöglich gemacht. Alles hat er mit seinem Hass erstickt. Noch nicht einmal deinen Namen durfte man nennen!«

Matt hatte das Gefühl, nach Luft ringen zu müssen. Dieses Haus erdrückte ihn. Am liebsten wäre er auf dem Fuße umgekehrt und nach Hause gefahren. Er sehnte sich plötzlich nach Gillian. Nach ihrer Nähe, ihrer verständnisvollen Wärme, ihrem Lachen. Eine kurze Zeitlang hatte sie ihm Hoffnung auf einen Neuanfang gegeben. Auf die Geborgenheit einer Familie und die Liebe einer Frau. Er hatte in ihrer Anwesenheit Momente erlebt, in denen er alles andere vergessen konnte, sogar die Schrecken seiner Vergangenheit. Einer Vergangenheit, die sich hier in diesem Haus wie eine meterdicke Ascheschicht auf ihn legte und ihn zu ersticken drohte.

Und die dafür gesorgt hatte, dass er letztlich auch Gillian verloren hatte. Auch sie hatte nichts mehr mit ihm zu tun haben wollen, als sie davon erfahren hatte.

Er fuhr sich mit der Hand über das Gesicht und verbannte den Schmerz.

»Vielleicht solltest du Charlie jetzt zu ihm bringen«, nickte er Charlotte zu. »Ich werde solange hier warten.«

»Kommst du nicht mit?«

»Ich glaube nicht, dass er mich sehen will«, antwortete er grimmig.

»Matt«, sagte sie und berührte ihn leicht am Arm. »Auch er will seinen Frieden machen. Ich bin mir sicher, dass Charlies Anblick ihn besänftigen wird. Bestimmt wird er dir vergeben.«

Doch er blieb hart und sie ging mit seinem Sohn hinaus.

Eine ganze Zeitlang saß Matt nur dort, starrte vor sich hin und hing seinen Erinnerungen und düsteren Gedanken nach. Er war so gefangen in diesem Albtraum, dass er kaum wahrnahm, wie Charlotte zurückkam, doch plötzlich stand sie vor ihm. Sie hatte etwas zu ihm gesagt, aber er wusste beim besten Willen nicht, was.

»Hm? Entschuldige, was hast du gesagt? Wo ist Charlie?«

»Er ist noch bei ihm.« Sie setzte sich neben ihn auf das Sofa. »Vater will dich sehen, Matt. Jetzt.«

Matt schüttelte den Kopf. Das war zu viel. »Von ganzem Herzen, nein.«

»Bitte«, flüsterte sie. Ihre Stimme zitterte.

Es war ihm fast unerträglich, ihr ins Gesicht zu sehen. Es war, als sei er in die Vergangenheit geschleudert worden.

»Meinst du nicht, es ist Zeit, dass das alles aufhört?«, fragte sie leise. »Es wird auch dir helfen, Frieden mit ihm zu schließen, davon bin ich überzeugt.«

Er schloss die Augen und seufzte.

*

Wenig später betrat Matt den abgedunkelten Raum, in dem John Bancroft, der Mann, der einmal sein Schwiegervater gewesen war, auf dem Sterbebett lag. Schweigend betrachtete er den Kranken. Er war immer eine einschüchternde, starke Erscheinung gewesen. Ein harter, unerbittlicher Mann, der nicht nur sein Geschäft, sondern auch seine Familie mit fester Hand geführt hatte. Jetzt schien er nur noch ein Schatten seiner selbst zu sein. Ein ausgezehrtes, hilfloses Bündel Mensch unter einer teuren Bettdecke.

Bei all dem Luxus, der ihn umgab, roch es dumpf hier drinnen. Der unterschwellige Geruch des bevorstehenden Todes lag in der Luft. Matt trat etwas näher. Charlie saß auf dem Bett seines Großvaters und spielte hingebungsvoll mit einem Spielzeugpferdchen. Bancroft blickte unverwandt auf seinen Enkel, doch er lächelte nicht.

Matt wartete einen Moment, aber der Alte machte keine Anstalten ihn anzusehen. Er warf einen kurzen Blick auf Charlotte, die still neben ihm stand, und wippte unruhig auf den Fußsohlen.

»Sir?«, fragte er.

Keine Antwort.

Schließlich setzte er sich auf Charlottes Wink neben dem Bett auf einen Stuhl und wartete. Nach endlosen Minuten, wie es ihm schien, richtete Bancroft schließlich die Augen auf ihn, doch was Matt darin sah, ließ ihn erschauern.

Aus den schwarzen Höhlen, die ihn aus dem hohlwangigen Gesicht anstarrten, sprühten blanker Hass und abgrundtiefe Verachtung. Nichts, aber auch gar nichts hatte sich geändert in der Einstellung dieses Mannes zu ihm, das konnte er deutlich sehen.

Der Alte atmete angestrengt, jeder seiner Atemzüge wurde von einem Rasseln begleitet, das wie das warnende Flüstern des nahenden Todes wirkte. Eine Zeitlang starrte er Matt nur feindselig an.

Dann sprach er. »Du gottverdammter Hurensohn«, stieß er mühsam hervor und Matt fühlte jedes Wort wie einen Peitschenhieb.

Er riss sich zusammen. »Sie wollten mich sprechen, Sir?«, fragte er und bemühte sich, eine undurchdringliche Miene aufzusetzen, auch wenn er bezweifelte, dass es ihm gelang.

»Pah!«, versetzte Bancroft und hustete. »Das *Sir*-Getue kannst du dir sparen! Glaube ja nicht, dass ich dich habe rufen lassen, damit du von mir Absolution erhältst! Ich kann und werde dir nicht vergeben, was du meinem Mädchen angetan hast! Ich hätte dich totschlagen sollen, dafür!« Ein rasselnder Hustenanfall hinderte ihn daran weiterzusprechen.

Matts Magen ballte sich zu einem schmerzhaften Knoten zusammen. Er stand auf und schüttelte den Kopf. »Ich hätte nicht herkommen sollen.«

»Du bleibst!«, rief Bancroft. Seine Stimme war erstaunlich laut und hatte fast wieder den gleichen donnernden Klang wie damals, als er die Beerdigung verließ und Matt mit jeder Faser seines Seins verfluchte.

Ein Klang, der ihm immer noch in den Ohren hallte.

Doch wer hätte es dem trauernden Vater in seinem Schmerz verübeln können? Auch in Victorias Familie hatte niemand geglaubt, dass Lizzie wirklich nur Charlies Amme gewesen war. Und so war er in ihrer aller Augen ein Verbrecher gewesen, ein Hurenbock und Säufer, der seine kranke Frau so sehr gedemütigt und vernachlässigt hatte, dass sie sich schließlich das Leben nahm.

Wenn es nicht so schrecklich gewesen wäre, hätte Matt jetzt bitter in sich hinein gelacht. Denn er fragte sich, ob sie ihn noch mehr hätten verachten können, hätten sie die ganze schlimme Wahrheit gewusst.

»Hier geht es nicht um dich, du elender Bastard!«, wetterte Bancroft weiter. »Und auch nicht um mich. Es geht um deinen Sohn, meinen Enkel. Und du wirst dieses gottverdammte Zimmer nicht verlassen, bevor du angehört hast, was ich zu sagen habe!«

Matt setzte sich wieder, doch er schwieg.

Bancroft hustete noch ein paar mal und sagte dann: »Wie du unschwer erkennen kannst, werde ich bald meinem Schöpfer entgegentreten. Und bei Gott, wie sehr ich mich darauf freue, dieses elende Leben endlich hinter mir zu lassen.«

»Vater...«, sagte Charlotte, doch er brachte sie mit einer herrischen Handbewegung zum Schweigen. Er heftete seinen brennenden Blick auf Matt. »Aber ich kann das nicht tun, bevor ich nicht ein paar Dinge geregelt habe. Und das betrifft meinen Enkel und verflucht nochmal auch dich, so sehr ich auch wünschte, ich hätte dein Gesicht nie mehr im Leben sehen müssen!« Er hustete wieder und fuhr fort. »Wie du weißt, habe ich eine ganze Menge zu vererben.«

Oh ja, das stimmte. Was Bancroft hinterließ, war nicht nur Geld, sondern ein Imperium. Vom einfachen Rancher angefangen, hatte er ein Vermögen mit dem Verkauf seiner Rinder an die Eisenbahngesellschaften gemacht. Er war zum größten Rinderbaron, Viehhändler und Pferdezüchter im ganzen County aufgestiegen und besaß durch geschickte Investitionen nicht nur mehrere Häuser und Geschäfte in der Stadt, sondern auch ein Hotel. Es war schwer zu sagen, wie groß sein Vermögen wirklich war, doch war es sicher immens.

»Wir brauchen Ihr Geld nicht«, knurrte Matt.

Der Alte unterbrach ihn mit einer unwilligen Handbewegung. »Verdammt, ich habe nun mal keinen Sohn.«

Der Blick mit dem er Charlotte bedachte war beinahe feindselig und sie tat Matt plötzlich leid. Die letzten Monate mit diesem Mann mussten die Hölle gewesen sein.

»Mein einziger, männlicher Erbe sitzt hier, auf meinem Bett.« Er strich Charlie kurz über den Lockenschopf und für ein paar Sekunden wurde sein Gesichtsausdruck weich. Schließlich wandte er sich an Charlotte: »In meinem Nachtkasten liegt ein Umschlag. Gib ihn mir.«

Sie tat wie ihr geheißen und er nahm den Umschlag und wedelte damit in Matts Richtung. »Das ist mein Testament. Eine Abschrift liegt bei meinem Anwalt. Ich will, dass dein Sohn Charles, mein Enkel, mein Alleinerbe wird.«

Matt hörte wie Charlotte erschrocken die Luft einzog. Das musste ein Schlag in ihr Gesicht sein.

Bancroft sprach weiter. »Bis er volljährig ist, wird das freie Vermögen von meinem Anwalt treuhänderisch verwaltet. Charles bekommt eine jährliche Zuwendung, die ihn nicht nur gut versorgen, sondern ihm auch eine erstklassige Ausbildung ermöglichen wird.

Bis er soweit ist, die Geschäfte selbst zu übernehmen, wirst du als erster Geschäftsführer eingesetzt. Du wirst dafür angemessen entlohnt. Mit dem Tag von Charles' einundzwanzigstem Geburtstag ist deine Aufgabe erledigt. Von mir aus kannst du dann in das Loch zurück kriechen, aus dem du gekommen bist.«

Matt warf einen Seitenblick auf Charlotte. Sie sah bestürzt aus. Kein Wunder, kam dies doch einer Enterbung gleich.

»Das ist nicht recht«, widersprach Matt. »Ihre Tochter sollte Ihre Erbin sein, und niemand sonst!«

Jetzt lachte der Alte, es klang rasselnd und unheimlich. »Oh, sie wird versorgt sein, glaube mir. Auch sie bekommt eine großzügige Zuwendung. Die Kerle werden sich um sie reißen, denn wer sie einmal heiratet, braucht nie wieder zu arbeiten. Aber ich werde nicht zulassen, dass irgendeiner von diesen nutzlosen Idioten, die sie umschwirren, mein Lebenswerk zunichte macht!«

Matt schüttelte den Kopf. »Ich habe eine eigene Ranch, um die ich mich kümmern muss.«

»Die kannst du verkaufen. Oder einem Verwalter geben.«

»Warum ich?«, beharrte Matt. »Sie hassen mich! Also warum übergeben Sie die Geschäfte mir und nicht jemand Anderem?«

»Weil nicht ein *Anderer* der Erzeuger meines Enkelsohns ist, sondern *Du* bist es!«, schrie Bancroft. »Du, Matthew

Cole! Und Gott helfe mir, ich verfluche dich dafür! Jeden gottverdammten Tag möchte ich dich verfluchen...«

Ein heftiger Hustenanfall unterbrach ihn. Charlotte stürzte vor, um ihm zu helfen, aber er schob sie weg. Als er sich erholt hatte, fuhr er mit heiserer Stimme fort: »Ich sterbe, und zwar bald... Ich will die Dinge in Ordnung sehen, bevor ich gehe. Und so sehr ich auch glaube, dass du Abschaum bist, ich kann nicht umhin zuzugeben, dass du Geschäftssinn hast. Du hast das Zeug dazu, das Unternehmen so weiterzuführen, dass ich sicher sein kann, dass mein Fleisch und Blut am Ende all das erhält, wofür ich geschuftet habe.«

Matt schwieg. Bancroft hatte Recht. Diese Erbschaft war eine große Chance für Charlie. Bancroft wollte dafür sorgen, dass das Imperium, das er hinterließ, so geführt wurde, dass es überhaupt noch etwas zu erben gab, wenn sein Enkel volljährig war. Und wenn es um so viel Geld ging, war niemandem zu trauen. Nur Matt würde im besten Interesse seines Sohnes handeln.

Er nickte.

Der Alte lachte rasselnd auf und zischte dann: »Ich rate dir, dass du es gut machst. Denn solltest du versagen, bist du es, der Charles eines Tages dafür Rede und Antwort stehen musst. Der derjenige sein wird, der nicht nur seine Mutter auf dem Gewissen, sondern ihn auch noch um sein Erbe gebracht hat. Auch wenn ich alles dafür geben würde, dabei zu sein, wenn das geschieht und er erkennt, was für ein elender Lump sein Vater ist.«

Er lachte wieder, doch er verschluckte sich und wurde von einem so starken Hustenanfall geschüttelt, dass er Blut spuckte. Während Charlotte ihm zu helfen versuchte, flog die Tür auf und eine Krankenschwester stürzte herein, die Matt und Charlie schließlich hinaus schickte.

Kapitel 26

Seufzend lehnte sich Matt in dem Stuhl an Bancrofts Schreibtisch zurück und rieb sich den schmerzenden Nacken. Die endlosen Zahlenkolonnen in dem Buch vor ihm verschwammen vor seinen Augen. Dies war nur eines der unzähligen Geschäftsbücher, die er in den letzten Tagen hier in Bancrofts Arbeitszimmer durchgegangen war. Den Rest der vergangenen Woche hatte er mit der Besichtigung der weitreichenden Besitztümer und zahlreichen Geschäfte verbracht, die zum Bancroft-Unternehmen gehörten, hatte mit Geschäftsführern, Verwaltern, Vorarbeitern und Pächtern gesprochen und so einen ersten Eindruck gewonnen. Es war anstrengend und kompliziert gewesen und er ahnte, dass er noch nicht einmal ansatzweise genug wusste, um seinem Auftrag als erster Geschäftsführer gerecht zu werden. Doch wollte er sich so schnell wie möglich einen guten Überblick verschaffen, um nach Bancrofts Tod keine zu große Lücke entstehen zu lassen.

Matt atmete tief ein als er an die Nacht vor gut einer Woche zurückdachte. Als hätte Bancroft nur darauf gewartet, dass er seine Angelegenheiten noch regeln konnte, war er nur wenige Stunden nach Matts Besuch gestorben. Charlotte hatte Matt gebeten, bei ihr zu bleiben, was er mit gemischten Gefühlen getan hatte. Still hatte er neben ihr gesessen, als sie tränenüberströmt die Hand ihres Vaters gehalten und dieser seinen letzten Atemzug getan hatte.

Schließlich war sie Matt schluchzend in die Arme gefallen und er hatte sie gehalten und getröstet. Es war ein merkwürdiges, fast schmerzliches Gefühl gewesen, diese Frau im Arm zu halten, die Victoria so ähnlich und doch so verschieden von ihr war.

Er seufzte nochmals und fuhr sich über die brennenden Augen. Es war spät und er war erschöpft. Er sollte jetzt aufbrechen, denn morgen wollte er in aller Frühe zurück nach Medicine Bow fahren. Auch die Dinge auf seiner Ranch mussten geregelt werden. Er musste Pete darauf vorbereiten, die Birch Creek fortan als sein Verwalter zu führen. Matt freute sich auf die Ranch. Ein paar Tage zuhause würden ihm guttun. Fort von diesem Haus, fort von der Verantwortung, die wie eine bleischwere Last auf sein Gemüt drückte.

Zuhause... Etwas in seiner Brust zog sich zusammen, wenn er daran dachte, wie sich sein Leben durch diese Erbschaft verändern würde. Das, was er sein Zuhause nannte, seine Ranch, wo er geschuftet und gelitten, aber auch kostbare Momente des Glückes und der Zufriedenheit erlebt hatte, würde für ihn bald der Vergangenheit angehören. Denn es war ihm klar, dass das Bancroft-Imperium nicht von seiner Ranch in Medicine Bow aus geführt werden konnte. Doch er tat dies alles für seinen Sohn, es gab nichts, was er nicht für ihn getan oder geopfert hätte.

Wie auf ein Stichwort öffnete sich jetzt die Tür und Charlie erschien im Türrahmen, an der Hand seiner Tante.

»Schau, wer da ist«, säuselte Charlotte lächelnd, nahm ihn auf den Arm und trug ihn zu Matt herüber. »Hier ist ein junger Mann, der seinen Daddy ganz schrecklich vermisst.«

Matt sah auf und lächelte. »Ihr habt Recht. Es ist ziemlich spät geworden«, sagte er schuldbewusst und nahm seinen

Sohn auf den Schoß und küsste ihn. Dann wies er auf den Schreibtisch. »Aber ich muss noch ein paar Sachen erledigen, bevor wir morgen früh nach Medicine Bow aufbrechen. Macht es dir etwas aus, ihn noch ein paar Minuten länger bei Laune zu halten? Ich beeile mich.«

»Ganz im Gegenteil«, lachte Charlotte und nahm ihm das Kind wieder ab. »Dann habe ich noch ein wenig mehr von ihm.«

Sie trug Charlie im Raum umher und zeigte ihm ein paar Dinge, die er mit großen Augen bestaunte.

Während Matt einige Papiere zusammensuchte, fragte er: »Und? Was habt ihr heute so gemacht?«

»Oh, wir waren bei Mrs. Carlton. Sie ist Schneiderin und macht exquisite Kinderkleidung. Ich habe für Charlie ein paar ganz entzückende neue Sachen bestellt.« Sie warf Matt einen kurzen Seitenblick zu. »Ich hoffe es macht dir nichts aus. Aber er scheint aus den meisten seiner Sachen schon langsam herauszuwachsen.«

Matt grinste schief. Das stimmte nicht wirklich, eher konnte er sich denken, dass Charlies schlichte und zweckmäßige Garderobe nicht gerade ihrem Geschmack entsprach. Aber er wollte ihr den Spaß nicht verderben und ließ sie gewähren. Er verstand, dass sie Charlie verwöhnen wollte, war er doch das Einzige, was ihr von ihrer Familie geblieben war.

»Dann haben wir gespielt und gegessen und geschlafen und wieder gespielt...«, fuhr Charlotte fort. »Er ist unermüdlich. Sehr aufgeweckt. Oh, da fällt mir ein – wir werden bald ein Kindermädchen für ihn suchen müssen.«

Matt hörte auf in den Papieren herumzusuchen und runzelte die Stirn. Es gefiel ihm nicht, wie sie von »wir« sprach.

Er erhob sich und ging zu ihr. »Ich bin fertig. Wir gehen dann jetzt ins Hotel«, sagte er. Er nahm ihr Charlie ab und drückte kurz ihre Hand. »Bis bald. Um das Kindermädchen kümmere *ich* mich, wenn wir zurück sind. Bis dahin werde ich auch überlegen, wo Charlie und ich in Zukunft wohnen werden.«

Sie sah ihn verständnislos an. »Aber ich dachte, ihr würdet hier... Ich habe schon veranlasst, dass eines der alten Kinderzimmer...«

»Charlotte«, unterbrach er sie ungläubig lachend. »Du kannst doch unmöglich im Ernst geglaubt haben, dass wir hier einziehen?«

»Aber... ja, ich...«

Er schüttelte heftig den Kopf. »Du weißt nicht, was du da sagst. Mal ganz abgesehen davon, dass ich das nicht will, die Leute würden sich das Maul zerreißen. Du wärst heillos ruiniert und deine Chancen auf einen guten Ehemann wären gleich Null. Außerdem wäre das sehr schlecht fürs Geschäft.«

»Aber wenigstens Charlie könnte doch...«

Er lächelte nachsichtig. »Ich glaube nicht, dass deinem zukünftigen Mann das gefallen würde. Und bist du erst einmal verheiratet, wirst du vielleicht selbst bald ein Kind haben. Dann wirst du froh sein, dass du diesen Racker hier nicht auch noch am Rockzipfel hängen hast.«

Sie wandte sich halb von ihm ab und bemühte sich um ein gleichmütiges Gesicht, aber ihre Stimme verriet kaum merklich ihren Trotz. »Ich weiß noch gar nicht, ob ich überhaupt schon heiraten will.« Sie straffte die Schultern. »Vielleicht gehe ich ja erst einmal in den Osten oder reise durch Europa.«

Er musste sich ein Schmunzeln verkneifen, denn in diesem Moment kam sie ihm eher wie ein aufsässiger Backfisch vor, als wie die durch Schicksalsschläge und Verantwortung gereifte junge Frau, die ihn vor einer Woche in diesem Haus begrüßt hatte.

Er setzte sein Pokerface auf und zuckte die Schultern. »Wenn du das gern möchtest.«

Sie schmollte, nur kurz, aber deutlich und er hatte das starke Gefühl, dass dies nicht die Antwort war, die sie hatte hören wollen. So absurd wie es schien, er fragte sich plötzlich, ob es nicht nur Charlie war, den sie in ihrem Leben haben wollte, und dieser Gedanke behagte ihm gar nicht. Es bedeutete Komplikationen, die er keineswegs gebrauchen konnte.

Er ließ sich nichts anmerken und verabschiedete sich ein weiteres mal. »Also, wir gehen jetzt.«

»Wäre es nicht besser, wenn ich euch nach Medicine Bow begleite?«, fragte sie schnell. »Du wirst doch sicher viel zu tun haben und ich könnte mich derweil um Charlie kümmern.«

Er wollte sie nicht mitnehmen. Wenn sein Verdacht begründet war, wäre es besser, so viele Meilen wie möglich zwischen sie beide zu bringen. Er schüttelte den Kopf. »Das ist nicht nötig.«

Ihre Augen verengten sich. »Aber du wirst ihn doch nicht wieder zu dieser Hure geben wollen?«

Matt zog die Brauen zusammen. Er hatte das gar nicht unbedingt vorgehabt, aber er hatte das Gefühl, Lizzie verteidigen zu müssen. Sie war seine Freundin und er würde ihr nie vergessen, was sie für Charlie getan hatte.

»*Diese Hure*«, antwortete er ärgerlich, »hat ihm das Leben gerettet.«

»Sie hat das Leben meiner Schwester zerstört!«, funkelte sie ihn böse an. »Du kannst nicht von mir erwarten, dass ich ihr meinen Neffen anvertraue!«

»Sie ist ein guter Mensch. Sie kann nichts dafür, dass das Leben ihr übel mitgespielt hat, und genausowenig kann sie etwas für *meine* Verfehlungen! Sie liebt Charlie und sie würde ihm nie schaden!«

»Sie wird ihn nicht mehr zu Gesicht bekommen! Oder ich sorge dafür, dass deine Geschäftspartner davon erfahren. Und glaube mir, *das* wird schlecht fürs Geschäft sein!«

Matt war einen Moment lang sprachlos. Sie erpresste ihn?

Oh ja, sie hatte viel von ihrem Vater. Es war wirklich ein Jammer, dass sie eine Frau war, denn dann müsste Matt in diesem Moment nicht hier stehen und sich Gedanken über Bancrofts Geschäfte machen.

Aber der Spieler in ihm erkannte einen Bluff, wenn er ihn sah. »Das wirst du nicht tun«, entgegnete er kalt lächelnd. »Denn wovon, glaubst du, wird deine Zuwendung bezahlt, hm? Kein Geschäft, kein Geld für Charlotte, so einfach ist das!«

Er hatte sie entlarvt, denn sie schwieg.

Doch sie wäre keine Frau gewesen, hätte sie nun nicht etwas anderes versucht. Tränen. Und dagegen war ein Mann machtlos.

»Versteh doch«, schluchzte sie. »Ich habe doch nur noch ihn! Ich will nur, dass es ihm gut geht. Ich möchte ein wenig für ihn sorgen dürfen, dass ist alles!«

Er seufzte und schloss kurz die Augen. Die Frauen in seinem Leben brachten ihn noch um den Verstand. »Also gut!«, gab er entnervt auf. »Aber du wirst nicht auf der Ranch wohnen, sondern im Hotel. Und ich allein entscheide über alles, was mit meinem Sohn passiert, dass das klar ist!«

Sie nickte erleichtert und während Matt sich auf den Weg ins Hotel machte, fragte er sich ein Dutzend mal, ob er dies noch bereuen würde.

*

Matts ungutes Gefühl wurde während der Reise nicht besser, im Gegenteil. Nicht nur, dass Charlotte sich Charlie gegenüber immer besitzergreifender verhielt, jetzt, da er darauf achtete, entgingen ihm auch die vielen versteckten Signale nicht, die darauf hinwiesen, dass sie anscheinend wirklich mehr in ihm sehen wollte, als nur ihren ehemaligen Schwager.

Er fragte sich, wie sie dies fertig brachte, war er doch derjenige, der ihre Schwester ins Unglück gestürzt hatte. Wahrscheinlich dachte sie, sie könne ihn ändern. Ein Irrtum, dem viele Frauen unterlagen, wie er schätzte.

Aber sie zu heiraten war das Letzte was er wollte und er würde bald mit ihr darüber reden müssen, um die Lage nicht noch schlimmer zu machen. Doch er konnte sie schlecht im Zug damit konfrontieren. Daher schob er es vorerst auf. Er hatte den Kopf ohnehin voll mit anderen Dingen.

Er war erleichtert, als sie Medicine Bow endlich erreichten und er sie ins Hotel bringen konnte. Sie wollte Charlie bei sich behalten, aber er bestand darauf, ihn mit zur Ranch zu nehmen. Es gefiel ihm nicht, dass sie sich mehr und mehr wie seine Mutter aufführte.

Er verabschiedete sich von ihr mit dem Versprechen, morgen wiederzukommen, holte sein Pferd und seinen Buggy aus dem Mietstall und machte sich auf zur Ranch. Er freute sich darauf, denn er sehnte sich nach Ruhe. Wenn er dort war, würde er erst einmal allein die Weiden abreiten. Der beste Weg um wieder einen klaren Kopf zu bekommen.

Und um Abschied zu nehmen, dachte er mit Wehmut.

Doch als er die Ranch erreichte, musste er feststellen, dass aus seinem einsamen Ritt über sein Land so schnell nichts werden würde. Er war kaum vom Wagen gestiegen, da kam ihm Pete schon eiligen Schrittes entgegen. »Verdammt noch mal, Matt, wo treibst du dich herum?«

»Ich habe euch doch telegrafiert, dass ich bei Bancroft bin und erst heute zurückkomme.«

»Ja, das hast du, aber viel genutzt hat das nichts, weil ich gestern erst vom Treck zurückgekommen bin. Der einzige, der hier war, war Sam und er hat nichts mit deiner Nachricht anzufangen gewusst. Dabei wärst du hier dringend gebraucht worden!«

Matt runzelte die Stirn: »Ist etwas vorgefallen? Was mit den Rindern nicht in Ordnung?«

»Pff«, machte Pete verächtlich. »Vergiss mal die Rinder«, rief er, »Es geht um deine Frau!«

Matt durchzuckte ein heißer Stich der bösen Vorahnung. »Gillian?«, war alles was er hervorbrachte.

»Ja, Gillian, wer sonst! Mann, Matt, kannst du mir mal sagen, was ihr da gemacht habt? Ich dachte, ich komme vom Treck zurück und finde euch wieder glücklich vereint – stattdessen höre ich, dass du Thomas verprügelt hast, sie vom Stadtrat gefeuert wurde und du Hals über Kopf abgehauen bist!«

»Sie wurde gefeuert?«

»Gefeuert und aus ihrem Haus geworfen, ja!«

Matt machte eine Faust. Diese bigotte Bande, die sich Stadtrat schimpfte, hatte Gillian auf die Straße gesetzt?

»Was hast du denn gedacht? Dass diese Moralapostel sich das lange anschauen?«

»Wo ist sie jetzt?«

»Ich hab' keine Ahnung, aber sie wurde letzte Woche gesehen, als sie Liz einen Besuch abstattete. Verdammt, ich denke, ich muss dir nicht sagen, wie die Hexenküche dort unten brodelt!«

Matt sagte kein Wort mehr. Schnell hob er seinen Sohn vom Wagen, drückte ihn Pete in den Arm und beeilte sich, ein frisches Pferd vom Paddock zu holen.

Kapitel 27

Gillian warf das Huhn in den Topf, wischte sich eilig mit dem Schürzenzipfel die Hände ab und machte sich mit fliegenden Händen daran, das Gemüse zu putzen. Zwischendurch behielt sie die Uhr im Auge, denn das Brot musste bald aus dem Ofen geholt werden.

Bill war heute besonders träge und so blieb der Löwenanteil der Arbeit wieder einmal an ihr hängen. Sie musste sich beeilen, denn in nur zwei Stunden würde der Saloon sich mit hungriger Kundschaft füllen. Sie warf einen ärgerlichen Seitenblick zu dem alten Koch hinüber, der sich gerade ächzend auf einen Stuhl fallen ließ. Angeblich plagte ihn die Gicht.

Ich wusste gar nicht, dass man die Gicht am Boden einer Flasche findet, dachte sie grimmig.

Aber der Alte hatte sehr schnell die Tatsache auszunutzen gewusst, dass er nun eine Küchenhilfe hatte und überließ seither die meisten Arbeiten ihr, natürlich nicht ohne sie für jede Kleinigkeit übellaunig anzublaffen und ihr immer wieder vorzuhalten, wie dumm und unerfahren sie war.

Zu Beginn hatte sie das eingeschüchtert und verletzt und sie hatte sich überschlagen, es dem Alten recht zu machen. Doch als die Bedienungen begannen, ihr das Lob der Kundschaft über das plötzlich viel wohlschmeckendere Essen auszurichten, und sogar Phil das eine oder andere Mal wohlwollend brummte, als er ihr Essen aß, erwachte ihr Stolz und sie begriff, dass sie dem alten Säufer mehr als haushoch überlegen war. Seither ließ sie seine Launen an sich abprallen.

Genau wie sie versuchte, den Vorfall zu verdrängen, der sich vor vier Tagen abgespielt hatte. Lizzie hatte, als sie es erfahren hatte, Phil »gehörig den Kopf gewaschen«, wie sie es nannte. Danach hatte er Gillian bisher kein weiteres Mal gezwungen, zu bedienen. Sie hoffte inständig, dass es so blieb. Denn der Schock, dass einer dieser lüsternen Kerle im Saloon ihr ans Hinterteil gefasst hatte, zusammen mit der eindeutigen Aufforderung zum Beischlaf, saß noch tief. Auch jetzt noch sah sie sich jedes Mal verängstigt um, wenn sie spät in der Nacht den Saloon verließ, denn wer wusste schon, ob irgendeiner dieser Kerle ihr nicht doch einmal auflauerte? Ähnlich, wie William es getan hatte.

Die Erinnerung an diese schreckliche Nacht in Boston verursachte ihr eine heftige Gänsehaut und sorgte dafür, dass sie furchtbar zusammenzuckte, als plötzlich die Küchentür mit einem lauten Knall auffflog. Sie sah auf und glaubte, ihr Herz würde aussetzen, denn im Türrahmen stand Matthew Cole.

Sein Gesichtsausdruck war schwer zu deuten. Aufgewühlt traf es wohl am ehesten. Unter seinen zusammengezogenen Brauen brannten seine blauen Augen wie lodernde Flammen.

»Hey!« Bill erhob sich. »Kein Zutritt für Freier! Raus hier!«

Matt bewegte sich keinen Zentimeter. »Lass uns allein!«, knurrte er.

»Ich denk' nicht dran«, rief der Alte. »Wenn du Druck hast, nimm eins der anderen Mädchen. Die da brauche ich hier! Es sei denn«, seine Miene wurde listig, »du zahlst mir ordentlich was. Phil muss es ja nicht wissen.«

Er hatte noch nicht ausgesprochen, da sah er sich blitzschnell am Kragen gepackt und an die Wand gedrückt.

»Sag so was nochmal und deine Eier und du schlafen fortan getrennt!«

Bill schüttelte verängstigt den Kopf, soweit ihm das unter Matts eisernem Griff an seinem Hals möglich war.

Matt ließ ihn los und stieß ihn weg. »Und jetzt *lass uns allein*!«

Bill verließ fluchtartig die Küche und Matt wandte sich Gillian zu.

Ihr Herz klopfte bis zum Hals. Warum war er hier? Hatte er ihr verziehen und wollte sie zurückholen? Oder hatte Lizzie ihm gesagt, dass sie mit ihm reden wollte?

Doch sein Gesichtsausdruck war nicht länger nur aufgewühlt, sondern geradezu zornig. Seine hart aufeinander gepressten Kiefer verrieten ihr, dass er sich nur mühsam beherrschte um keinen Wutausbruch zu bekommen.

»Verdammt, Gillian!«, stieß er hervor. »Hast du vollends den Verstand verloren? Was in Gottes Namen denkst du, das du hier tust?«

»Ich arbeite!«, entgegnete sie in einem nicht minder scharfen Ton.

Gillian hatte sich das Wiedersehen mit ihm nicht so vorgestellt. Lange und sorgfältig hatte sie sich die Worte zurechtgelegt, die sie ihm sagen wollte. Hatte erklären wollen, warum sie zunächst an ihm gezweifelt hatte. Hatte ihn um Verzeihung bitten wollen. Hatte ihm sagen wollen, dass sie ihn liebte.

Doch die Wut, die er in diesem Moment über sie niederfahren ließ, hinderte sie daran und sie brachte kein Wort davon hervor.

»Hier? Musst du, von allen Orten auf dieser Welt, ausgerechnet *hier* arbeiten?«, fragte er. Seine Stimme verriet seinen mühsam verhaltenen Zorn.

»Niemand anderer in dieser Stadt wollte mir mehr Arbeit geben! Was hätte ich denn tun sollen? Zurück nach Boston gehen? Ich wäre ja noch nicht einmal von hier weggekommen, ohne einen Cent in der Tasche! Ich wusste keinen anderen Ausweg, Matt. Wenn Lizzie mir nicht geholfen hätte... Ich muss doch von irgendetwas leben!«

Er starrte sie einen Moment lang wortlos an und wirkte plötzlich schuldbewusst. Er wurde ruhiger und fuhr sich mit der Hand durch sein Haar.

»Was ist mit Thomas? Wie konnte er dies zulassen?«

»Thomas ist in Laramie.«

»Warum hast du ihm nicht telegrafiert?«

»Weil ich das nicht wollte.«

Seine Kiefermuskeln zuckten.

»Warst du nur hier in der Küche, oder hast du... mehr tun müssen?«, fragte er langsam.

»Mehr? Matt, was denkst du von mir!«

Er schien erleichtert und schüttelte den Kopf, wie um ihr zu bedeuten, dass er dies nie wirklich geglaubt hatte.

»Du hast auch nicht das Essen hinaus gebracht?«, fragte er dann.

»Doch. Aber nur ein einziges Mal. Lizzie hat es verboten. Aber es war viel los an dem Abend und Phil hat mir gedroht, mich hinauszuwerfen, wenn ich es nicht tue. Als Lizzie es erfuhr, hat sie ihm die Hölle heiß gemacht.«

Sie hütete sich, ihm zu erzählen, was bei diesem einen Mal passiert war.

Sie sah, wie er einen Moment lang mühsam um Beherrschung rang. Schließlich sagte er: »Du wirst hier auf keinen Fall weiter arbeiten. Du ziehst sofort ins Hotel. *Ich* werde von jetzt an für dich sorgen.«

Soviel zu ihrer Hoffnung, dass er gekommen war, um sie zurückzuholen. Er hatte ihr nicht vergeben. Denn dann hätte er sie in den Arm genommen, sie geküsst und zur Ranch gefahren, statt sie ins Hotel bringen zu wollen. Ein Kloß bildete sich in ihrem Hals. Wahrscheinlich würde er ihr nie vergeben.

Sie wandte sich halb von ihm ab, hielt ihre Tränen tapfer zurück und schüttelte den Kopf. »Du musst nicht für mich sorgen, Matt. Ich bin nicht mehr deine Frau.«

»Du bist so lange meine Frau, bis ich diese verdammten Scheidungspapiere in der Hand halte. Und so lange werde ich zumindest dafür sorgen, dass du zu essen und ein Dach über dem Kopf hast! Verdammt, ich hätte das von Anfang an tun sollen!«, knurrte er.

»Und was dann?«, fragte sie leise, mehr an sich selbst gewandt.

»Dann kannst du Thomas heiraten.«

»Ich will Thomas nicht heiraten«, sagte sie kraftlos. »Ich will niemanden heiraten.«

»Dann kommst du eben mit nach Cheyenne und wir werden dir eine angemessene Arbeit suchen«, versetzte er grimmig.

Sie sah ihn erstaunt an. »Du gehst wieder nach Cheyenne? Für länger?«

»Ja«, antwortete er knapp.

»Weshalb?«

»Das ist eine lange Geschichte«, erwiderte er. Ganz offensichtlich wollte er nicht darüber reden. Stattdessen fasste er sie sacht am Arm. Sie fühlte seine Hand durch den Stoff ihres Ärmels als würde sie brennen.

»Komm jetzt. Lass uns deine Sachen holen. Wo wohnst du?«

»Bei der Witwe Dunnover.«

Er wurde blass. »Was?«

»Ja. Bei Mrs. Dunnover. Auf ihrer Farm draußen vor der Stadt. Kennst du sie nicht?«

Er antwortete nicht darauf und fragte stattdessen: »Wie lange schon?«

»Etwa eine Woche.«

»Weiß jemand aus der Stadt davon?«

»Außer Lizzie weiß es niemand. Es ist komisch, jetzt wo du es sagst, Lizzie hat mir geradezu eingeschärft, es niemandem zu sagen. Aber erklären wollte sie es mir nicht. Kannst du es, Matt?«

Er antwortete auch darauf nicht.

»Vielleicht könnte ich ja auch einfach dortbleiben«, überlegte sie jetzt. »Es gefällt mir. Das Zimmer ist angenehm und die Witwe ist wirklich nett. Es wäre mir lieber als das Hotel.«

Er schien darüber nachzugrübeln.

»Und dich hat auch niemand dort gesehen? Oder auf dem Weg dorthin?«

»Das glaube ich nicht. Es kommt nie jemand heraus. Und wenn ich den Saloon verlasse und hinüber fahre ist es meist spät in der Nacht, da ist niemand mehr auf der Straße.«

Matt schloss kurz die Augen, als müsse er einen Schmerz bekämpfen.

»Was ist los? Stimmt etwas nicht mit dem Zimmer?« Langsam kam Gillian sich lächerlich ahnungslos vor.

»Nein«, sagte er rau. »Mit dem *Zimmer* ist alles in Ordnung.« Er atmete scharf ein. »Also gut. Wenn du möchtest, kannst du dort bleiben. Aber du kommst nicht mehr in die Stadt und lässt dich auf dieser Farm vor keinem Fremden sehen, in Ordnung? Am besten bleibst du im Haus. Ich werde dich jetzt hinbringen und dich wieder abholen, wenn wir nach Cheyenne fahren. Es wird nur ein paar Tage dauern bis dahin.«

Wenn Gillian sich auch fragte, was Matts merkwürdiges Verhalten zu bedeuten hatte, war sie doch froh, dass er zumindest wieder mit ihr sprach. Jetzt würde sie also erst einmal auf Dunnovers Farm bleiben. Alles andere würde sich zeigen.

Kapitel 28

Während Matt Gillian hinausbegleitete, nagte der dumpfe Schmerz der Schuld an ihm wie ein hungriger Wolf. Denn dass sie hier in der Küche des Saloons hatte arbeiten müssen, war ganz sicher nicht ihre Verfehlung, sondern seine. Schließlich war er es gewesen, der sie hergeholt hatte. Und der sie dann nicht nur im Stich gelassen, sondern auch durch sein Verhalten dafür gesorgt hatte, dass ihr Ansehen in dieser Stadt ein für alle Mal ruiniert war.

Als sie ihm vorhin gesagt hatte, dass sie nachts ganz allein den langen Weg zur Witwe Dunnover fuhr, war sein Beschützerinstinkt ihr gegenüber wie eine Welle über ihm zusammengeschlagen. Und nicht nur das. Ein einziger Blick auf sie hatte sein Verlangen nach ihr mit unverminderter Macht zurückgebracht. Die Kombination aus diesen beiden Gefühlen hatte ihn fast überwältigt und er hatte seine ganze Beherrschung aufbringen müssen, sie nicht in seine Arme zu ziehen. Er war ein Narr, wenn er gedacht hatte, er würde schnell über sie hinwegkommen.

Doch jeden Gedanken, sie in sein Leben zurückzuholen, musste er im Keim ersticken. Das war er ihr schuldig. Denn was er ihr angetan hatte, war unverzeihlich. Auch ihr Leben war durch ihn fast zerstört worden. Nein, er würde jetzt alles daransetzen, seine Schuld ihr gegenüber zumindest soweit zu begleichen, dass sie ein Auskommen hatte. Und dann würde er ein für allemal aus ihrem Leben verschwinden, denn es war besser so für sie.

Er fragte sich, ob es wirklich gut war, sie bei Mrs. Dunnover zu lassen. Er musste sich eingestehen, dass es nicht ganz uneigennützig von ihm war, Gillian nicht ins Hotel zu bringen. Sie würde dort möglicherweise Charlotte über den Weg laufen und das wollte er im Moment noch vermeiden. Sie würden sich noch früh genug begegnen.

Aber bei Mrs. Dunnover? Ja, die Witwe schien gütig, und tatsächlich ging von der alten Frau auch keinerlei Gefahr für Gillian aus. Im Gegenteil. Sie war dafür bekannt, dass sie gut für ihre »Mieterinnen« sorgte. Doch Gillian wusste offenbar nicht, was diese Frau sonst noch tat. Noch nicht. Wenn sie es erfuhr, wäre sie ganz bestimmt geschockt und zu Recht auch wütend auf ihn, weil er ihr keinen reinen Wein eingeschenkt hatte.

Andererseits war es ja nur noch für ein paar Tage. Und sie war dort sicher. Zum Einen vor dem fürchterlichen Hexenkessel, in dem Mrs. Soames und ihre Freundinnen mit Sicherheit schon ausgiebig herum rührten und zum Anderen vor den Nachstellungen der Männer, die eine Frau, die einmal im Saloon gearbeitet hatte, als Freiwild betrachteten. Sie hatte gesagt, dass sie schon als Bedienung hatte arbeiten müssen. Auch wenn das nur ein einziges Mal gewesen war, reichte das doch, dass jemand den »Neuzugang« bemerkt hatte und sicher ganz heiß darauf war, ihn auszuprobieren. Matt ballte die Fäuste, wenn er daran dachte, dass ihr irgendjemand nachstellen könnte. Er würde jeden Kerl umbringen, der dies versuchte, so wahr ihm Gott helfe.

Sie holten Justin aus dem Stall des Saloons und Matt band ihn hinten an den Wagen. Als er Gillian gerade auf den Sitz des Buggys hinauf half, ließ ihn eine Stimme zusammenfahren.

»Matt? Du bist hier? Ich dachte, du bist auf deiner Ranch und kommst erst morgen wieder.«

Charlotte.

Ausgerechnet jetzt. Hätte sie nicht noch für diese paar Minuten im Hotel bleiben können? Er fluchte innerlich. Hätte er sie doch nur nicht mitgenommen! Sie war nur ein Problem mehr, mit dem er sich herumschlagen musste.

Er wandte sich ihr langsam zu, und bevor er etwas sagen konnte, blickte sie mit einem unechten Lächeln zu Gillian hinauf und fragte: »Möchtest du uns nicht bekanntmachen?«

»Doch. Natürlich«, murmelte er.

»Charlotte, das ist Gillian Cole. Meine Frau. Gillian, das ist Charlotte Bancroft, Victorias Schwester.«

Beide Frauen starrten ihn verwirrt an.

»Deine... Frau«, wiederholte Charlotte entgeistert. »Und wann hattest du vor, mir von ihr zu erzählen?«

Er warf einen kurzen Blick zu Gillian hinauf. Sie war kreidebleich.

»Entschuldige uns bitte einen Moment«, sagte er zu ihr, nahm Charlotte am Ellbogen und führte sie außer Gillians

Hörweite. Er war Charlotte keine Rechenschaft schuldig, dennoch wollte er auf keinen Fall eine Szene, hier mitten auf der Straße. Er konnte sich um Gillians Willen keinerlei Aufmerksamkeit leisten.

»Charlotte«, begann er leise, »Es ist... ziemlich kompliziert und ich habe jetzt wirklich keine Zeit, es dir zu erklären. Warum gehst du nicht wieder ins Hotel und wir reden morgen darüber?«

»Warum hast du mich überhaupt mitgenommen, um für Charlie zu sorgen, wenn du hier eine Frau hast?«, zischte sie. »Wie lange wolltest du mich denn im Hotel ›abstellen‹, hm? Bis ich von selbst darauf komme, dass die *glückliche Familie* auf der Ranch sitzt und mich auslacht?« Tränen traten in ihre Augen.

Er hatte entgegnen wollen, dass er sie keineswegs »mitgenommen«, sondern dass sie sich ihm buchstäblich aufgedrängt hatte, doch sie tat ihm plötzlich leid. Er konnte sich vorstellen, dass sie sich sehr einsam fühlten musste. Die übertriebene Sorge für Charlie und die Schwärmerei für Matt waren im Grunde nur ein Zeichen ihrer Verzweiflung.

Einem Impuls folgend, strich er ihr über die Schulter. »Charlotte, niemand lacht dich aus. Es ist nicht so, wie es dir jetzt vielleicht vorkommt. Wie gesagt, es ist... schwierig. Und ich selbst habe das so nicht vorhergesehen. Bitte, geh' jetzt wieder ins Hotel und ruh' dich etwas aus. Ich komme morgen Nachmittag zu dir, ich verspreche es.«

Sie ging schließlich, zu seiner großen Erleichterung, jedoch nicht ohne ihm noch einen wütenden Blick zuzuwerfen.

*

Die Fahrt zu Dunnovers Farm verlief schweigsam. Gillian brachte es nicht über sich, zu sprechen. Der Kloß in ihrem Hals war jetzt so dick, dass ihre Stimme sie sofort verraten hätte.

Das war es also, was ihn nach Cheyenne zog. Er hätte ihr Charlotte erst gar nicht als Victorias Schwester vorstellen müssen. Die Ähnlichkeit dieser Frau mit der Fotografie, die sie auf Matts Dachboden gesehen hatte, war so hervorstechend, dass Gillian geglaubt hatte, Victorias Geist stünde vor ihr.

Gillian kämpfte mit den Tränen, als sie sich erinnerte, wie er beschwichtigend auf die offensichtlich sehr eifersüchtige Charlotte eingeredet und sie zärtlich berührt hatte.

Ihr war klar, was vor sich ging. Matt hatte den Tod seiner ersten Frau nie verwunden. Es war nahezu unvermeidlich, dass er sich von ihrer Schwester angezogen fühlte, schließlich war sie ihr wie aus dem Gesicht geschnitten. Sie bedeutete für ihn den Neuanfang, den er dringend brauchte und den sie, Gillian, ihm nicht hatte geben können.

Alles worauf er noch wartete, war das längst fällige Bestätigungsschreiben ihrer Scheidung, dann würde er Charlotte sicher bald zum Altar führen. Was war sie für eine Närrin gewesen, dass sie geglaubt hatte, er könnte sie lieben. Vielleicht war es wirklich einmal so gewesen, vielleicht hatte er es selbst geglaubt, in dem Moment als er es zu ihr sagte, aber seine Enttäuschung über sie war wohl so groß, dass er nicht lange damit gewartet hatte, Trost bei einer anderen zu suchen.

Jetzt verstand sie auch, warum er ihr vorhin gesagt hatte, sie solle Thomas heiraten. Somit wäre der Weg für Charlotte frei, ohne dass er dabei ein schlechtes Gewissen haben musste, weil Gillian unversorgt zurückblieb.

Sie hatte alle Mühe ein Schluchzen zu unterdrücken. All ihre letzte Hoffnung, doch noch zu dem Mann zurückzukehren, den sie liebte, war in einem kurzen Moment zunichte gemacht worden.

Matt schien etwas zu bemerken und warf ihr einen nachdenklichen Seitenblick zu. »Ist alles in Ordnung?«

Sie nickte. »Ja.« Ihre Stimme war heiser und sie musste sich räuspern.

Er runzelte die Stirn. »Wirklich?«

»Ja. Ich bin nur etwas durcheinander.«

Er sah wieder auf das Pferd vor sich. Seine Miene war undurchsichtig, wie so oft. »Hat Charlotte dich so durcheinander gebracht?«

»Nein«, log sie.

»Es... ist einiges passiert, in Cheyenne...«, hob er an.

Sie schüttelte den Kopf. »Es ist schon in Ordnung, Matt«, brachte sie mühsam heraus. »Es geht mir gut. Aber ich bin sehr müde.«

Er sah sie lange an. Dann sagte er: »Ist gut. Wir können später reden.«

Sie nickte und war froh, dass er schwieg. Sie hätte es nicht ertragen, wenn er ihr jetzt auch noch erklärt hätte, was er für Charlotte empfand.

Wenig später erreichten sie Dunnovers Farm. Er half ihr vom Wagen und schickte sich an, sie hineinzubringen, aber sie verabschiedete sich schon vorher von ihm.

Er nickte ihr zu. »Dann bis in ein paar Tagen. Ich lasse dir eine Nachricht zukommen, bevor wir fahren, damit du noch in Ruhe packen kannst.«

»Matt?« sagte sie leise.

»Ja?«

»Bitte mach' Lizzie keine Vorwürfe. Sie wollte mir nur helfen.«

Er seufzte. »Ich weiß.«

Schließlich ging sie hinein und er fuhr ab.

Drinnen stellte sie sich ans Küchenfenster und sah ihm nach.

Mrs. Dunnover kam herein. »Ah, Kindchen, du bist ja heute so früh zurück«, sagte sie, während sie eine Schüssel von einem Regal nahm und Suppe aus einem Topf auf dem Herd hinein füllte. »Haben sie dir heute frei gegeben?«

»Ich habe ab jetzt immer frei«, murmelte Gillian.

»Hat Phil dich etwa gefeuert? Oh, dieser miese...«

Gillian schüttelte den Kopf. »Nein. Ich werde nur nicht mehr dort arbeiten.«

Die Witwe bemerkte ihren Blick aus dem Fenster und gesellte sich zu ihr. Sie kniff die Augen zusammen und verfolgte mit ihnen den Einspänner, der sich über die weite Ebene von ihnen entfernte. »Wer ist das?«, fragte sie.

Gillian schaute sie nicht an. »Matthew Cole. Mein Mann.« *Nur noch auf dem Papier*, fügte sie in Gedanken bitter hinzu.

Mrs. Dunnover zog erstaunt die Luft ein. »Dein *Mann*? *Mad Matt* ist dein Mann? Das wusste ich ja gar nicht!«

Gillian schluckte. »Bitte nennen Sie ihn nicht so.«

Die Witwe streichelte beschwichtigend ihre Schulter und lächelte. »Ist schon gut, Mädchen, tut mir leid.«

Sie sah sie nachdenklich an, aber stellte keine weiteren Fragen. Sie ging wieder zum Herd, nahm die Schüssel und stellte sie auf ein Tablett.

Auch Gillian verließ ihren Platz am Fenster.

»Wir haben seit heute morgen eine neue Mitbewohnerin«, sagte die Witwe jetzt. »Das ist für sie. Bist du auch hungrig? Nimm dir was immer du möchtest.«

Gillian schüttelte den Kopf und sah zu, wie Mrs. Dunnover ein Glas Wasser und eine kleine Flasche Laudanum auf das Tablett stellte. Laudanum? Das neue Mädchen war möglicherweise eine kranke Hure, Lizzie hatte ja so etwas gesagt. Aber welche Krankheit heilte man mit Laudanum? Bevor sie sich noch weiter darüber wundern konnte, ertönte ein lautes Klopfen.

Die Witwe ging zur Tür und öffnete. Draußen stand ein etwa achtzehnjähriges, rothaariges Mädchen, völlig in Tränen aufgelöst. Mrs. Dunnover legte den Arm um die junge Frau und führte sie hinein. An Gillian gewandt sagte sie. »Würdest du mir einen Gefallen tun?«

Sie nickte.

»Bitte, bring der Kleinen in Zimmer zwei die Suppe und ihre Medizin. Fünfzehn Tropfen. Ich werde hier eine ganze Weile zu tun haben.«

Mit diesen Worten fasste sie die Rothaarige mütterlich um die Schultern und verschwand mit ihr in einem Zimmer.

Gillian ging mit dem Tablett zum Zimmer des kranken Mädchens und klopfte. Es kam keine Antwort. Vorsichtig öffnete sie die Tür einen Spaltbreit. Der Raum war ähnlich eingerichtet wie ihr eigener. Ein Tisch, ein Stuhl, eine

Truhe und ein Bett, viel mehr gab es nicht. Ein paar grobe, aber farbenfrohe Teppiche und Vorhänge gaben dem Zimmer dennoch etwas Heimeliges.

Die Kranke lag in dem Bett an der Wand. Sie schien zu schlafen, denn sie hatte die Augen geschlossen.

»Hallo?«, fragte Gillian vorsichtig. Die junge Frau im Bett öffnete die Augen aber sagte nichts.

»Mrs. Dunnover schickt mich. Ich habe etwas zu essen. Und – äh – deine Medizin.«

»Ich will nichts essen«, entgegnete die Andere. »Aber die Medizin nehm' ich.«

Gillian tropfte das Laudanum in das Glas Wasser und gab es ihr zu trinken. Das Mädchen trank alles aus und ließ sich mit einem Seufzen wieder in die Kissen zurück sinken. Es blickte Gillian nicht länger an sondern starrte an die Decke.

»Kann ich sonst noch etwas für dich tun?«, fragte Gillian.

»Nein,« entgegnete das Mädchen. »Geh einfach weg.«

Kapitel 29

Matt verbrachte den nächsten Vormittag damit, Pete über die neue Situation zu unterrichten und ihn auf seine Aufgabe als Verwalter der Ranch vorzubereiten. An einen Verkauf dachte Matt auf keinen Fall. Sein Job in Cheyenne war letztlich nur auf Zeit. Vielleicht, wenn Charlie soweit war, seinen eigenen Weg zu gehen, würde er ja eines Tages hierher zurückkehren.

Pete hatte erwartungsgemäß gemischte Gefühle, denn er würde Matt und Charlie schmerzlich vermissen, aber auch er sah die große Chance, die sich aus dieser Erbschaft ergab.

»Mach dir keine Sorgen«, sprach er Matt schließlich Mut zu. »Ich mach' das hier schon. Du kannst dich in aller Ruhe den Geschäften in Cheyenne widmen.«

Matt vertraute Pete vollkommen und er war froh, dass er eine Sorge weniger hatte.

Am Nachmittag fuhr er in die Stadt, und um Charlotte etwas aufzumuntern nahm er Charlie mit. Da er auf keinen Fall ihr Hotelzimmer betreten wollte, allein schon um ihren Ruf zu schützen, wartete er auf sie in der Hotellobby und ging dann mit ihr spazieren.

Charlotte freute sich sehr, Charlie zu sehen und nahm ihn gleich in Beschlag. Doch Matt spürte, dass sie ihm noch grollte. Er war ihr eine Erklärung schuldig.

»Charlotte«, begann er. »Das mit Gillian ist nicht so wie du denkst.«

»Wie soll es schon sein?«, gab sie schnippisch zurück. »Du hast eine Frau und hast es nicht für nötig befunden, es mir früher zu sagen.«

Er fühlte Ärger in sich aufsteigen, denn er sah immer noch keine Verpflichtung, Charlotte über sein gesamtes Leben aufzuklären. Aber er schluckte seinen Zorn hinunter und sagte nur: »Ja, sie ist meine Frau. Aber nicht mehr lange.«

Sie sah ihn verwundert an. »Wie meinst du das, ›nicht mehr lange‹?«

Er blickte nach vorn und nicht in ihr Gesicht. Ihre Ähnlichkeit mit Victoria irritierte ihn immer noch.

»Es... hat nicht geklappt mit uns. Wir haben eine Annullierung beantragt.« Das musste genügen. Sie brauchte die Einzelheiten nicht zu wissen.

»Annullierung? Aber dann verstehe ich nicht... Ich meine... Du bist gestern mit ihr weggefahren.«

»Sie ist in Schwierigkeiten und braucht meine Hilfe.«

»Was für ›Schwierigkeiten‹?«

Er schüttelte den Kopf und lächelte abweisend. »Es tut mir leid, Charlotte, aber das geht dich nichts an.«

Sie schmollte kurz, aber dann sah er, wie ihre Erleichterung überhand nahm. Ihm war unbehaglich dabei. Sie würde sich nun wieder Hoffnungen machen, die er auf keinen Fall erfüllen wollte. Er musste ihr das dringend klarmachen. Nur wusste er nicht wie. Sie hatte in der letzten Zeit viel durchmachen müssen, an einigem davon war er nicht unschuldig gewesen. Er mochte sie und wollte ihr nicht noch mehr Schmerz bereiten. Allerdings würde der Schmerz umso größer werden, je länger er wartete, das war ihm auch bewusst.

Das Beste war wohl zunächst, sich distanziert zu verhalten. Vielleicht würde sie ja von selbst spüren, dass er nicht interessiert war. *Du bist ein elender Feigling*, Matt Cole, schalt er sich selbst, aber etwas Besseres fiel ihm im Moment wirklich nicht ein.

Sie lächelte ihn jetzt an und fragte: »Essen wir später zusammen? Das Essen im Hotel ist sehr gut.«

»Nein«, entgegnete er. »Ich habe noch etwas zu erledigen. Wenn es dir nichts ausmacht, würde ich Charlie gern bei dir lassen. Ich hole ihn dann heute Abend ab.« Damit ließ er sie zurück und machte sich eilig auf den Weg in den Saloon.

Als Matt Lizzie zur Rede stellte, war er immer noch sehr aufgewühlt wegen der Sache, und trotz Gillians Bitte, nicht zu hart mit seiner Freundin ins Gericht zu gehen, bekam diese seinen Zorn zu spüren. Er machte ihr bittere Vorwürfe, auch wegen der Unterkunft, die sie Gillian besorgt hatte.

»Musstest du sie denn ausgerechnet bei Mrs. Dunnover einquartieren?«

»Wo denn sonst? Wäre es dir lieber gewesen, ich hätte sie hier wohnen lassen?« Sie machte eine Geste über ihr Zimmer hinweg. »Mrs. Dunnover ist eine gute Frau! Sie sorgt gut für...«

»Herrgott, Lizzie!«, rief er. »Sie ist eine...«

»Ich weiß, was sie ist! Aber es muss jemanden wie sie geben, gerade in unserem Geschäft! Sie macht es gut und sauber. Und sie kümmert sich um die Mädchen, danach. Sie hat noch nie eine verloren, noch *nie*! Im Gegensatz zu dem verdammten Quacksalber in Laramie! Wenn sie es nicht machen würde, würden die Frauen woanders hingehen.

Oder sogar selbst Hand anlegen. Und das würde die eine oder andere mit Sicherheit umbringen!«

Er biss sich auf die Zähne und schüttelte heftig den Kopf. »Ich werde das nie gutheißen!«

»Ja, ich weiß. Aber mit Gillian hat das doch gar nichts zu tun. Für sie war dieses Zimmer die einzige Möglichkeit.«

»Und wenn sie jemand dort gesehen hat...«

»Niemand weiß davon. Und sie ist vor dem Spießrutenlaufen jetzt dort sicherer als hier in der Stadt!«

Er seufzte. »Verdammt, Lizzie, was habt ihr euch nur bei der ganzen Sache gedacht? Warum habt ihr das überhaupt angefangen?«

»Sie hatte so gut wie keinen Cent mehr!«, gab Liz zurück. »Hätte ich etwa zusehen sollen, wie sie verhungert? Oder so endet wie ich?«

»Nein, natürlich nicht!«, antwortete er verzweifelt. »Aber warum hast du nicht Thomas benachrichtigt? Er hätte sich um sie gekümmert!«

»Du weißt doch genau, warum nicht!«, erwiderte sie. »Er hätte sie fortgebracht und, sobald ihr beide geschieden seid, geheiratet.«

Matt begann, aufgebracht im Zimmer umher zu laufen. »Aber das ist es doch! Genau das hätte passieren müssen! Das wäre das allerbeste für sie!«

»Sie will ihn nicht!«, rief Lizzie.

»Er wäre ihr ein guter Ehemann! Er würde für sie sorgen, ihr würde es an nichts mangeln!«

»Matt«, sagte sie beschwörend, doch er konnte keinen klaren Gedanken fassen und lief weiter hin und her.

»Matthew!«

Sie stellte sich vor ihn und schnitt ihm den Weg ab.

Er wollte ihr ausweichen, doch sie hob die Hand und legte sie auf seine Brust, dort wo sein Herz war. Ihr Blick hob sich zu ihm, so eindringlich, dass er innehielt.

»Matt«, sagte sie nochmal, ganz leise. »Würdest du das *wirklich* wollen?«

Nein, das wollte er nicht. Aber was *er* wollte, war nicht wichtig.

»Sie will nicht Thomas. Sie will *dich*!«, sagte Lizzie.

Er fühlte seine Kehle eng werden und schluckte schmerzhaft. »Sie kann mich nicht wollen! Ich bin nicht gut für sie«, presste er hervor. »Ich bin für niemanden gut. Ich bringe nur Unglück und Verderben.«

Mit diesen Worten wandte er sich um und verließ sie.

»Matt!«, rief sie ihm hinterher »Warte!«

Doch er reagierte nicht. Denn er wusste plötzlich, was er zu tun hatte.

*

Matt starrte auf den Zettel in seiner Hand.

Gillian in Schwierigkeiten – STOP – Hole sie so schnell du kannst – STOP – Matt

Er schluckte, aber nickte dem Postangestellten zu. »In Ordnung. Telegrafieren Sie es bitte so.«

»Gern«, antwortete der Angesprochene. »Das geht also an Mr. Thomas Brigham bei Johnson und Partner, Laramie?«

Matt nickte. Er zahlte das Telegramm und machte sich daran das Postbüro zu verlassen, da stieß er fast mit Mrs. Soames zusammen. Die alte Frau musterte ihn indigniert von oben bis unten und sagte dann erbost: »Mr. Cole! Sie sind eine Schande für diese Stadt! Schämen sollten Sie sich!«

Matt griff unbeeindruckt an seinen Hut. »Mrs. Soames«, grüßte er und wich ihr aus.

Sie versperrte ihm den Weg. »Wahrhaftig, Sie sind der Teufel, wenn man bedenkt, was Sie nun auch noch diesem armen Mädchen angetan haben.«

»Ich weiß nicht wovon Sie reden, Mrs. Soames. Schönen Tag.«

»Tun Sie doch nicht so! Es war wohl nicht genug, sie zu verstoßen, jetzt zwingen Sie sie auch noch dazu, das Kind wegmachen zu lassen! Pfui! Sie sind wirklich Abschaum und unserer Stadt nicht würdig!«

Matt wurde es eiskalt. Er hatte keine Ahnung, woher sie wusste, wo Gillian war, aber seine schlimmste Befürchtung war eingetroffen. Denn was Mrs. Soames da vermutete lag für jeden offensichtlich auf der Hand!

Er antwortete der Alten nicht, noch würdigte er sie eines weiteren Blickes. Unsanft schob er sie zur Seite und stürmte zur Tür hinaus.

Kapitel 30

Gillian fühlte sich elend. Sie war traurig, müde und erschöpft, denn sie hatte die letzte Nacht kaum ein Auge zugemacht. Der Schmerz über den Verlust ihrer Liebe riss an ihrem Herzen wie ein klaffender Schnitt.

Gegen Abend hielt sie es im Haus nicht mehr aus. Matt hatte ihr zwar geraten, im Haus zu bleiben bis er sie abholte, doch ihr Zimmer erdrückte sie. Es war ohnehin niemand hier, außer ihr und dem rothaarigen Mädchen. Die Witwe war am Nachmittag mit dem anderen Mädchen in die Stadt gefahren.

Gillian beschloss, nach Justin zu sehen. Sie mochte ihr Pferd und seine Gesellschaft war ihr oft ein Trost. Es war als hätten Justins große braune Augen alles auf dieser Welt schon einmal gesehen, und wenn sie ihm leise ihre Sorgen zuflüsterte, schien er stumm zu antworten: *Ich weiß.*

Sie warf sich einen Schal über, denn es war kühl und es regnete in Strömen, ein Gewitter war gerade vorbeigezogen. Als sie zum Stall kam, wieherte ihr Justin freundlich entgegen. Während sie ihn putzte, musste sie lächeln, als sie daran dachte, wie Lizzie mit Klauen und Zähnen – und einer Flasche Whiskey – beim Mietstallbesitzer um ihn gefeilscht hatte. Gillian war ihr sehr dankbar dafür.

Es war Zeit, das Pferd zu füttern, also ging sie zur Futterkammer. Als sie um eine Ecke bog, prallte sie buchstäblich mit einem Mann zusammen. Er nutzte ihre Verwirrung um schnell ihre Handgelenke zu greifen. Ihr Herz schien auszusetzen, als sie in ihm den Kerl erkannte, der sie vor ein paar Tagen im Saloon angefasst hatte. Er war regennass und schmutzig und er stank nach ungewaschenem Mensch und Tabakrauch.

»Wen haben wir denn da?«, lächelte er bösartig.

Gillians Gedanken überschlugen sich. Ihre Augen suchten fieberhaft nach einer Fluchtmöglichkeit und gleichzeitig öffnete sie den Mund, um zu schreien.

Blitzschnell nahm er ihre Handgelenke in nur eine Hand und drückte ihr mit der anderen ein Messer an die Kehle.

»Oh, ich denke nich', dass du schreien wirst.«

Er presste seinen Körper gegen sie und schob sie schnell an eine Wand. Er ließ das Messer etwas sinken und brachte stattdessen sein Gesicht dicht vor sie, starrte ihr lüstern auf den Mund. »Was machst'e denn hier, hm?«, zischte er. »Hat die Witwe deinen Bastard weggemacht?«

Gillians Augen weiteten sich vor Schreck und Überraschung. Bastard? Was redete er da? Doch plötzlich fügten sich alle Teile zusammen. Diese ganze Geheimniskrämerei, das Laudanum, die langen »Gespräche«, die Mrs. Dunnover mit den Mädchen führte... Gillian verspürte einen Übelkeit erregenden Schock, als sie gewahr wurde, was die Witwe hier in ihrer »Pension« tat.

Sie schüttelte heftig den Kopf.

Er lachte. »Umso besser. Ich würd's nich' mögen, wenn du blutest. Ich hab' dich beobachtet«, keuchte er. »Schon eine ganze Weile. Du bist sehr schön. Ich muss dich einfach haben.«

Das Messer noch in der Hand, strich er mit dem Handrücken über ihre Wange und machte einen Vorstoß, um sie zu küssen. Schnell drehte sie ihren Kopf und sein Angriff ging ins Leere. Wütend packte er daraufhin ihr Kinn und drehte ihren Kopf wieder so, dass sie ihn anschauen musste.

Die Angst griff nach ihr mit kalter Hand und schnürte ihr die Luft ab. Doch sie zwang sich, einen klaren Kopf zu behalten. Sie würde nicht zulassen, dass dies ein weiteres Mal geschah. Nein, nie, nie wieder!

Ihre Furcht wandelte sich in verzweifelte Wut. Doch solange er sie so in seiner Gewalt hatte, konnte sie sich nicht wehren. Sie musste auf irgendeine Gelegenheit warten, auf einen schwachen Moment. Dann würde sie sich von ihm befreien und zum Haus laufen. Über Mrs. Dunnovers Haustür hing eine Schrotflinte, wenn sie die erreichen konnte...

Vielleicht war es ja besser, zunächst so zu tun, als ob sie kooperierte. Auch wenn es sie fast übermenschliche Überwindung kostete. »*So* mag ich das nicht«, stieß sie hervor. »Sei etwas sanfter, nicht so brutal!«

Er lachte wieder und küsste sie. Sie glaubte, ihr Magen würde sich heben, doch zum Glück war es nur kurz. Er ließ von ihr ab und sagte: »Ich hab's gewusst. Ihr kleinen Schlampen seid doch alle gleich. Du willst es, nicht wahr? Kannst es kaum erwarten.«

»Ja«, hauchte sie und er lachte noch mehr. Sie hoffte, er würde das Messer jetzt wegstecken, aber er behielt es in der Hand während er brutal ihre Bluse und ihr Unterhemd aufriss. Gillians Herz setzte fast aus, als er die Schnüre ihres Korsetts aufschnitt und den Mund hart auf eine ihrer Brüste presste. Die Hand mit dem Messer schien er darüber zu vergessen, denn er ließ sie sinken. Jetzt kam Gillians Gelegenheit. Mit aller Kraft und Schnelligkeit, die sie aufbringen konnte, zog sie eines ihrer Knie hoch und rammte es so fest sie konnte in seinen Unterleib.

Er heulte auf und krümmte sich und sie zögerte keine Sekunde um die Flucht anzutreten. Sie lief durch den Stall, durch die Tür. Schlamm und Nässe spritzten auf als sie, ihre Röcke raffend, durch den strömenden Regen um ihr Leben rannte. Sie schrie, doch das Mädchen würde sie nicht hören. Es lag in tiefem Schlaf, dank des Laudanums. Aber

Gillian hatte es nicht mehr weit, bald wäre sie ihm Haus, sie würde die Tür hinter sich zuwerfen, die Flinte nehmen und...

Ein heftiger Ruck an ihrem Haar riss sie zurück und trieb ihr Tränen des Schmerzes in die Augen.

Nein, dachte sie, *nein*!

Entweder hatte sie ihn nicht richtig erwischt, oder er hatte sich von ihrem Angriff schneller erholt, als sie geglaubt hatte. Es war gleich, denn nun war er hinter ihr. Er brachte sie mühelos vornüber zu Fall und drückte ihr ein Knie in den Rücken. Mit der Hand presste er ihren Kopf so tief in den Schlamm, dass sie fürchtete, er würde sie ersticken. »Ich bring' dich um, du Hure!«, zischte er.

Doch das tat er nicht, noch nicht. Brutal drehte er sie auf den Rücken. Mit einer Hand drückte er ihre Arme fest an ihren Körper und mit der anderen schob er vehement ihre Röcke hoch. Sie trat nach ihm, doch er kniete sich schmerzhaft auf ihre Schenkel, hielt sie damit am Boden. Mit der freien Hand machte er sich jetzt an seiner Hose zu schaffen. Sie wehrte sich verzweifelt, aber er war zu schwer und zu stark. Er presste sie einfach zu Boden und die Gewissheit ihrer Machtlosigkeit legte sich auf sie wie ein todbringendes Gewicht.

Doch plötzlich nahm sie von der Seite einen großen, schnellen Schatten wahr und mit einem Mal war das erdrückende Gewicht des Mannes verschwunden. Er war hochgerissen worden, weg von ihr und durch den Schleier des Regens sah sie, wie der Schatten ihm einen so kräftigen Fausthieb verpasste, dass er mit einem gequälten Schmerzlaut in den Schlamm flog.

Ihr Herz machte einen Sprung, denn der Schatten war ein Mann.

Es war *ihr* Mann.

Matthew Cole.

Ihr Angreifer rappelte sich auf und einen Moment lang sah es aus, als wollte er zurückschlagen. Aber Matt stürzte sich wie ein wilder Stier auf ihn. Er schlug heftig auf ihn ein, bevor er ihn jedoch ein weiteres Mal zu Fall bringen konnte, machte der Kerl sich los, drehte sich um und gab Fersengeld. So schnell seine Füße ihn trugen, rannte er zu seinem Pferd, sprang auf und jagte im gestreckten Galopp davon.

Noch während Gillian sich am ganzen Körper zitternd aufsetzte, rannte Matt zu ihr. Er ließ sich aus vollem Lauf neben ihr auf die Knie fallen, so dass er ein Stück schlitterte und Regenwasser und Schlamm um sie beide hochspritzten.

»Mein Gott, Gillian!«, rief er. »Bist du verletzt?«

Statt einer Antwort brachte sie nur ein Schluchzen hervor. Sie strebte zu ihm und er riss sie mit einem erstickt klingenden Laut in seine Arme. Sein harter Körper fühlte sich an wie ein Fels, wie eine Festung der Sicherheit. Sie presste ihr Gesicht an seine Brust und weinte, dass ihr ganzer Leib geschüttelt wurde.

Er küsste ihren nassen Kopf und streichelte sie und er wiegte sie wie ein Kind.

Schließlich hob sie das Gesicht zu ihm. »Matt, du bist hier«, stieß sie hervor. »Warum bist du hier?«

Er sah sie an, Erleichterung und Verzweiflung lagen gleichzeitig in seinem Blick. Das Regenwasser troff aus seinen Haaren und rann in Strömen sein Gesicht herab.

»Ich bin hier um dich zu holen«, sagte er atemlos und küsste sie mitten auf den Mund.

Schließlich half er ihr hoch, zog seine Jacke aus und legte sie um ihre Schultern. Er führte sie zu seinem Wagen und schob sie hinauf. Dann stieg er selbst auf, legte den Arm um sie und ließ sie den ganzen Weg bis zur Birch Creek nicht mehr los.

*

Auf der Ranch angekommen, schickte Matt Pete und seine Männer aus, um den Hurensohn zu verfolgen. Er kannte ihn. Ein Cowboy einer benachbarten Ranch, der schon dafür bekannt war, dass er Huren heimlich aufgelauert hatte um die zwei Dollar für eine Nummer zu sparen. Er war dafür mit einer Geldstrafe davongekommen.

Matt schickte auch Sam, um Charlotte zu informieren, dass er Charlie erst morgen abholen würde, und um Gillians Sachen und ihr Pferd von Dunnovers Farm zu holen.

Dann führte er die völlig durchnässte und vor Kälte zitternde Gillian ins Badezimmer. Während er ihr ein Bad einließ, half er ihr aus ihren schlammigen Kleidern und fühlte sich dabei schmerzlich an einen anderen Vorfall in ihrer noch nicht so lange zurückliegenden Vergangenheit erinnert.

Als sie in ihrer zerrissenen Chemise vor ihm stand, wandte er sich um. »Ich lasse dich dann allein. Wenn irgendetwas ist, ruf' mich einfach.«

»Bitte, geh nicht weg«, bat sie jedoch.

Er nickte, doch er blieb abgewandt, bis er hörte, dass sie in die Wanne gestiegen war.

Ein ergebener Seufzer entfuhr ihr, als sie das heiße Wasser umfing und er musste unwillkürlich lächeln.

»Du kannst dich wieder umdrehen«, hörte er sie sagen.

Er tat es, blieb jedoch an der Tür stehen.

Sie tauchte kurz ihren Kopf unter Wasser, um den Schlamm aus ihren verkrusteten Haaren zu spülen. Als sie wieder hochkam, waren sie noch schmutzig.

»Da...ist noch etwas«, sagte er heiser und wies auf seinen eigenen Kopf.

Sie spiegelte die gezeigte Stelle an sich und griff in ihre schlammverklebten Strähnen.

»Oh«, sagte sie. »Würdest du... Würde es dir etwas ausmachen, mir zu helfen?«, fragte sie leise.

Er schluckte und trat näher.

Das Wasser verbarg so gut wie nichts und er fühlte wie das Verlangen nach ihr unaufhaltsam in seinen Adern zu pulsieren begann. Oh süße Tortur, das war schlimmer als jede andere Folter, die er sich ausmalen konnte. Ihren sinnlichen Körper und seine Reaktion darauf aus Leibeskräften ignorierend, kniete er sich neben die Wanne, nahm eine kleine Schüssel und begann vorsichtig ihr Haar mit Wasser zu begießen und es mit etwas Seife vom Schlamm zu befreien.

»Geht es?«, fragte er leise, doch er meinte nicht ihr Haar.

Sie verstand ihn, schloss die Augen und schluckte. »Dieser Mistkerl!«, stieß sie hervor.

»Das war Chad Flanagan«, knurrte er. »Wenn Pete und die Männer ihn kriegen, schaffen sie ihn geradewegs zum Sheriff.«

Sie nickte.

»Das ist auch besser so für ihn«, fügte er finster hinzu. »Denn wenn *ich* ihn in die Finger kriege, bringe ich ihn um!«

Sie öffnete die Augen und schenkte ihm ein kleines trauriges Lächeln. »Du wirst dich wohl nie ändern, Matthew Cole.«

Doch dann wurde sie ernst. »Matt«, flüsterte sie. »Ich... Ich wollte nie... Ich hätte niemals an dir zweifeln dürfen. Ich weiß jetzt alles, Lizzie hat mir die ganze Wahrheit gesagt. Ich hätte nie auf Thomas hören sollen, aber er klang so überzeugend und ich war so verwirrt, dass ich... Es tut mir so leid, ich...«

Er hörte abrupt auf, sie mit dem Wasser zu begießen und legte ihr einen Finger auf den Mund. Ihre Lippen waren so weich, dass er es nicht aushielt und er zog den Finger schnell wieder weg.

»Oh nein. Nein, Gillian«, sagte er mit einem schmerzlichen Lächeln. »Bitte, um Gottes Willen, ich bitte dich, entschuldige dich nicht bei mir! Der einzige, der sich entschuldigen muss bin ich! Und zwar tausende, tausende Male! Aber ich erwarte keine Vergebung von dir. Denn das was ich dir angetan habe... das ist so unverzeihlich...«

Ihre dunklen Augen schienen ihn zu verbrennen.

Er wusste nicht, was er darin lesen sollte. Die ersehnte Vergebung? Oder doch Verachtung? Er schluckte. »Ich hätte mich um dich kümmern und dich nicht einfach allein lassen sollen. Und ich hätte dich auch nie auf dieser Farm lassen dürfen, es tut mir so unendlich leid!«

Sie schüttelte kaum merklich den Kopf. »Es ist nicht alles nur deine Schuld... Und Mrs. Dunnover... Ich hätte selbst merken müssen, was... dass sie...« Sie brach ab.

Das Schuldgefühl, sie all dem ausgesetzt zu haben, riss so sehr an ihm, dass er glaubte zu zerspringen. Um sich abzulenken, fuhr er fort ihr Haar auszuspülen. Nach einer Weile sagte sie: »Dabei ist sie so gütig. Es ist unvorstellbar, dass sie so etwas tut.«

Er schüttelte den Kopf. »Lizzie sagt, sie *tut* es gerade aus Güte. Nicht etwa weil sie sich bereichern will. Sie meint, sie würde diesen Frauen helfen.«

Gillian erschauerte. »Ich würde das nie über mich bringen. Aber, vielleicht, wenn man sehr verzweifelt ist...«

Er nickte und ließ die Hand mit der Schüssel sinken. »Gillian«, sagte er eindringlich. »Es ist strafbar. Man geht dafür ins Zuchthaus. Und die Leute reden. Sie glauben, dass du... dass ich... für sie *muss* es ja so aussehen...Ich war so dumm, dass ich das nicht gleich bedacht habe. Aber als es mir bewusst wurde, war mir klar, dass ich dich sofort dort wegholen musste. Und... du solltest dich auch noch von einem Arzt untersuchen lassen. Ich meine... damit er bestätigen kann, dass du nicht...«

Sie, nickte, aber sie sah ihn etwas merkwürdig an und eine Träne machte sich aus ihrem Augenwinkel auf den Weg zu ihrem Kinn.

Oh Gott, was hatte er ihr nur angetan.

»Es tut mir so leid«, sagte er zum wiederholten Male. »Ich hätte dich gleich herbringen sollen. Hier wärst du vor all dem sicher gewesen!«

Sie verzog ihren schönen Mund zu einem tapfer wirkenden Lächeln. »Ich verstehe doch, dass du das nicht konntest. Was hätte Charlotte dazu gesagt? Überhaupt, Matt, was *wird* sie sagen, wenn sie erfährt, dass ich jetzt hier bin.«

Er runzelte die Stirn. »Charlotte?«, fragte er. »Wieso sollte sie etwas dazu zu sagen haben?«

Das Lächeln erstarb auf ihrem Gesicht. »Als deine zukünftige Frau...«

Er schnappte nach Luft. Hatte es wirklich so ausgesehen?

»Das ist es doch, warum du nach Cheyenne gehen willst, oder nicht?«, fuhr sie mit zitternder Stimme fort. »Weshalb sonst, wenn nicht, um mit ihr dort zu leben?«

Sie sah so verletzlich aus, dass er sie am liebsten geküsst hätte. Das durfte er sich nicht erlauben, also griff er stattdessen nach ihrer Hand und küsste ihre aufgeweichten Fingerspitzen.

»Ich will Charlotte nicht heiraten.«

»Nicht?«, fragte sie unsicher.

»Nein. Der Grund, warum ich nach Cheyenne gehen muss ist, dass der alte Bancroft Charlie sein gesamtes Vermögen vermacht hat. Und ich der bedauernswerte Mensch bin, der es verwalten muss.«

»Oh«, sagte sie nur.

Oh Gott, er wollte sie küssen, und wie er das wollte! Doch dies wäre ein anderer Kuss geworden, als das impulsive Berühren ihrer Lippen, das er nicht hatte verhindern können, als er sie vorhin auf Dunnovers Farm an sich gezogen hatte. Und das konnte er ihr nicht antun. Nicht, nach dem was sie heute durchgemacht hatte.

Er stand auf, denn er musste hier raus.

»Dein Haar ist jetzt sauber. Ich bringe dir noch Handtücher und eins von Victorias Nachthemden. Dann kannst du dich ausruhen. Und ich komme vielleicht auch noch zu einem Bad.«

Kapitel 31

Es war spät, als er mit klopfendem Herzen vor ihrer Zimmertür stand. Er hatte ihr versprochen, noch einmal nach ihr zu sehen, doch er war sich nicht so sicher, ob er dieses Zimmer wirklich betreten sollte.

Schließlich klopfte er doch an.

»Komm rein«, rief sie und er trat ein.

»Wie geht es dir?«, fragte er. Er blieb in der Nähe der Tür stehen. Er wagte sich nicht weiter.

Sie lag im Bett. »Schon viel besser.« Sie lächelte müde.

»Das ist gut. Brauchst du noch etwas? Möchtest du vielleicht etwas essen?«

Sie schüttelte den Kopf.

»Dann... gute Nacht.« Er wandte sich zum Gehen.

»Matt, bitte bleib bei mir«, bat sie, kaum hörbar. »Ich will heute Nacht nicht allein sein.«

Matt erstarrte und atmete tief ein. Doch er ging zu ihr und setzte sich langsam auf ihre Bettkante. Eine Zeitlang sah er sie nur schweigend an, dann nahm er ihre Hand. »Gillian«, sagte er leise und blickte auf ihre Hand herab, wie er sie, verschränkt mit seiner eigenen, in seinen Schoß legte. »Ich muss dir etwas sagen. Etwas, dass ich bisher noch keinem Menschen auf der Welt erzählt habe. Noch nicht einmal Lizzie.«

»Matt, du musst mir nichts sagen. Ich...«

»Bitte«, unterbrach er sie. »Ich will es dir erzählen. Nein, ich *muss*... Bitte lass mich... Und wenn ich fertig bin, dann sage mir, ob du immer noch willst, dass ich bleibe.«

Sie nickte. Ihre großen dunklen Augen glänzten im warmen Licht der Petroleumlampe auf ihrem Nachttisch. Sie waren wie tiefe Seen, in denen er sich verlieren wollte. Aber nicht jetzt. Noch nicht. Erst musste sie die ganze Wahrheit wissen.

»Ich will dir erzählen, was genau damals vorgefallen ist, in jener Nacht, als Victoria starb.«

Er sah an ihrem Gesicht, dass sie erschrak, doch sie unterbrach ihn nicht.

»Es ging ihr gut an diesem Tag. So gut, wie schon lange nicht mehr. Sie schien entspannt, fast fröhlich. Wir konnten seit langer Zeit wieder vernünftig miteinander sprechen. Es war fast so wie früher. Sie ließ es sogar zu, dass ich sie in den Arm nahm, etwas, das sie schon eine ganze Weile nicht mehr geduldet hatte. Es war, als erwache sie aus einem bösen Traum. Ich war unendlich erleichtert. Ich dachte, dass es nun endlich bergauf ginge. Dass sie sich irgendwie selbst heilen würde. Und dass nun alles wieder gut würde.«

Er schluckte und schüttelte den Kopf. Die Erinnerungen peinigten ihn. Darüber zu sprechen war fast unmöglich. Doch wusste er auch, dass er es tun musste. Es gab für ihn nur noch diese eine Sache, die zwischen ihm und Gillian stand – ihr Wissen darum und ihre Reaktion darauf waren der Schlüssel zu seinem ganzen, weiteren Leben, davon war er fest überzeugt.

Also fuhr er fort. »Am Abend wurde ich von einem meiner Männer gerufen. Es gab Komplikationen bei der Geburt eines Fohlens. Es lag falsch und der Cowboy traute sich nicht zu, das Fohlen in die richtige Lage zu bringen. Pete hätte das vielleicht gekonnt, aber er war mit fast allen meiner Männer unterwegs auf einem Viehtrieb.

Ich zögerte darin, Charlie bei Victoria zu lassen. Es war nicht so einfach. Sie hatte sich schon länger nicht mehr allein um ihn gekümmert, sie war einfach überfordert mit ihm. Ich hatte Angst, dass ihr Zustand sich in meiner Abwesenheit wieder verschlechterte. Wenn sie in ihrer Traurigkeit versank, sah und hörte sie ihn einfach nicht mehr.

Aber sie versicherte mir, dass alles in Ordnung wäre, ich sollte ruhig zu der Stute gehen, sie würde auf Charlie aufpassen. Und nachdem es ihr den ganzen Tag so gut gegangen war, glaubte ich ihr. Aber das war ein Fehler.«

Er schluckte noch einmal und räusperte sich. Gillian streckte die Hand aus und wollte sie auf seine Wange legen, doch er fing die Hand vorher ab und küsste ihre Handfläche.

»Wir kämpften stundenlang um die Stute. Aber es war nichts mehr zu machen. Sie ging qualvoll ein und wir mussten hilflos dabei zusehen...

Als ich endlich völlig fertig zurück ins Haus ging, hörte ich Charlie schon schreien, bevor ich zur Tür hereinkam. Ich rannte in sein Zimmer, aber dort war er nicht, sondern er lag in der Badewanne! Das Wasser war viel zu kalt und es reichte ihm fast bis an das Gesicht, es grenzte an ein Wunder, dass er nicht schon ertrunken war! Und er schrie und schrie. Und neben ihm auf dem Boden saß Victoria, mit angezogenen Beinen, wie ein verschrecktes Kind. Sie hielt sich die Ohren zu und hatte die Augen fest geschlossen. So lange ich lebe, werde ich diesen Anblick niemals vergessen!«

»Gütiger Gott«, stieß Gillian hervor und schwere Tränen quollen aus ihren Augen.

Er streckte die Hand aus und wischte die Tränen vorsichtig mit dem Daumen fort, aber auch er spürte, wie sich das verräterische Nass einen Weg über seine Wangen bahnte.

»Ich war so wütend, Gillian. Ich habe sie gepackt und geschüttelt und furchtbar angeschrien. Ich habe ihr vorgeworfen, dass sie ihren eigenen Sohn umbringen würde, wenn man nicht aufpasste. Ich schwöre bei Gott, Gillian, ich habe noch nie, niemals in meinem ganzen Leben eine Frau geschlagen, aber ich war verdammt kurz davor! Dabei konnte sie nichts dafür. Sie war krank und ich wusste das sehr wohl. ›Melancholie‹ nannten es die Ärzte. Aber in diesem Moment konnte ich einfach nicht anders. Ich hasste sie und ihre verdammte Krankheit so sehr, ich hätte sie umbringen können!«

»Es war ein großer Schock für dich«, sagte Gillian leise. »Es ist verständlich, dass du wütend warst.«

Er schüttelte den Kopf. »Nein, ich hätte nicht wütend auf sie sein dürfen. Und doch war ich es. Aber noch wütender war ich auf mich selbst. Weil ich ihr unseren Sohn anvertraut hatte, obwohl ich es besser hätte wissen müssen.«

Er atmete scharf ein. »Schließlich stieß ich sie von mir. Ich befahl ihr zu verschwinden. Ich sagte ihr, ich sei für alle Zeiten fertig mit ihr. Dann nahm ich Charlie und ritt in die Stadt. Ich drückte ihn Lizzie in die Hand und ließ mich dann bis obenhin volllaufen. Am nächsten Morgen holte mich der Sheriff aus dem Saloon. Er sagte, ich müsse mitkommen, und dann ritt er mit mir den Fluss entlang. Er versuchte, mich schonend vorzubereiten, doch als mir dämmerte, was er mir sagen wollte, gab ich meinem Pferd die Sporen. Ich hab's fast zuschanden geritten! Als hätte ich sie damit noch retten können.«

Er wischte sich über die Augen. »Ich werde nie vergessen, wie sie dort lag. Es verfolgt mich bis heute. Es wird mich verfolgen, bis ich selbst tot bin.«

Gillian schüttelte erschüttert den Kopf. »Und Thomas hat mir gesagt, dass du in dieser Nacht so betrunken warst, dass du dich an nichts mehr erinnern kannst.«

Er schnaubte. »Das habe ich behauptet. Ich habe so getan als ob der Alkohol jede Erinnerung an die Nacht und auch an den Abend zuvor ausgelöscht hat. Doch in Wahrheit erinnere ich mich an alles. An jede verdammte Sekunde dieses verfluchten Tages. Ich habe es nie jemandem erzählt. Nicht weil ich fürchtete, dass sie mir einen Strick daraus drehen würden. Mein Leben war mir nichts mehr wert, noch nicht einmal Charlie konnte das ändern. Nein, es war mehr aus Scham, aus Selbstverachtung. Ich hatte furchtbar versagt. Thomas hat verdammt recht. Ich *habe* sie umgebracht. Ich habe sie in den Tod getrieben!«

»Mein Gott, Matt!« Gillian legte jetzt doch die Hand auf seine Wange. Ihre Berührung war so liebevoll, so tröstlich, dass er unwillkürlich die Augen schloss. »Du hast die ganze Zeit mit diesen schrecklichen Schuldgefühlen gelebt? Ohne sie je irgendjemandem anvertrauen zu können?«, fragte sie mitfühlend.

Er seufzte und hielt die Augen geschlossen. Es tat unendlich gut, Gillian alles erzählt zu haben. Egal, was in dieser Nacht, in diesem Leben, noch passieren würde, es war, als habe er die letzte verschlossene Tür aufgestoßen, die ihm den Weg zu ihr noch versperrt hatte. Nun, nicht ganz die letzte. In ihrem Leben gab es auch noch so eine Tür. Aber ob diese geöffnet wurde, lag allein bei ihr.

Gillian richtete sich jetzt auf den Knien auf und kam ihm näher. »Matt«, sagte sie eindringlich, »du musst damit aufhören, dir die Schuld dafür zu geben. Du warst nicht schuld, ihre Krankheit war es. Deine Reaktion war vielleicht heftig, aber ganz normal, du warst geschockt, du hattest Angst um deinen Sohn. Du warst verzweifelt, voller Vorwürfe, an sie und auch an dich selbst. Ein jeder hätte da die Fassung verloren! Und das muss auch nicht der Grund sein, dass sie es getan hat! Vielleicht hätte sie es so oder so getan, früher oder später. Sie war ihres Lebens vielleicht einfach müde.«

Er lachte freudlos und öffnete die Augen, blickte sie an. »Nun, wir werden es nie erfahren, oder?«, sagte er.

Gillian schwieg, aber die Wärme und das Mitgefühl, das er in ihren Augen las, waren fast zu viel für ihn.

Er schüttelte den Kopf. »Nein. So gern ich glauben würde, was du sagst, ich weiß, ich habe ganz sicher meinen Beitrag dazu geleistet. Und ich werde damit leben müssen, auch das weiß ich. Aber...«, er nahm ihre Hand und küsste sie, »seit ich dich kenne, gibt es Momente in denen ich es vergessen kann.«

Sie blickte ihn an. Ernst. »Ich muss dich etwas fragen, Matt«, sagte sie leise. »Und ich möchte, dass du mir ehrlich antwortest.«

»Was immer du willst.«

»Als du mich heute von Dunnovers Farm geholt hast, hast du das nur getan, um mich – und dich – vor dem Gefängnis zu bewahren? Oder vielleicht auch...«

»Weil ich dich liebe?«, beendete er den Satz.

Sie nickte.

Er hielt ihren Blick fest. »Ja, ich liebe dich, Gillian Cole. Ich liebe dich so sehr, dass ich eher sterben würde, als dir noch einmal auf irgendeine Weise weh zu tun. Und genau deshalb muss ich jetzt gehen.«

»Nein«, sagte sie schnell. »Ich will, dass du bleibst. Bleib bei mir, Matt!«

»Willst du das wirklich? Nach allem, was heute geschehen ist?«

»Ja, das will ich. Denn ich liebe dich auch, Matthew Cole. Und nur mit dir werde ich mich heute Nacht sicher fühlen.«

Er lächelte, und nicht nur weil sie sich gerade beide beim vollen Namen genannt hatten.

Er zweifelte immer noch daran, ob dies das Richtige war. Er begehrte sie wie verrückt. Er würde nicht die Kraft haben, ihr zu widerstehen, und doch wollte er sie auf keinen Fall bedrängen. Er musste ihr das sagen.

»Gillian... Ich bin verrückt nach dir. Ich will dich, Gott helfe mir, ich will dich so sehr... Wenn ich bleibe, dann...«

»Schhhh...«, machte sie, legte die Arme um seinen Hals und legte ihre Stirn an seine. »Ich weiß.«

»Und ich weiß, dass du Angst davor hast.« Ein letzter verzweifelter Versuch, vernünftig zu bleiben. Doch seine Hände legten sich schon um ihre Taille. Ihr Gesicht war dicht vor ihm. Sie würde ihn nicht zurückweisen, wenn er sie jetzt küsste, das wusste er.

»Ja, das habe ich«, flüsterte sie. »Aber ich *will* keine Angst mehr haben. Ich will kein Opfer mehr sein. Ich will das alles endlich hinter mir lassen. Bitte, hilf mir...«

Das war zu viel. Mit einem kehligen Laut der Verzweiflung presste er sie an sich und nahm ihren Mund in Besitz. Sie empfing ihn, warm und weich und süß und voller Leidenschaft. Ihre Zunge umspielte seine und offenbarte ihm ihr eigenes Begehren. Das Verlangen schoss wie eine heiße Lanze durch ihn hindurch.

Doch dieses Mal würde er sich zügeln, das schwor er sich.

Atemlos löste er sich von ihr und zog sein Hemd und seine Stiefel aus. Sie rückte im Bett zur Seite und legte sich hin und er legte sich neben sie, unter die Decke. Es war warm, wo sie zuvor gelegen hatte und ein lange entbehrtes Gefühl der Geborgenheit umfing ihn.

Er beugte sich über sie und sie ließ sich in die Kissen zurück sinken und schlang die Arme um ihn. Das Gefühl ihrer Hände auf seiner nackten Haut ließ seinen Atem stocken. Er küsste sie, innig und zärtlich. Gleichzeitig ließ er seine Hand nach unten gleiten, über ihre wundervoll weiblichen Formen, die er unter dem glatten Stoff ihres Nachthemdes ertasten konnte. Die er bereits gesehen hatte an diesem Abend. Die Erinnerung daran, gemeinsam mit dem sinnlichen Gefühl an seiner Hand ließ ihn noch härter werden, als er bereits gewesen war.

Er erreichte den Saum des Hemdes und schob ihn langsam nach oben, während seine Handfläche die zarte Haut ihres Schenkels erspürte. Sie erstarrte, kaum merklich, aber es holte ihn aus dem Traum zurück.

Seine Lippen lösten sich von ihr und er schaute sie an. »Ich sollte vielleicht doch lieber gehen.« Der Satz hatte ihn fast übermenschliche Überwindung gekostet.

»Nein,«, flüsterte sie.

»Aber du hast Angst.«

»Ja«, gab sie zu.

»Gilly, wir müssen nichts überstürzen. Es muss nicht heute sein.«

Matt glaubte zu zerspringen. Er wollte alles andere als gehen. Doch er *würde* gehen, wenn sie ihn wegschickte.

Zum Glück tat sie das nicht.

»Bleib«, flüsterte sie, aber sie zitterte.

Vielleicht half es, wenn er ihr mehr Kontrolle gab. »In Ordnung«, sagte er. »Dann lass es uns doch so machen: Du sagst mir was du willst. Und ich tue es. Nicht mehr und nicht weniger.«

Sie wurde verlegen. »Du tust nur, was ich dir sage?«

»Ja, Ma'am«, lächelte er.

Sie lächelte zurück. »Also gut. Küss mich.«

»Das ist leicht«, sagte er und eroberte ihren Mund, zunächst zärtlich, dann leidenschaftlich, bis sie beide außer Atem waren. Er beendete den Kuss und schaute sie erwartungsvoll an. »Was jetzt?«

»Berühre mich«, flüsterte sie.

»Wo?«, fragte er gespielt unschuldig.

Ihre Augen gingen zu ihrem Busen und seine Hand folgte ihnen. Er streichelte ihre Brüste durch das Nachthemd hindurch und spürte, wie die rosigen Knospen sich unter seinen Berührungen zu regen begannen.

»Und nun?«, fragte er.

»Nun... ich...«, sie lachte unsicher. »Ach, ich kann das nicht. Ich kann nicht *darüber reden*.«

Er lächelte. »Dann lass uns etwas Anderes versuchen. Ich frage dich und du musst nur ›Ja‹ oder ›Nein‹ sagen.«

Sie zögerte kurz.

»Es ist ganz einfach«, ermutigte er sie.

»Ist gut.«

»Darf ich dann deine Hand küssen?«, fragte er.

»Meine Hand?«

»Ich dachte, ich fange mit etwas Unverfänglichem an«, grinste er.

Sie gluckste leise, ein Geräusch, das ihm geradewegs in seine unteren Regionen fuhr. Er war froh darüber, dass es ihm gelang, die Sache langsam zu entspannen und sie zum Lachen zu bringen. Sie hatte weiß Gott genug geweint.

»Ja«, sagte sie.

Er nahm ihre Hand wie zu einem förmlichen Handkuss, aber drehte sie in letzter Sekunde herum und drückte seine Lippen auf die Handfläche, ohne dabei den Blick von ihren Augen zu nehmen. Ohne Vorwarnung ließ er seine Zungenspitze vorschnellen und zeichnete damit ein paar kleine Kreise und Schlangenlinien auf ihre empfindliche Haut.

Sie atmete scharf ein. »Das war nicht so unverfänglich.«

Das fing an, großen Spaß zu machen.

»Und deinen Arm?«, fragte er. »Darf ich den auch küssen?«

»Ja.«

Er schob den Ärmel des Nachthemdes hoch und platzierte dabei eine Reihe kleiner Küsse ihren Arm hinauf, soweit wie es der störende Stoff des Ärmels erlaubte.

»Wie sieht es mit der Schulter aus?«, murmelte er, während er schon das Nachthemd von ihrer Schulter nach unten schob.

»Ja«, sagte sie nur.

Als er sie dort küsste, begann sie sich lustvoll zu winden. »Hm, das scheint eine gute Stelle zu sein«, flüsterte er.

»Oh ja, das ist sie«, keuchte sie.

Er mogelte ein wenig und küsste ungefragt ihren Hals, dann ließ er seine Zunge dem Beispiel seiner Lippen folgen und über die zarte Haut unterhalb ihres Ohres fahren. Sie wand sich noch mehr und stöhnte leise.

Seine Hand glitt ihren Bauch hinauf und spielte mit den seidenen Bändern am Ausschnitt ihres Nachthemdes. Doch statt sie mit Worten zu fragen, legte er den Kopf schräg und sah ihr in die Augen.

»Ja«, flüsterte sie.

Er zog die Schleifen auf, eine nach der anderen und schob den Ausschnitt etwas auseinander. Mit den Fingerspitzen fuhr er in einer federleichten Berührung das Tal zwischen ihren Brüsten hinab. Bis zu ihrem Bauch, dann wieder hinauf. Er streichelte den weichen Ansatz ihrer Brüste.

»Und dort?«, fragte er heiser.

»Ja«, hauchte sie.

Er beugte sich über sie und küsste ihre Brust, immer weiter, immer tiefer und plötzlich gab es kein Halten mehr.

Er fragte nicht mehr mit Worten, sondern mit seinen Händen, seinen Lippen, seiner Zunge. Und sie antwortete ihm ausschließlich mit ihrem Körper, der ihn spüren ließ, was sie wollte, wie sehr sie es wollte.

Die verspielte Leichtigkeit ihres Frage-und-Antwort Spiels wich zurück und machte etwas anderem Platz. Einer Leidenschaft, die nicht greifbar war und doch überwältigend. Die alles verlangte und doch alles gab.

Seine streichelnden Hände schoben das Nachthemd noch weiter auseinander und umfassten ihre Brüste. Seine Lippen glitten suchend und schmeckend über ihre Haut, fanden nacheinander ihre rosigen Nippel und schlossen sich darum. Sie hielt sich an seinen Schultern fest, stöhnte und bog den Rücken durch, um ihm entgegen zu kommen. Er liebkoste ihre Knospen mit seiner Zunge, bis sie sich fest und spitz von ihrer Brust hoben und noch darüber hinaus.

Währenddessen streichelten seine Hände sie unablässig und überall, unter und über dem Hemd. Sie strichen über ihre Brust, ihre Flanken, ihren Bauch. Über ihre Hüften und ihre Schenkel. Er ließ seine Hand tief herabfahren, bis zum Saum ihres Nachthemdes und dieses Mal ließ sie zu, dass er es hochschob. Er kniete sich hin und sie hob das Gesäß, als er das Hemd über die Hüften nach oben brachte. Dann folgten ihre Schultern und Arme und er zog es über ihren Kopf und warf es achtlos zur Seite.

Ihr wundervoller nackter Körper und die unbegrenzten Möglichkeiten, die sich ihm nun boten, lagen vor ihm. Es war unglaublich erregend, er fühlte sich bis zum Zerreißen gespannt und wünschte sich nichts mehr, als sie jetzt zu nehmen. Doch das würde er nicht tun.

Nicht heute Nacht. Diese Nacht gehörte ihr, und nur ihr allein.

Er legte sich wieder neben sie und flüsterte in ihr Ohr, wie sehr er sie begehrte, wie sehr er sie liebte. Er küsste ihre wunderbar weichen Lippen, berauschte sich an ihrem Duft und ihrem süßen Geschmack. Sie gab seine Küsse mit spürbarem Verlangen zurück, während sie, heiße Pfade hinterlassend, mit ihren Händen über die festen Muskeln seines bloßen Oberkörpers strich. Es machte ihn fast wahnsinnig.

Sein Mund wanderte unter tausenden, kleinen Küssen ihren Hals herab und widmete sich schließlich wieder den zarten Knospen ihrer Brust, während seine Hand abwechselnd ihre Beine hinauf strich. Sie öffnete sich allmählich für ihn, er konnte bereits die Innenseiten ihrer Schenkel erreichen. Er verweilte dort und streichelte sie intensiver, ohne dabei drängend zu sein. Er hatte Zeit.

Er verließ die vollen Hügel ihrer Brust und küsste sich auf ihrem Bauch nach unten. Mit seiner Zunge zog er heiße, feuchte Spuren rund um ihren Bauchnabel, bis er sie schließlich dort hinein gleiten ließ. Sie machte ein zischendes Geräusch und wand sich unter ihm.

Sein Mund kam wieder nach oben zu ihren Brüsten. Ihre Beine waren jetzt so weit geöffnet, dass er seine Hand dazwischen legen und über die seidigen Locken ihres Dreiecks gleiten konnte. Sie hinterließen ein sinnlich kribbelndes Gefühl auf seiner Handfläche, das ihn fast um den Verstand brachte.

Ein heftiger Schauer überlief sie.

»Soll ich aufhören?«, fragte er, unsicher, ob es die Angst oder die Erwartung war, die sie zittern ließ.

»Nein«, flüsterte sie.

Erleichtert fuhr er fort, sie dort zu liebkosen und schließlich teilte er mit einem Finger sanft die samtigen Falten ihrer Weiblichkeit.

Sie sog hörbar die Luft ein. Er erstarrte kurz und sah zu ihr auf. Doch sie hatte die Augen geschlossen und gab kein Anzeichen des Protests, also wagte er sich weiter vor.

Er nahm etwas von ihrer beginnenden Feuchtigkeit und verteilte sie behutsam, bevor er seinen Finger an die kleine Perle ihres Zentrums brachte. Sie stöhnte und zuckte ein wenig zusammen. Vorsichtig begann er, sie zu streicheln und langsam aber sicher entfachte es ein Feuer in ihr. Sie atmete schneller und ließ kleine Seufzer hören, die heiße Stiche des Verlangens durch seine Lenden jagten. So wie ihre Lust voranschritt, bewegte er seinen Finger schneller, intensiver. Sie zitterte, wurde zu Wachs unter seinen Händen. Er verließ die Stelle für eine Weile und versuchte, vorsichtig mit einem Finger in sie einzudringen. Sie verkrampfte sich augenblicklich und hielt den Atem an.

»Schhhh...«, machte er. »Entspann dich, Gilly. Ich werde dir nicht weh tun. Vertrau mir. Bitte.«

Sie ließ ihn gewähren und langsam drang er weiter vor. Er bewegte den Finger in ihr und ihr Stöhnen zeigte ihm, wie sehr sie es zu genießen begann. Behutsam ließ er einen zweiten Finger folgen.

»Ja«, flüsterte sie und er musste lächeln. Mit dem Daumen setzte er nun fort, was er zuvor begonnen hatte. Sie war nun nicht mehr weit entfernt, das spürte er daran, wie sie sich um seine Finger zusammenzog. Sie stöhnte und wand sich, immer stärker, immer wilder, bis sich die Lust in einer zuckenden Explosion in ihr entlud und ihre Ekstase sie mit sich riss in den süßen Strudel der Selbstvergessenheit.

*

Während die Wellen des neuartigen, wundersamen Gefühls in ihr abebbten, lag Gillian in Matts Armen. Sie lag auf der Seite, er dicht hinter ihr, zärtlich ihre Schulter küssend. Sie fühlte sein rasendes Herz an ihrem Rücken und ihr wurde klar, welch selbstloses Geschenk er ihr soeben gemacht hatte, denn sie hatte kaum etwas getan. Sie hatte nur dagelegen und seine Berührungen, seine Küsse und heiseren Worte des Begehrens in sich aufgesogen wie eine Verdurstende. Hatte staunend und der Welt entrückt alles genommen, was er ihr gegeben hatte. Doch seine eigene Erfüllung hatte er dabei nicht gefunden.

»Hat dir das gefallen?«, flüsterte er in ihr Ohr und streichelte ihr Ohrläppchen mit seinen Lippen.

Sie lächelte und wandte sich ihm zu. »Oh ja. Sehr sogar... Das war... Ich wusste nicht...«

Er lachte leise.

Sie drehte sich vollends zu ihm hin und streifte dabei unbeabsichtigt die harte Ausbuchtung in seiner Hose.

Er zog scharf die Luft ein. »Nicht... bewegen!«, stieß er hervor.

Sie hörte nicht auf ihn, sondern fuhr zitternd mit der Hand über seine feste Brust und folgte dann dem weichen Pfad aus kurzem, schwarzen Haar über die wohldefinierten Höhen und Tiefen auf seinem Bauch.

Er nahm ihre Hand weg und küsste sie und schüttelte langsam den Kopf.

»Aber du...Ich meine... Was ist mit dir?«, fragte sie.

»Ich bin nicht wichtig, Gillian. Wir haben Zeit. Wir müssen das jetzt noch nicht tun.«

»Aber wenn ich es will?«

»Willst du es denn?«

Sie überlegte einen Moment zu lange. So wunderbar die Gefühle auch waren, die er ihr beschert hatte, dies war immer noch etwas, das ihr große Angst machte.

Er nickte. »Das dachte ich mir.«

»Und es macht dir nichts aus?«

Er lächelte schief. »Nein. Ich will dass du dich wohl fühlst dabei und dir absolut sicher bist. Umso schöner wird es für mich sein. Du musst mir nur einen Gefallen tun... «

»Welchen?«

»Bitte, lieg' eine Weile ganz still, ja?«

Kapitel 32

»Gillian. Gilly! Wach auf Liebste!« Noch im Halbschlaf öffnete Gillian die Augen. Es war dunkel im Zimmer. Sie konnte Matt kaum erkennen, wie er dort, komplett angezogen neben dem Bett hockte und sanft ihre nackte Schulter berührte.

Langsam kehrte die Erinnerung daran zurück wo sie war und was sie und Matt in dieser Nacht miteinander geteilt hatten. Sie musste eingeschlafen sein, in seinen Armen liegend, umfangen von einem tiefen Gefühl vertrauter Geborgenheit.

Es zauberte ein Lächeln auf ihr Gesicht, doch gleich darauf runzelte sie die Stirn, denn sie fragte sich warum er sie geweckt hatte. Sie richtete sich schlaftrunken auf und strich sich ihr wirres Haar aus dem Gesicht.

»Ist etwas passiert?«, fragte sie verwirrt.

»Nein. Ich will dir nur etwas zeigen.«

»Soll ich Licht machen?«

»Nicht hier. Draußen.«

»Draußen? Gut, ich zieh' mich an.« Dann fiel ihr ein, dass ihre Kleider noch feucht sein mussten. »Ähm.. Könntest du mir vielleicht etwas vom Dachboden...«

Sie nahm sein Kopfschütteln in der Dunkelheit nur schemenhaft wahr. Er hielt ihr das Nachthemd hin. »Nein, dazu ist keine Zeit. Sonst verpassen wir es!«

Sie setzte sich auf und begann, das Nachthemd anzuziehen. »Jetzt machst du mich neugierig.«

Statt einer Antwort lachte er leise. Als sie aufstand, küsste er sie auf den Mund, legte ihr eine Decke über die Schultern und führte sie dann eilig aus dem Haus in Richtung Stall.

Es war fast noch Nacht. Nur ein heller werdender Streifen am Osthorizont verkündete, dass der neue Tag nicht mehr weit war. Es war kühl und das Gewitter am Abend zuvor hatte die Luft geklärt. Die Wolken waren verschwunden und wo der Himmel noch dunkel genug war, leuchteten die Sterne wie tausende winzige Diamanten.

Während sie sich noch fragte, wo er mit ihr zu dieser frühen Stunde hin wollte, holte er Ruby aus dem Stall. Die Fuchsstute war ungesattelt, nur eine gefaltete Decke lag auf ihrem Rücken.

»Was hast du vor, Matt?«, fragte Gillian argwöhnisch.

»Warte es ab. Es wird dir gefallen«, antwortete er.

Er umfasste ihre Taille und hob sie mühelos aufs Pferd. Nur Sekunden später saß er dicht hinter ihr. Sie war immer noch unsicher auf einem Pferd, doch er rahmte sie ein mit seinen starken Armen und seine Schenkel gaben ihr sicheren Halt. Ihre Furcht verschwand.

Während er die Stute in einer langsamen Gangart in die Dunkelheit lenkte, schmiegte sich Gillian dicht an ihn. Er schob ihre Haarflut zur Seite und liebkoste ihren Nacken immer wieder mit seinen Lippen. Dann schickte er seine Hand auf eine Reise unter die Decke, die sie einhüllte. Die Hand glitt auf ihrem Nachthemd über ihren Bauch und nach kurzem Zögern legte sie sich auf eine ihrer Brüste.

Gillian seufzte auf und hielt dagegen. Sie wandte das Gesicht zu ihm. Er küsste sie, langsam und intensiv. Mit einem unterdrückten Fluch beendete er den Kuss jedoch, viel zu bald für ihr Empfinden, und rückte ein kleines Stück von ihr ab. Seine Hand war jetzt wieder an einer neutraleren Stelle.

»Was ist?«, fragte sie.

»Wenn ich nicht aufhöre...«, knurrte er, »passiert es doch noch, jetzt und hier auf dem Pferd.«

Sie gluckste leise und er stöhnte: »Um Gottes Willen, Gillian, hör auf damit!«

Sie lachte. Dann fragte sie: »Wo reiten wir hin?«

»Das ist eine Überraschung. Es ist nicht mehr weit.«

Sie ritten eine Weile, und wie um sich selbst abzulenken, brachte Matt das Gespräch auf Charlies Erbschaft. Er erzählte Gillian, was in Cheyenne vorgefallen war und wie seine weiteren Pläne aussahen.

Zu Gillians plötzlicher Enttäuschung sprach er dabei nicht von ihr. Er bezog sie nicht ein in sein neues Leben. Hieß das, dass er immer noch plante, sich in Cheyenne von ihr zu trennen? Dass er immer noch fürchtete, er könne ihr schaden, indem er bei ihr blieb?

Hatte diese Nacht nicht alles geändert?

Vielleicht nicht. Denn der erste Schritt war von ihr ausgegangen. *Sie* hatte ihn gebeten, zu bleiben. Vielleicht hatte er alles ja nur getan um ihr zu helfen, ihre schrecklichen Erlebnisse zu verarbeiten. Vielleicht wollte er deshalb auch den letzten, entscheidenden Schritt nicht tun.

Bevor sie noch überlegen konnte, was sie sagen sollte, hielt er Ruby an und sagte: »Wir sind da.«

Gillian war so in ihre Gedanken versunken gewesen, dass sie gar nicht gemerkt hatte, wie das Pferd mit ihnen auf ein kleines Hochplateau geklettert war. Rechts, links und vor ihnen fiel das Gelände steil ab, langes vertrocknetes Gras bedeckte die Abhänge, nur hier und da unterbrochen von größeren Steinen und ein paar jungen Zedern. Von hier oben hatte man einen weiten Blick über das herrliche Panorama, das vor ihnen lag.

Eine weite Ebene aus Präriegras umgab sie, so weit das Auge reichte. Die goldenen Septemberhalme strahlten bereits schwach in einem pastellrosafarbenen Ton, vom jetzt flammend roten Osthimmel beleuchtet, der das Versprechen eines wunderschönen Sonnenaufgangs barg.

Im Westen erstreckte sich die Ehrfurcht gebietende Bergkette der Rocky Mountains, die Gillian mit ihren schneebedeckten Gipfeln und bizarren Klüften an wettergegerbte, schlafende Riesen erinnerte. An uralte, weise Wesen aus einer anderen Welt, schlummernd und schweigend dazu bestimmt, die Menschen auf dieser Erde Demut und Respekt zu lehren. Während sie noch darüber nachsann, spürte sie, wie Matts Hände sich fester um ihren Körper legten. Er straffte sich und richtete sich unmerklich auf, als erwarte er etwas.

»Jetzt«, flüsterte er.

Und als hätte sie auf dieses Stichwort gewartet, brach die Sonne in diesem Moment über den Horizont und gab den Auftakt zu einem grandiosen Schauspiel der Natur. Die Grasebene vor ihnen verwandelte sich in ein flammendes Meer von Rot- und Orangetönen. Der Wind wiegte die goldenen Halme im Wind und es wirkte tatsächlich wie eine wogende See aus flüssiger Glut.

Wortlos wies Matt auf die Bergkette. Gillians Blick folgte seinem ausgestreckten Arm und was sie sah, nahm ihr den Atem. Vor einem Hintergrund aus samtigem Blau fingen die schneehellen, mit blauen Adern durchzogenen Wände der Rockies das Licht der Sonne ein wie in einem Spiegel.

Die Berge begannen zu glühen. Sie erstrahlten in einem atemberaubenden Farbenspiel aus rotem und orangefarbenem Licht. Die Riesen schliefen nicht mehr. Sie grüßten sie und hatten dazu ein Gewand aus Feuer angelegt und trugen gleißende Kronen aus rotem Gold.

Sie schlug die Hand vor den Mund. »Matt! Das ist wunderschön!«

Als sie sich zu ihm umwandte, sah sie sein Strahlen. »Ich wusste, dass es dir gefallen wird..«

Seine hellen Augen glühten, genau wie die Berge. Eine Spur von Wehmut lag darin. »Zum Abschied von Birch Creek«, sagte er leise.

Sie blickte wieder auf die Berge, dann auf ihn. Sie fühlte, wie schwer es ihm fallen musste, dies alles zurückzulassen.

»Es muss schlimm für dich sein. Deine Ranch zu verlassen... In der Stadt zu leben...«

Er sah auf die Berge und zuckte die Schultern. »Es wird nicht so schlimm werden.« Er lenkte seinen Blick zu ihr und sah ihr fest in die Augen. »Wenn du bei mir bleibst.«

Gillians Herz machte einen Sprung. Er wollte sie! Nicht nur aus Leidenschaft und nur für diesen Augenblick, sondern er wollte sie für immer, als Teil seines Lebens! Sie drehte sich so weit sie konnte zu ihm herum. »Oh, Matt«, seufzte sie und zu mehr kam sie nicht, denn sein Mund nahm ihren in Besitz.

Sekunden später war er vom Pferd gesprungen, und ebenso schnell hatte er sie heruntergezogen. Er küsste sie wie entfesselt, während seine Hände sich auf ihren Rücken und ihr Hinterteil legten und sie fest an sich pressten. Er verließ ihre Lippen nur kurz, um mit einer Hand die Decke vom Pferd zu ziehen und mit einer schüttelnden Bewegung auf dem Boden auszubreiten. Mit der anderen Hand hielt er sie dabei immer noch fest.

Unter endlosen Küssen ließen sie sich gemeinsam auf die Decke sinken. Er nahm die andere Decke von ihren Schultern, knüllte sie zu einem Kissen zusammen und bettete sie darauf. Sie fröstelte, aber sie war nicht sicher, ob es Kälte oder Erregung war, was sie erschauern ließ. Er bedeckte sie halb mit seinem Körper und wärmte sie mit seinen streichelnden Händen, während er unendlich viele Küsse auf ihren Mund, ihr Gesicht und ihren Hals herabregnen ließ.

Seine Hand ging wieder zu den Schleifen ihres Ausschnittes, doch war er viel zu ungeduldig, sie zu öffnen. Er ließ es schließlich sein und umfasste ihre Brust durch den Stoff des Nachthemdes hindurch. Auch sie wollte ihn berühren. Sie beugte sich vor und öffnete die Knöpfe seines Hemdes. Er hielt ganz still, als sie mit den Händen hineinfuhr und über seine heiße Haut strich. Sie streifte seine Brustwarzen, genoss den festen Widerstand den sie leisteten, zusammen mit dem prickelnden Gefühl, das die feine Matte seiner Brusthaare auf ihrer Handfläche verursachte. Er fluchte leise und erschauerte. Schließlich entzog er sich ihr und kniete sich neben sie. Er schob ihr Hemd hoch, bis unter ihre Achseln. Er beugte sich über sie, streichelte, küsste und sog an ihren Brüsten, bis sie das pulsierende Sehnen, das er damit in ihrem Unterleib verursachte, kaum noch aushielt und sie sich vor Lust wand.

Er ging tiefer mit seinen Küssen und bedeckte ihren Bauch mit den rastlosen Berührungen seines gierigen Mundes. Noch weiter hinunter ging er, küsste einen Weg ihre Schenkel hinab und an deren Innenseite wieder herauf. Er legte sich zwischen ihre Beine und fasste unter ihre Hinterbacken. Er schmiegte sein Gesicht an ihren Schenkel, sein weiches Haar kitzelte sie, während seine Bartstoppeln kratzten. Ein sinnlich widersprüchliches Gefühl, das sie sich lebendig fühlen ließ. Immer weiter küsste er sie und kam einer gewissen Stelle dabei immer näher. Gefährlich nah.

Schnell richtete sie sich auf den Ellbogen auf.

»Nein!«, rief sie.

Er hob Kopf und Blick zu ihr. Seine Augen waren verhangen, voller Lust. Ein spöttisches Lächeln umspielte seine Lippen.

»Sind wir wieder bei ›Ja oder Nein‹ angelangt?«, fragte er, doch seine Stimme war zärtlich.

Sie schüttelte den Kopf. »Aber... das... kannst du doch nicht...«

»Doch, ich kann. Und ich werde.«

»Aber, das ist...«

Er hob die Augenbrauen und lächelte siegessicher. »Habe ich bisher irgendetwas getan, was dir nicht gefallen hat?«

»Nein.«

»Dann lass mich. Vertrau mir«, murmelte er, den Blick bereits wieder seinem Ziel zugewandt.

Gillian lehnte sich wieder zurück und schloss die Augen. Sie spürte plötzlich überdeutlich, dass der Schlüssel zur Freiheit, zur endgültigen Bewältigung ihrer Vergangenheit ihr absolutes Vertrauen in ihn war.

Als seine Zunge sie berührte, war es ihr, als habe sie einen heftigen Schlag bekommen, so sehr zuckte sie zusammen. Er verstärkte kaum merklich den Griff an ihren Hinterbacken und fuhr unbeirrt fort, sie mit seinen Lippen und seiner Zunge zu liebkosen.

Lust und Erregung griffen mit feurigen Fingern nach ihr, sorgten dafür, dass sie alles andere um sich herum vergaß. All ihr Sehnen, ihr ganzes Sein ballte sich in ihr zusammen und strebte diesem einen Punkt zu, den er in diesem Augenblick mit seiner ganzen Zärtlichkeit und Leidenschaft bedachte. Sie spürte, wie er sie damit immer näher an das unglaubliche Feuerwerk der Gefühle brachte, das sie in der vergangenen Nacht zum ersten Mal erlebt hatte und von dem sie jetzt schon nicht mehr genug bekommen konnte. Auch ihn schien es zu erregen, sein Atem raste, seine Hände umfassten fest ihr Gesäß und er stöhnte und grollte immer wieder in mühsam verhaltener Lust.

Gillian hatte die männliche Begierde als etwas Furchtbares, Gewalttätiges erlebt. Als etwas, dem sie hilflos und gedemütigt gegenüber gestanden hatte. Das sie schmerzerfüllt, beschmutzt und elend zurückgelassen hatte. Doch bei Matt war es etwas Anderes. Sein Verlangen, das so deutlich von ihm ausströmte, dass sie glaubte, es greifen zu können, war wie die Strahlen der Morgensonne, die in diesem Moment ihre Haut wärmten. Es durchdrang sie, traf ihren innersten Kern, es pulsierte in ihrem Blut und erregte sie noch mehr, als seine leidenschaftlichen Berührungen und Küsse es allein vermochten.

Sie musste ihm nahe sein, noch näher.

Sie hob den Kopf und streckte die Hände nach ihm aus, griff in sein dichtes, schwarzes Haar. »Matt«, stöhnte sie. »Bitte...komm zu mir. Jetzt...«

Er richtete sich auf und kniete sich zwischen ihre Beine. Sein brennender Blick lag einen Moment lang zögernd auf ihr, doch dann öffnete er mit fahrigen Bewegungen seine Hose. Gillian hielt den Atem an, als er sich befreite. Es war ein Anblick, beängstigend und faszinierend zugleich.

Er legte sich auf sie, auf die Unterarme gestützt. Sie überkam für ein Sekundenbruchteil ein Anflug von Furcht, doch diese verschwand schnell, als er nichts weiter tat als sie zärtlich zu küssen. Sie spürte die Spitze seines Schaftes an ihrem Eingang und wartete in angespannter Erregung. Er hob den Kopf und sah sie an, strich sanft eine verirrte Haarsträhne aus ihrem Gesicht.

»Atme«, flüsterte er und lächelte. Sie atmete und lächelte zurück und er küsste sie.

Behutsam erhöhte er den Druck und füllte sie mehr und mehr aus. Sie wartete unwillkürlich auf den Schmerz, doch der kam nicht. Stattdessen waren da nur Vertrauen und Liebe, Lust und Leidenschaft und die überwältigende Präsenz des Mannes, der ihr all das gab. Sie fühlte sich plötzlich so frei und erlöst, dass sie es am liebsten laut herausgeschrien hätte.

Er glitt ganz in sie hinein und erstarrte einen Herzschlag lang. Ein Erschauern ging durch seinen Körper und übertrug sich auf sie, traf sie bis ins Mark. Er sah sie an, seine Augen loderndes Feuer. Sie schlang die Arme um ihn und er schmiegte sein Gesicht an ihren Hals. Langsam begann er sich zu bewegen, nahm den lustvollen, alles Denken beherrschenden Rhythmus auf, der so alt war wie die Menschheit selbst. Sie folgte ihm und kam ihm entgegen und sie verloren sich gemeinsam im Augenblick der innigsten Verbundenheit, die sie beide in ihrem Leben je gespürt hatten.

Während er immer schneller, immer kraftvoller in sie stieß, bewegte sich seine Hand nach unten, zwischen sie und steigerte Gillians Lust so geschickt, dass sie es kaum noch aushielt.

»Matt«, stieß sie hervor und spürte noch im selben Moment, wie der Damm der pulsierenden Leidenschaft in ihr brach und sie auf den Gipfel der Ekstase katapultiert wurde. Er stöhnte auf und zog zischend die Luft zwischen die Zähne, als er ihr nur Sekunden später folgte. Noch ein, zwei Mal brachte er seine Hüften nach vorne, dann sank er atemlos auf ihr zusammen, ihren Namen auf seinen Lippen.

Eine Weile lag sie nur da und genoss die Schwere seines Körpers auf ihr. Lauschte seinen schnellen Atemzügen, die sich nur allmählich beruhigten. Fühlte sein wild schlagendes Herz an ihrer Brust. Schließlich hob sie die Hand und streichelte zärtlich sein Haar, seinen Nacken und seinen Rücken.

Er hob den Kopf. »Alles in Ordnung?«, fragte er heiser.

»Ja«, lächelte sie. »Mehr als in Ordnung.«

Er küsste sie sanft und zog sich zurück. Er drehte sich auf den Rücken und legte den Arm um sie. Sie kuschelte sich an ihn, so dass ihr Kopf auf seiner Brust ruhte und sie seinen Herzschlag hören konnte.

Plötzlich kam ihr ein Gedanke und sie lachte leise.

»Warum lachst du?«, wollte er wissen.

»Ich habe mich nur gerade gefragt... Haben wir jetzt eine ›Sünde begangen‹ wie es der Reverend nennen würde, oder haben wir das als Mann und Frau getan?«

»Das ist eine gute Frage«, antwortete er. »Was wäre dir denn lieber?«

Sie wandte das Gesicht zu ihm. »Ich glaube, ich wäre lieber deine Frau.«

»Wirklich?«

»Ja.«

Er atmete hörbar aus und lachte leise. Dann drehte er sie ohne Umschweife auf den Rücken und beugte sich über sie.

»Na, dann hoffen wir mal, dass der gute Richter in seinem Stapel noch nicht bis zu unserem Antrag vorgedrungen ist«, grinste er.

Doch dann wurde er ganz ernst und sein intensiver Blick brannte sich direkt in ihre Seele. »Wie sehr ich dich liebe, Gillian.«

»Und ich liebe dich, Matt.«

Sie küssten sich zärtlich und schnell wurde Leidenschaft daraus. Er stöhnte und löste sich von ihr. »Oh Gott, Gillian, so gern ich das hier fortsetzen würde, aber wir müssen zurück. Und wenn wir jetzt nicht gehen, will ich auf ewig mit dir hier oben bleiben, fürchte ich.«

Sie lächelte. »Ein schöner Gedanke.«

Kapitel 33

Nach einem Ritt, von dem Gillian nur die tausenden Zärtlichkeiten in Erinnerung waren, mit denen er sie dabei bedacht hatte, kamen sie auf der Ranch an. Er ging Pete suchen, um zu hören, ob es etwas Neues von Flanagan gab und sie beschloss, etwas zu essen zu machen. Sie war hungrig und er war es sicher erst recht. Sie schürte das Herdfeuer und schlug ein paar Eier in eine Pfanne und gab etwas Speck dazu. Kurz darauf hörte sie ihn hereinkommen.

»Pete ist noch nicht zurück«, sagte er.

Sie nickte und schon stand er hinter ihr und legte von hinten die Arme um sie. Er zog das Nachthemd an ihrer Schulter herunter und küsste sie dort. Sie erschauerte und lachte leise. »Sam hat meine Sachen gebracht. Vielleicht sollte ich mich fürs Frühstück umziehen.«

»Mir gefällt, was du anhast«, brummte er und ließ seine Zunge kleine Kreise auf ihren Hals zeichnen. »Hm«, sagte er und schaute über ihre Schulter auf den Herd. »Das riecht gut.«

»Es ist gleich fertig.«

Er widmete sich wieder ihrem Hals. »Gut«, murmelte er und drückte sich etwas fester an sie. »Ich sterbe vor Hunger.«

Sie spürte seine Härte an ihrem unteren Rücken und sagte: »Wieso habe ich das Gefühl, dass du gerade nicht vom Essen sprichst?«

Er lachte leise und kehlig in ihr Ohr, was ihr eine wohlige Gänsehaut bescherte. Dann ließ er sie los, was ihr gar nicht gefiel, und wandte sich dem Küchentisch zu, auf dem sich seine Post der letzten Tage stapelte. Während sie die Eier auf zwei Teller verteilte, hörte sie ihn hinter sich lachen.

»Was ist?«, fragte sie und wandte sich ihm zu.

Er hielt einen Brief in der Hand.

»Was ist das für ein Brief?«, fragte sie.

Wortlos reichte er ihn ihr.

Doch bevor sie noch einen Blick darauf werfen konnte, fiel er vor ihr auf die Knie. »Miss MacAvery«, stieß er hervor, seine Augen glänzten dabei. »Wollen Sie meine Frau werden?«

Sie sah auf den Brief. Ihre Ehe war annulliert. Schon seit fünf Tagen.

Sie lachte auch, es war einfach zu ironisch. Zärtlich sah sie auf ihn herab. »Ja. Oh ja, Mr. Cole!«

Er kam nach oben, zog sie an sich und küsste sie hungrig. »Hast du dir das auch gut überlegt?«, fragte er atemlos, während er sie langsam vor sich herschob, in Richtung Küchentisch.

»Ja, das habe ich,«, antwortete sie und gab seinen Kuss nicht weniger verlangend zurück.

Er löste sich heftig atmend und sah auf sie herab. Sein Blick war intensiv, voll brennender Begierde. »Du willst also Mad Matt heiraten?«

»Ja«, hauchte sie. »Auch wenn er ein bisschen verrückt ist.«

Sie waren beim Tisch angelangt und er hob sie hinauf. »Ja, er ist verrückt«, keuchte er, »Verrückt nach dir.«

Während er sie weiter küsste, hob er die Hände zum Ausschnitt ihres Nachthemdes. Er versuchte die Schleifen dort zu öffnen, doch vergeblich, denn in seiner Eile hatte er sie verknotet. »Ach, zum Teufel damit«, fluchte er, griff mit beiden Händen in den Ausschnitt und zerriss das Hemd komplett bis über den Saum. Sie schnappte nach Luft. Es hatte etwas Wildes, ja Aggressives, aber sie ließ keine Angst zu, denn sie wollte ihn genauso sehr, wie er sie. Er beugte sich herunter und küsste ihren Hals, ihre Schultern, ihre Brüste.

Sie wollte seine Haut spüren. Sie griff in sein Hemd, riss es ihrerseits auf und zog es ihm aus. Ihre Hände fuhren über seine Schultern, seinen Rücken. Dann brachte sie eine Hand nach vorn und fuhr damit über seine Brust und seinen festen Bauch. Sie ließ ihre Hand tiefer gleiten und legte sie schließlich auf die steinharte Wölbung in seiner Hose. Sie drückte ein wenig und er stöhnte und hielt dagegen.

Es erregte sie ungemein. Sie begann ihre Hand auf und ab zu bewegen und erhöhte dabei den Druck, was ihn schneller atmen ließ. Sie wurde mutiger und wollte wissen, wie er sich anfühlte, also öffnete sie seinen Gürtel und versuchte die Knöpfe an seiner Hose aufzumachen, doch er wurde ungeduldig und tat es selbst.

Sein Schaft sprang heraus, prall aufgerichtet und bereit. Sie schloss die Hand darum und nahm sich einen Moment Zeit, ihn zu ertasten. Hart und nachgiebig zugleich war er, seidig und glatt, erwartungsvoll pulsierend im gleichen Rhythmus wie ihr eigenes Blut.

Sie bewegte ihre Hand und er schloss schwer atmend die Augen, ließ es eine Weile geschehen. Doch dann machte er einen Laut, der wie das Knurren eines Tieres klang und legte seine Hand auf ihre, stellte sie damit ruhig.

»Verflucht, Gillian, du entmannst mich!«

Sie gluckste leise, aber ließ ihn los.

Er knurrte nochmals vor Erregung und legte seine Hände auf ihr Hinterteil, schob sie damit näher zur Tischkante. Sie schlang Arme und Beine um ihn und nahm ihn willig auf, als er ohne weitere Verzögerung in sie eindrang. Er begann augenblicklich sich zu bewegen und es dauerte nicht lange und er erhöhte Tempo und Druck.

Sie genoss es, wie er sie mit seiner Männlichkeit erfüllte und sich geradezu besinnungslos vor Lust in ihr bewegte. Dabei küsste er sie unablässig und raunte atemlose Worte des Begehrens in ihr Ohr. Sie verlor jedes Gefühl für die Zeit. Sie hatte keine Ahnung, wie lange es dauerte, bis all ihr Blut zu ihrem Zentrum strömte und sie mit dem heißen pulsierenden Ziehen erfüllte, das ihren nahen Höhepunkt ankündigte. Sie spürte, dass auch er sich seinem Ziel näherte. Er fasste sie fester, stöhnte mit geschlossenen Augen und schien sie noch mehr auszufüllen, als er es bisher schon getan hatte. Fast zeitgleich mit ihm explodierte sie und ließ sich von den reißenden Strudeln ihrer beider Lust hinweg tragen, bis das Universum rings um sie herum verschwand und nur noch sie beide zurückließ, vereint im wohl süßesten Moment, den zwei Menschen miteinander teilen können.

Außer Atem erwachten sie langsam aus dem Traum. Immer noch in ihr, öffnete er die Augen und sah sie an, lächelte. Ihr Herz krampfte sich zusammen, als ihr klar wurde, wie sehr sie ihn liebte. Sie streckte die Hand aus und legte sie auf seine Wange und er wandte den Kopf und berührte ihre Hand mit den Lippen.

Ein Pferd wieherte draußen. Ein anderes antwortete, dann mehrere. Er runzelte die Stirn. »Da kommt jemand«, sagte er.

»Vielleicht ist es Pete?«, meinte sie.

Jemand klopfte an die Tür.

Er zog sich zurück aus ihr, schloss eilig seine Hose und streifte sich sein Hemd über. Gürtel und Hemd waren noch offen, als er zur Tür ging. Das Hemd hatte ohnehin keine Knöpfe mehr.

Sie sprang vom Tisch, raffte ihr Nachthemd vor ihrem Leib zusammen und folgte ihm, hielt sich jedoch im Hintergrund. Der Besucher musste sie nicht sehen.

Während er noch den Gürtel schloss, öffnete er die Tür.

Und prallte fast vor Überraschung zurück.

»Charlotte«, stieß er hervor, und bevor er sie noch daran hindern konnte, fiel sie ins Haus, in einer Wolke aus teurem Parfüm und raschelnden Röcken, Charlie auf ihrem Arm.

»Oh Matt«, sagte sie aufgeregt. »Ich muss mit dir reden. Ich habe unglaubliche Dinge über dich gehört. Die können unmöglich wahr sein! Ich habe mir Sorgen gemacht und dachte, ich komme einfach....«, weiter kam sie nicht, denn ihr Blick traf Gillian und ihre Stimme erstarb, als sie die Situation erkannte.

Ihre zuvor noch besorgten Augen blitzen Matt böse an und sie zischte: »Nicht so wie ich denke? Also, wie ist es dann? Mein Vater hatte Recht! Du bist Abschaum, Matthew Cole, nichts weiter als ein dreckiger Lügner und Hurenbock! Aber ich werde dafür sorgen, dass die ganze Welt erfährt, was du für ein Mistkerl bist! Du wirst kein Bein mehr auf die Erde bekommen in Cheyenne und niemand wird mehr mit dir Geschäfte machen!«

Wutentbrannt drückte sie Charlie in den Arm seines Vaters, drehte auf dem Absatz herum und rannte zur Tür heraus. Matt warf einen kurzen Blick auf Gillian und übergab ihr seinen Sohn. Dann folgte er Charlotte.

Gillian beobachtete aus dem Küchenfenster, wie er mit ihr sprach, bevor sie, ohne ihn noch eines weiteren Blickes zu würdigen, auf ihren Wagen stieg und davonfuhr.

Er kam wieder herein und seufzte.

»Wird sie das tun?«, fragte Gillian.

»Nein«, antwortete er. »Damit würde sie sich ins eigene Fleisch schneiden. Charlotte ist nicht dumm, sie weiß wo das Geld für ihren Lebensunterhalt herkommt.«

»Gott sei Dank«, stieß Gillian hervor.

Er schüttelte den Kopf. »Dazu ist es vielleicht zu früh. Als ich ihr sagte, dass ich ihre Drohung nicht ernst nehme, sagte sie noch etwas Anderes. Sie hat die Gerüchte auch gehört und droht, uns beim Sheriff anzuzeigen.«

»Aber das wäre das Gleiche. Mit dir im Gefängnis kommt auch kein Geld mehr herein.«

»Nicht unbedingt«, zweifelte er. »Aber es ist egal, denn wenn sie es nicht tut, dann tut es sicher Mrs. Soames.«

Er nahm ihr Charlie ab. »Ich bringe Charlie zu Sam«, sagte er. »Am besten nimmst du ein Bad und dann fahre ich dich zum Doc.«

*

Gegen den Protest des Arztes wich Matt ihr nicht von der Seite und hielt die ganze Zeit ihre Hand. Beide waren unendlich erleichtert, als der Arzt ihnen mitteilte, dass er in der Lage war, den gegen sie gehegten Verdacht leicht zu entkräften.

Als alles vorbei war, umarmten sie sich.

»Gott sei Dank. Oh, Gilly. Es tut mir so leid, dass du das alles über dich ergehen lassen musstest!«, sagte Matt.

»Es ist schon gut«, erwiderte sie tapfer. »Es ist ja vorbei.«

»Ja.« Matt lächelte liebevoll auf sie hinunter. »Und ab jetzt wird alles gut werden, ich verspreche es dir.«

Als sie zu ihrem Wagen gingen, stießen sie fast mit Mrs. Soames zusammen. Mit einem diabolischen Grinsen nahm Matt Gillian in den Arm und zog sie zu sich heran, und ohne jede Vorwarnung beugte er sich herab und gab ihr einen innigen Kuss auf den Mund. Mitten auf der Straße und direkt vor den Augen der alten Hexe.

Mrs. Soames zog entrüstet die Luft ein. »Sodom und Gomorrha!«, schimpfte sie und rauschte davon.

Matt und Gillian sahen sich an und beide mussten sich unendlich beherrschen um nicht lauthals zu lachen.

»Oh Matt«, seufzte sie. »Ich kann es kaum erwarten, Lizzie alles zu erzählen.«

Er runzelte gespielt besorgt die Stirn. »Alles?«

Sie wurde tatsächlich rot und schlug die Augen nieder. Es reizte ihn unendlich, Teufel, er wurde schon wieder hart.

»Naja, vielleicht nicht alles«, lenkte sie ein.

Er grinste breit. »Na, dann gehen wir zu ihr.«

»Jetzt?«

Er zuckte die Schultern. »Unser Ruf ist sowieso schon heillos ruiniert und abgesehen davon sind wir bald hier fort.«

Sie trafen Lizzie trotzdem heimlich und diskret, im Stall des Saloons. Sie freute sich sehr, als sie die guten Neuigkeiten hörte. Doch bei aller Freude war es Matt, als zöge etwas an seinem Herzen. Er hätte viel darum gegeben, wenn Lizzie nur halb so glücklich hätte sein können, wie er es jetzt war. In diesem Moment fasste er einen Entschluss. Er würde sie freikaufen, ob sie das wollte oder nicht. Mit seinem Gehalt als Geschäftsführer des Bancroft-Unternehmens hatte er dazu Geld genug. Er brannte schon darauf, es Gillian zu sagen.

Als sie sich verabschiedeten, nahm er Lizzie fest in die Arme. »Siehst du«, flüsterte sie in sein Ohr. »Ich habe dir doch gesagt, dass sie dich liebt, du Sturkopf.«

Er küsste sie auf die Wange und lachte.

Kapitel 34

Sie fuhren wieder zur Ranch und Matt verließ Gillian für eine Weile, um mit Pete zu sprechen, der von seiner Suche nach Flanagan erfolglos zurückgekehrt war. Gillian kümmerte sich um Charlie und machte etwas Ordnung im Haus. Sie war in Hochstimmung, doch das änderte sich abrupt, als es plötzlich an der Tür klopfte.

Sie erschrak als sie öffnete. Es war Thomas.

»Gillian«, rief er erleichtert aus und umarmte sie. »Endlich! Ich habe dich schon überall gesucht!«

Sie wand sich steif aus seiner Umarmung. Es war Zeit, ihn über alles aufzuklären. Es tat ihr in der Seele weh, ihn verletzen zu müssen, doch er musste ein für alle Mal wissen, dass sie sich für Matt entschieden hatte.

Thomas ließ verständnislos die Arme sinken. »Gillian, was ist passiert? Was sind das für ›Schwierigkeiten‹ in denen du steckst? Und was machst du hier, bei *ihm*? Nach allem, was vorgefallen ist!«

Gillian runzelte die Stirn. »Schwierigkeiten? Ich verstehe nicht. Das ist sicher ein Missverständnis.«

»Nein, nein. Ich bin hier um dich zu holen! Cole selbst hat mir doch ein Telegramm geschrieben, dass ich dich holen soll! Gillian, warum sagst du mir nicht, was passiert ist?«

Gillian wurde es plötzlich eiskalt. Matt hatte Thomas telegrafiert, dass er sie *holen* sollte? Übelkeit stieg in ihr auf und es rauschte in ihren Ohren, als ihr Glück wie ein Kartenhaus in sich zusammenfiel. Sie griff mit zitternder Hand nach dem Türrahmen, denn ihre Beine drohten nachzugeben.

Matt hatte von Anfang an geplant, sie an Thomas *abzutreten*? Er sprach von Liebe, von Heirat, und wartete im Grunde nur darauf, dass Thomas kam und ihn von ihr *befreite*?

Es war wie sie befürchtet hatte. Er hatte nie vorgehabt, sie in sein Leben zu lassen. Von Dunnovers Farm hatte er sie nur geholt, um sich vom Verdacht zu befreien, sie zum Kindsmord gezwungen zu haben. Dann, als sie bei ihm war, hatte sie sein primitives, männliches Begehren geweckt und er hatte nur noch darauf gewartet, dass sie wie ein ahnungsloser kleiner Lemming von selbst in seine Arme lief! Oh, er hatte es geschickt gemacht, sich zurückgehalten, gewartet, wie eine Spinne im Netz. Sie glauben lassen, alles sei von ihr ausgegangen!

Sie blickte Thomas an, sah ihn kaum noch, hinter dem Tränenschleier, der ihre Augen überschwemmte.

»Komm mit mir!«, sagte er, sein Ausdruck war fast flehend.

Sie schüttelte den Kopf. Oh nein. Sie würde nicht mit Thomas gehen. Sie wollte mit keinem der beiden noch etwas zu tun haben. Der Reverend fiel ihr ein. Er würde ihr Geld geben und sie würde von hier verschwinden, für immer.

Sie schluckte ihre Tränen hinunter und blickte Thomas fest in die Augen. »Nein«, sagte sie. »Ich bin seine Frau. Und das bleibe ich.« Sie hoffte, dass diese Lüge dabei half, ihn ein für alle mal loszuwerden.

Thomas kniff die Lippen zusammen. »Das bist du nicht! Eure Ehe ist annulliert. Du musst nicht bei ihm bleiben!«

Ihre Augen verengten sich. »Woher willst du das wissen?«

»Ich habe Beziehungen.« Entgeistert fügte er hinzu: »Sag mir nicht, dieser verdammte Hund hat es dir nicht gesagt!«

Er wartete keine Antwort ab und fasste sie eindringlich an der Schulter. »Gillian, du bist frei, schon seit fünf Tagen. Als ich es erfahren habe, wollte ich gleich kommen, aber mein Fall hat das nicht zugelassen. Aber jetzt...«

»Dann geh' zurück zu deinem *Fall*, Thomas«, sagte sie mit eisiger Stimme und machte sich von ihm los.

Thomas sah sie verzweifelt an. »Ist das dein letztes Wort?«

»Ja, das ist es. Leb' wohl, Thomas.«

Er blickte sie eine Weile bestürzt an. Dann straffte er sich und nickte. »Leb' wohl, Gillian. Ich wünsche dir Glück. Du wirst es brauchen«, sagte er mit zitternder Stimme und ließ sie stehen.

*

Gillian konnte sich nicht mehr daran erinnern, wie sie Justin eingespannt hatte, aber irgendwie musste sie es geschafft haben. Hals über Kopf war sie von der Ranch geflohen, hatte Charlie in seinem Bettchen zurückgelassen. Sie hoffte inständig, dass er solange schlief, bis Matt zurückkam. Jeden weiteren Gedanken an das Kind verbot sie sich, sonst hätte sie laut aufgeschrien vor innerlichem Schmerz.

Sie trieb das Pferd zu einer schnellen Gangart, obwohl sie kaum etwas sehen konnte, denn ihre Tränen nahmen ihr die Sicht. Wie hatte er ihr das antun können? Warum? Dieser verdammte Lügner! Es tat so unfassbar weh!

Sie war noch nicht weit gekommen, da hörte sie sein Rufen hinter sich. Sie sah sich um. Er ritt auf Ruby, im gestreckten Galopp und er kam schnell näher. Sie nahm die Peitsche in die Hand und versetzte Justin damit einen kräftigen Schlag. Das Pferd, eine solche Behandlung nicht gewohnt, scheute und buckelte und sprang in einem kraftvollen Galopp vorwärts. Der Wagen kippte ein wenig und schlingerte. Gillian bekam es mit der Angst zu tun. Sie riss an den Leinen, doch dies verwirrte Justin noch mehr. Er wurde nicht langsamer, sondern schlug mit dem Kopf und wehrte sich gegen den Schmerz in seinem Maul. Dabei bog er sich, so dass der Wagen in eine Kurve abgelenkt wurde und dabei in eine gefährliche Schräglage kam. Gillians Angst verwandelte sich in Panik. Verzweifelt versuchte sie, der Lage Herr zu werden, doch alles, was sie tun konnte, war an den Leinen zu zerren, was alles noch schlimmer machte.

Dann geschah alles in Sekundenbruchteilen. Matt hatte zu ihr aufgeschlossen und war nun auf gleicher Höhe mit Justin. Er lehnte sich im Sattel weit zur Seite und packte den Wallach am Kopfstück, richtete ihn damit gerade. Die Kutsche schlingerte und schwankte, aber dann kamen ihre Räder mit einem so festen Schlag wieder auf den Grund, dass Gillian fast von ihrem Sitz geschleudert wurde. Sie wurde hin und her geworfen, krampfhaft klammerte sie sich in letzter Sekunde irgendwo fest. Dennoch stieß sie gegen eine Seitenstütze. Schmerz breitete sich in ihrer Hüfte aus.

Durch Matts Anwesenheit beruhigte sich Justin schnell und verringerte das Tempo, bis der Wagen schließlich zum Stehen kam. Matt sprang vom Pferd und war in einer Sekunde bei ihr auf dem Bock. In seinen Augen standen Schock und Fassungslosigkeit.

»Großer Gott, Gillian, willst du dich umbringen? Warum hast du das getan?«

Er wollte sie in den Arm nehmen, aber sie wehrte sich. Offensichtlich verwirrt ließ er sie los und nahm die Leinen.

*

Matt wendete den Wagen. Ruby ließ er einfach hinterherlaufen. Er sah auf seine Hände. Sie zitterten. Die Angst, die er um Gillian ausgestanden hatte, ließ ihn am ganzen Körper beben wie Espenlaub. Sein Magen fühlte sich an, als hinge er in seinen Kniekehlen.

Er warf ihr einen Seitenblick zu. Sie war schneeweiß. Was um aller Welt hatte sie dazu getrieben? Sie hatte vor ihm weglaufen wollen! Warum?

»Gillian«, sagte er, seine Kehle war so trocken, dass es fast weh tat zu sprechen. »Bitte, ich bitte dich, sag' mir, was los ist! Geht es dir nicht gut? Hat dich irgendetwas erschreckt? Hat irgendjemand...«

Sie starrte nach vorn, auf das Pferd. »Thomas war da. Wie abgemacht«, sagte sie tonlos.

Matt fühlte sich, als hätte ihm jemand eine Faust in den Magen gerammt.

Das Telegramm....

Er hatte das verdammte Ding keineswegs vergessen, dennoch hatte er nach der Liebesnacht mit Gillian keine »Entwarnung« hinterher geschickt. Thomas, einmal alarmiert, hätte sich davon ohnehin nicht abhalten lassen. Stattdessen hatte Matt gehofft, den Anwalt abfangen zu können, bevor er mit Gillian sprechen konnte. Nun erkannte er – zu spät – dass es besser gewesen wäre, ihr die Wahrheit zu sagen. So wie es jetzt aussah musste sie glauben, dass er es von Anfang an nicht ernst gemeint hatte.

Sie war wütend auf ihn, zu Recht.

Er zügelte das Pferd zum Halt und wandte sich ihr zu. »Sieh mich an, Gilly«, sagte er.

Sie tat es nicht und er legte die Hand an ihr Kinn und drehte ihren Kopf zu ihm. Ihr Blick war so zornig, dass es ihm einen Stich versetzte.

»Charlotte hatte Recht«, stieß sie hervor, »Du bist wirklich nicht mehr als ein elender Lügner, Matthew Cole!«

»Gillian«, sagte er beschwörend und griff nach ihrer Hand. Sie zog sie weg.

Er schluckte verzweifelt.

»Glaubst du wirklich, alles, was ich letzte Nacht oder heute morgen zu dir gesagt habe, war eine Lüge? Nichts davon war gelogen! Ich liebe dich! Hätte ich dich gebeten, mich noch einmal zu heiraten, wenn ich es nicht ernst meinte?«

Ihre Augen funkelten. Voller Zorn und voller Tränen. »Vielleicht hast du das alles ja nur gesagt, weil du meinen *Körper* wolltest?«, zischte sie. »In deinem Leben wolltest du mich gar nicht, oh nein, du wolltest lediglich deinen Spaß mit mir und mich dann wie von Anfang an geplant an Thomas loswerden!«

Er schüttelte fassungslos den Kopf. »Oh nein. Das kannst du nicht im Ernst glauben!«

Sie biss sich auf die Lippen. »Ich weiß nicht mehr, was ich glauben soll.«

Er fluchte heftig und schlug sich mit der Faust auf ein Bein, so dass es schmerzte. »Verdammt, ja! Ich habe dieses gottverfluchte Telegramm geschickt, damit er dich fortbringt und vor mir schützt! Aber das war bevor ich mir endlich eingestanden habe, wie unendlich viel du mir bedeutest! Gillian, ich kann nicht leben ohne dich! Was soll ich tun, damit du mir glaubst? Sag mir, was ich tun soll!«

Sie schwieg.

»Bring mich in die Stadt«, sagte sie dann.

»Nein.«

Sie griff in die Leinen, doch er hielt ihre Hand fest und zog sie an sich. Ihr Gesicht war dicht vor ihm, ihre Augen dunkel vor Zorn.

»Ich hasse dich«, stieß sie hervor.

»Und ich liebe dich«, sagte er leise.

Sie schlug nach ihm. Es tat weh, aber er ließ sie. Sie hörte auf und begann zu weinen. Er zog sie noch näher. Sie lehnte sich an ihn.

Er ließ ihr Handgelenk los, legte einen Finger unter ihr Kinn und hob es sanft an. Er küsste ihre Lippen, sie erwiderte den Kuss nicht, aber sie wehrte sich auch nicht.

»Lügner«, zischte sie. »Du gottverdammter, elender...«

Weiter kam sie nicht, denn er versiegelte ihre Lippen mit einem weiteren Kuss.

»Wenn du die Wahrheit nicht hören willst...«, flüsterte er atemlos, »dann fühle sie!«

»Nein«, widersprach sie, aber schlang gleichzeitig ihre Arme um seinen Hals. »Das ist nur Lust! Du willst nur meinen Körper!«

Doch sie öffnete die Lippen als er sie wieder küsste.

»Das ist nicht wahr«, keuchte er, »Du weißt, dass es nicht wahr ist!«

Er stieß seine Zunge in sie und sie begegnete ihm mit ihrer wie in einem erbitterten Kampf. Ein Kampf, der schon entschieden war.

Verzweifeltes, übermächtiges Verlangen überkam ihn, breitete sich heiß in seinem Blut aus, es war wie ein

Rausch. Er zog sie rittlings auf seinen Schoß. Wie im Fieberwahn schob er ihre Röcke hoch, während sie schon seine Hose öffnete.

»Zur Hölle mit Thomas«, knurrte er. »Ich töte ihn, wenn er dir noch mal zu nahe kommt. Du gehörst mir! Mit Leib und Seele!«

»Ja«, stöhnte sie, als sie sich auf ihn niederließ und bis zum Anschlag in sich aufnahm. »Das tue ich. Ich gehöre dir, Matthew Cole, nur dir...«

*

Später saß sie immer noch auf seinem Schoß, ihr Oberkörper an seinen geschmiegt, den Kopf an seiner Schulter. Seine Arme umfingen sie und er streichelte ihren Rücken.

»Es tut mir leid«, flüsterte er. »Das hatte ich so nicht vorgehabt.«

Sie sah zu ihm auf. »Nein«, sagte sie. »Entschuldige dich nicht. Ich wollte es genauso sehr wie du.«

Sie legte den Kopf wieder an seine Schulter.

»Matt?«

»Hm?«

»Du würdest Thomas doch nicht wirklich töten?«

»Nein, natürlich nicht«, brummte er. »Aber wenn es hilft, verprügele ich ihn gern noch mal.«

Sie lachte leise. Das wunderbarste Geräusch auf der Welt, wie er fand. Er fasste sie fester.

»Bleib bei mir, Gillian«, flüsterte er.

Sie hob das Gesicht zu ihm. »Ich meinte, was ich sagte, Matthew«, erwiderte sie. »Ich gehöre dir. Für immer.«

*

Sie verbrachten die nächsten Tage und Nächte in einem traumwandlerischen Zustand. Es war ihnen gleich, dass sie nicht mehr – oder noch nicht – verheiratet waren. Sie hatten es nicht eilig damit. Ohnehin wollten sie erst in Cheyenne heiraten, denn nach Medicine Bow zog es keinen von beiden.

Doch bevor sie nach Cheyenne aufbrechen konnten, waren auf der Ranch noch einige Dinge zu erledigen. Matt brachte seine Pflichten jeden Tag in fieberhafter Eile hinter sich, um dann so viel Zeit wie möglich mit Gillian und seinem Sohn zu verbringen.

Vor allem mit Gillian.

Sie ritten noch mehrmals zusammen aus, stets zu zweit auf einem Pferd, eng aneinander geschmiegt und sie liebten sich noch einige Male auf ihrem Hochplateau, einmal mitten in der Nacht, unter dem glitzernden, unendlich weiten Sternenhimmel Wyomings.

Einen kleinen Wermutstropfen gab es allerdings. Leider hatte Matt Lizzie noch nicht freikaufen können, denn Phil war geschäftlich unterwegs. Doch als Matt Gillian von seinem Vorhaben erzählte, war sie überglücklich. Beide waren sie voller Vorfreude, ihrer Freundin endlich ein besseres Leben zu ermöglichen und machten endlose Pläne, wie dieses Leben aussehen könnte.

Es wäre das Paradies gewesen, wenn nicht eines Abends ein Besucher auf die Ranch gekommen wäre.

Gillian wollte gerade das Abendessen zubereiten, als sie aus dem Fenster sah und ihn erkannte. »Da ist Thomas!«, sagte sie überrascht.

Matt, der am Küchentisch saß, runzelte die Stirn und sprang so schnell auf, dass der Stuhl mit einem lauten Knall hinter ihm zu Boden fiel.

»Matt, nicht«, rief sie und folgte ihm besorgt hinaus.

Noch bevor Thomas von der Kutsche steigen konnte war Matt bei ihm und stellte ihn zur Rede. »Was machst du hier?«, knurrte er. »Hast du immer noch nicht verstanden, dass du sie in Ruhe lassen sollst?«

Thomas schüttelte den Kopf, sein Ausdruck schmerzverzerrt. »Matt«, stieß er gequält hervor und Tränen liefen sein Gesicht herab.

»Lizzie ist tot.«

Kapitel 35

Mit enger Kehle und brennenden Augen sah Gillian dabei zu, wie Matt einen Waffengürtel samt Colt und Munition aus seinem Tresor holte und ihn sich um die Hüften legte. Sie kannte sich mit Waffen aus. Ihr Vater hatte sie in ihrem Geschäft verkauft. Auf den ersten Blick sah sie, dass das Halfter am Gürtel ohne Zweifel geölt war. Das sagte man Revolverhelden nach, die das taten, um schneller ziehen zu können. Die Waffe war erstklassig und gepflegt und als er sie lud, ging er mit ihr um als gehörte sie zu seiner Hand. Möglicherweise gab es doch mehr in seiner Vergangenheit, als er ihr erzählt hatte. Sie schluckte. Noch nie zuvor hatte sie ihn mit der Waffe gesehen und noch nie zuvor war er so voll von verzweifeltem Hass gewesen.

»Das war Flanagan«, sagte er, so düster, dass es ihr eine Gänsehaut über den Rücken trieb. »Er wird dafür bezahlen.«

Sie legte die Hand auf seinen Arm. »Matt, bitte tu das nicht. Überlass' das dem Sheriff. Denk an deinen Sohn.«

Er schüttelte den Kopf, sein Mund zu einem schmalen Strich zusammengepresst.

»Matt!« Die Angst um ihn schnürte ihr die Kehle zu.

Sein Ausdruck wurde etwas weicher. »Hab keine Angst, Liebste. Ich werde ihn nicht töten, wenn ich nicht muss. Nur seiner gerechten Strafe zuführen.«

»Und wenn er dich...«

Er schnaubte verächtlich. »Flanagan trifft nicht mal einen Baum, wenn er direkt davor steht. Abgesehen davon habe ich nicht vor, dich zur Witwe zu machen, bevor du überhaupt meine Frau bist. Ich werde vorsichtig sein.«

Er küsste sie auf den Mund. »Ich gehe jetzt. Thomas wartet.«

»Lass mich mitkommen, Matt, bitte. Sie war auch meine Freundin.«

»Nein. Bitte kümmere dich um Charlie. Wenn ich weg bin, bleib im Haus, schließ' die Tür ab und lass niemanden herein, außer Pete.«

Ihr wurde kalt. »Glaubst du, er könnte herkommen?«

»Nein. So dumm ist nicht mal er. Das ist nur eine Vorsichtsmaßnahme.«

Er sah ihr in die Augen und strich ihr sanft über die Schulter. »Du bist hier in Sicherheit, Gillian. Meine Männer jagen das Schwein, es ist nur eine Frage der Zeit, bis sie ihn haben. Und Pete bleibt hier bei dir. Er wird auf euch achtgeben. Ich muss jetzt los. Pass auf dich auf.«

Mit diesen Worten ging er. Alles was ihr blieb, war ihre Angst.

*

Matt schloss die Augen und atmete ein paar Mal tief durch, bevor er Lizzies Zimmer betrat. Ein Schritt, der ihn fast all seine Kraft kostete.

Er trat ein, Thomas dicht hinter ihm. Ein paar Dirnen hatten sich um ihr Bett versammelt, alle in Tränen aufgelöst. Lizzie lag auf dem Bett, in ihrer Hurenunterwäsche. Es sah aus, als ob sie schlief. Welch grausame Illusion. Denn sie war absolut regungslos. Ihre warmen Augen waren auf ewig geschlossen, ihr frecher Mund für immer verstummt. Unter der grellen Schminke war ihre Haut wächsern und blass. Ein scharfer Schmerz der Trauer schnitt durch Matt hindurch und drohte ihn fast zu überwältigen. Er kniete sich neben das Bett und küsste sie auf die Wange. Sie war noch nicht ganz kalt.

Gott, bitte mach, dass das ein böser Traum ist.

Mit zitternder Hand strich er ihr sacht über das Haar. »Es tut mir so leid, Lizzie«, flüsterte er.

Er erhob sich und sah sich im Raum um. Nach einer Weile fand er, was er gesucht hatte, nahm ein Tuch und tauchte es in eine Waschschüssel. Damit kam er zurück, kniete sich wieder neben das Bett und wischte ihr behutsam die Schminke ab. Ein paar der Mädchen schluchzten auf und Thomas machte ein zischendes Geräusch, als er scharf die Luft einzog.

Als Matt fertig war, warf er das Tuch beiseite. Er streichelte ein letztes Mal ihre Wange und fuhr mit dem Finger über die violetten Male auf ihrem Hals. Plötzlicher Schwindel erfasste ihn und er musste kurz die Augen schließen.

»Sie ist erwürgt worden«, sagte Lydia, eins der Mädchen, mit tränenerstickter Stimme. »Der Sheriff war schon da. Er ist losgezogen, diesen Scheißkerl zu schnappen.«

Matt nickte langsam. »Wann...«, er kam nicht weiter, denn er musste sich räuspern.

»Lydia hat sie vor drei Stunden gefunden«, antwortete Thomas für sie, denn sie schluchzte.

Matt strich Lydia tröstend über den Arm. »Wo hast du sie gefunden?«, fragte er dann.

»Was?«, schniefte sie verständnislos. »Na, hier... In ihrem Bett.«

Matt sah sich stirnrunzelnd um.

»Hatte sie Freier heute?«, fragte er Lydia.

»Ja, natürlich.«

Sein Magen drohte, sich umzudrehen. Er riss sich zusammen. »Wen?«

Lydia überlegte kurz. »Die üblichen. Pat Masterson, glaub ich. Und Mike Weaver. Mehr weiß ich nicht.«

»Da war noch dieser feine Pinkel. Der war der letzte, glaub ich«, ließ sich eins der anderen Mädchen hören.

»Ja, genau«, sagte eine andere. »Dieser Dandy. Ich hab ihn noch nie zuvor gesehen.«

»Worauf warten wir noch, Matt?«, unterbrach Thomas grimmig. »Lass uns das verdammte Schwein endlich zur Strecke bringen.« Er klopfte auf seine Waffe, die auch er in einem Gürtel an der Hüfte trug. Matt erhob sich und nickte.

An eines der Mädchen gewandt sagte er: »Bitte zieht ihr etwas Anderes an.«

*

Sie gingen durch den Saloon. Thomas wies auf die Theke. »Ein letzter Gruß«, sagte er leise und blickte Matt in die Augen.

Der nickte.

»Gib uns zwei, Bill«, rief Thomas dem alten Koch zu, der Phil an der Bar vertrat. Der Alte warf einen leicht furchtsamen Blick auf Matt, nahm eine Whiskeyflasche und stellte zwei Gläser auf den Tresen.

Matt schüttelte den Kopf. »Kaffee für mich, Bill.«

»Kaffee«, schnaufte Thomas und schüttelte den Kopf.

»Lizzie wird's verstehen«, lächelte Matt traurig.

»Na dann«, sagte Thomas und hob sein Glas. »Auf Lizzie.«

»Auf Lizzie«, wiederholte Matt.

Sie tranken. Der Kaffee war bitter wie Galle, aber diesen Geschmack hatte Matt ohnehin schon die ganze Zeit auf der Zunge gehabt. Er passte zu seiner Stimmung.

Thomas lachte leise durch die Nase. »Wenn sie uns jetzt sehen könnte. Wir beide nebeneinander an der Bar....«

»Ohne dass wir uns gegenseitig an die Kehle gehen«, ergänzte Matt. Er lächelte schmerzlich. »Vielleicht sieht sie uns ja.«

Thomas nickte und wischte sich über die Augen. »Ich hätte sie längst freikaufen sollen«.

»Ja«, sagte Matt ernst ohne ihn anzusehen. »Das hättest du.«

Oder ich, dachte er.

»Schau uns an«, sagte Thomas. »Jetzt stehen wir hier, jeder mit einem Colt an der Hüfte... Gott, ich wünsche mir nichts mehr, als ihren Tod zu rächen! Doch es wird sie nicht zurückbringen.«

Er atmete schwer ein. »In ihrem Leben hätte ich zu ihr stehen sollen, nicht erst in ihrem Tod.«

Matt starrte eine Weile düster vor sich hin bevor er sprach.

»Manche Fehler, die du in deinem Leben machst, schicken dich geradewegs zur Hölle. Sie fressen dich auf, sie lassen dich sterben, jeden Tag ein wenig mehr.

Du willst heulen, schreien, etwas zusammenschlagen. Ja, vielleicht sogar jemanden töten. Vielleicht willst du dir auch selbst eine Kugel durch den Kopf jagen.

Aber dann kommt der Tag an dem du erkennst, dass, egal was du tust, nichts diesen Fehler ungeschehen machen wird.

Nicht einmal dein Tod.

Das einzige was du tun kannst, ist zu lernen, damit weiterzuleben.«

Thomas sah ihm lange in die Augen und Matt wusste, dass er verstand. Er schlug ihm auf die Schulter.

Thomas machte Bill ein Zeichen, sein Glas aufzufüllen, doch Matt legte die Hand darauf. »Du brauchst einen klaren Kopf, wenn wir ihn schnappen wollen.«

Der Anwalt nickte. »Wo fangen wir an? Vielleicht auf der Two Bars Ranch? Ich könnte mir vorstellen, dass Flanagan sich da irgendwo verkrochen hat.«

Matt schüttelte nachdenklich den Kopf. »Ich weiß nicht, Tom. Vielleicht jagen wir den falschen Mann.«

»Wie meinst du das?«, fragte Thomas.

»Das passt irgendwie alles nicht zu Flanagan. Er hat den Huren immer irgendwo draußen aufgelauert. Sie mit dem Messer bedroht. Aber keine von ihnen hat er je gewürgt. Außerdem hätte er niemals freiwillig das Hurenhaus betreten, denn hätten ihn die Mädchen erwischt, hätten sie ihn an seinen Eiern aufgehängt«, erwiderte Matt.

Thomas nickte. »Du hast Recht. Und was schlägst du vor?«

»Ich würd' gern wissen, was das für ein Kerl war, der als letztes bei ihr war. Dieser *feine Gentleman*... Vielleicht ist er ja im Hotel abgestiegen und wir erwischen ihn noch dort.«

»Also gut«, antwortete Thomas. »Dann lass uns gehen.«

Kapitel 36

Gillian fand keine Ruhe an diesem Abend. Die Sorge um Matt ließ sie unruhig hin und her laufen, wie ein eingesperrtes Tier. Irgendwann kam Pete vorbei und sie machte ihm und Charlie etwas zu essen. Selbst bekam sie keinen Bissen herunter.

»Es wird alles gut, Mädchen«, sagte Pete zu ihr, als er wieder ging. »Matt kann auf sich aufpassen, er wird nichts Unüberlegtes tun.«

Sie schlang die Arme um sich selbst und zitterte. Sie konnte nichts dagegen tun, sie schlotterte am ganzen Körper. Pete legte ihr die Hand auf die Schulter. »Geh ins Bett, Kleine. Ich halte unten Wache. Du kannst beruhigt schlafen. Und wenn du aufwachst, ist der Spuk vielleicht schon vorbei.«

Sie versuchte seinen Rat zu befolgen. Bevor sie sich selbst hinlegte, sah sie noch einmal nach Charlie. Er schlief in seinem Bettchen wie ein kleiner Engel.

Sie löschte die Lampen und trat ruhelos an ihr Fenster. Der volle Mond stand am Himmel und schickte sein geisterhaftes Leuchten über die vom lauen Wind gestreichelte Weite der Prärie. Durch die Bäume der Birch Creek Ranch schimmerte die Grasebene wie eine milchige See. Hoffnungsvoll hielt sie Ausschau nach einem ganz bestimmten Reiter. Doch niemand kam.

Alles war still, bis auf das Konzert der Zikaden. Unbeteiligt und gleichgültig gegenüber den Problemen und Ängsten der Menschen sangen sie ihr sehnsuchtsvolles Lied, das älter war als die Zeit.

Sie seufzte. Widerstrebend löste sie sich vom Fenster, legte sich angezogen auf ihr Bett und wartete.

*

Die Müdigkeit musste sie schließlich doch überwältigt haben, denn sie erwachte einige Zeit später von einem Geräusch. Zunächst war sie verwirrt, denn sie konnte nicht genau sagen, was es für ein Geräusch gewesen war. Irgendein Rumpeln.

War das Matt? War er endlich nach Hause gekommen?

Ohne Licht zu machen sprang sie auf und trat auf den Flur hinaus. Alles war dunkel, kein Geräusch war mehr zu hören, keinerlei Bewegung zu erkennen.

»Matt?«, rief sie. »Pete?«

Nichts. Sie musste sich getäuscht haben. Vielleicht hatte sie einen Traum mit der Wirklichkeit verwechselt.

Da sie nun schon wach war, beschloss sie nach Charlie zu sehen. Immer noch entzündete sie keine Lampe. Der Mond stand noch hoch am Himmel und sein Licht erleuchtete das Kinderzimmer zur Genüge. Sie trat an das Kinderbett. Charlie schlief ruhig mit tiefen Atemzügen. Zärtlich deckte sie ihn zu und wandte sich wieder zum Gehen.

Doch ein eisiger Schreck fuhr ihr in die Glieder, als sich plötzlich und unerbittlich hart eine Hand über ihren Mund presste und einer ihrer Arme rabiat auf ihren Rücken gedreht wurde. Das Herz blieb ihr fast stehen, nur um sogleich in rasendem Tempo weiter zu schlagen und in ihrer Panik schrie sie erstickt gegen die Hand auf ihrem Mund an.

Nach dem ersten Schock versuchte sie sich zusammenzureißen. Sie hörte auf zu schreien und begann sich zu wehren, doch ihr Arm wurde dabei nur noch weiter verdreht. Der Schmerz ließ ihr die Tränen in die Augen schießen und sie ging in die Knie. Die Hand drückte nun noch fester gegen ihren Mund, so dass ihre Lippen brutal auf ihre Zähne gequetscht wurden.

Flanagan, schoss es ihr durch den Kopf.

Er war da. Er war gekommen, um zu beenden, was er angefangen hatte. Ihr Herz klopfte wie wild in ihrer Kehle. Panische Angst ergriff sie. Wie war er hier hereingekommen? Sie betete zu Gott, dass er Pete kein Leid zugefügt hatte.

»Ahh... meine Süße«, seufzte er jetzt, mit einem boshaften Lächeln in der Stimme. »Wie schön, dich endlich wieder im

Arm zu halten...Sag, wenn ich jetzt meine Hand wegnehme, dann wirst du doch nicht mehr schreien, oder? Es wäre doch schade, wenn dem Kind etwas zustößt.«

Die Stimme ließ ihr das Blut in den Adern gefrieren. Sämtliche Haare ihres Körpers sträubten sich und sie überlief ein heftiger Schauer.

Das war nicht Flanagan!

Sie riss sich zusammen und schüttelte den Kopf. Er wäre durchaus in der Lage, Charlie etwas anzutun und das wollte sie auf keinen Fall riskieren.

»Gut«, lachte er leise und nahm seine Hand weg. Er drehte sie zu sich herum, aber hielt ihr Handgelenk immer noch fest umklammert.

»William«, flüsterte sie, kaum hörbar. Ihre Stimme gehorchte ihr kaum.

Seine schmalen Lippen verzogen sich zu einem eleganten Lächeln, aber seine dunklen Augen blieben starr. Wie schwarze Löcher wirkten sie in der Dunkelheit und sie musterten sie so kalt, dass ihr ein Schauer über den Rücken lief.

»Hallo Liebling!«, sagte er. »Hast du mich ebenso vermisst, wie ich dich?«

Gillian zitterte, unfähig, irgendeine Antwort zu geben. Sie war wie zu Eis erstarrt.

Er zog sie näher, immer noch lächelnd. »Du fragst dich sicher, wie ich dich gefunden habe, nicht wahr? Nun, einfach war das nicht, aber der Zufall hat mir geholfen. Du wurdest gesehen, als du diese Agentur betreten hast. Alles weitere war nur ein bisschen... Überzeugungsarbeit.«

Sein Lächeln verschwand so schlagartig wie die Sonne hinter einer dunklen Gewitterwolke. Blitzschnell und brutal zog er sie an sich. Seine Hand schnellte zu ihrem Hals. Erstickende Panik ergriff sie und sie rang verzweifelt nach Luft. Doch er drückte nicht fest zu. Noch nicht.

»Wie konntest du es wagen, mich zu verlassen, du Hure! Hab ich dir nicht gesagt, du sollst auf mich warten?«, zischte er. Sein Gesicht war eine Maske der Wut, dicht vor ihr.

Dich verlassen?, schoss es ihr durch den Kopf. Bei Gott, der Mann war wirklich wahnsinnig. Eine lähmende Angst ergriff sie. Sie wagte nicht, sich zu wehren, wie sie es bei Flanagan getan hatte. William war eine ganz andere Kategorie.

Er beugte sich herab und küsste sie hart und sie konnte nicht das Geringste dagegen tun. Hilflos war sie ihm ausgeliefert, was ihr Tränen der Ohnmacht und der Abscheu in die Augen trieb.

Als er endlich von ihr abließ, lachte er leise. »Ist es nicht schön, dass wir ganz ungestört unser Wiedersehen feiern können? Mein kleines Ablenkungsmanöver hat gut funktioniert, das musst du zugeben.«

Ablenkungsmanöver?

Gillian schoss alles Blut in ihren Magen, ihre Beine drohten unter ihr nachzugeben, als ihr aufging, was er meinte. »Lizzie«, stieß sie hervor. »Das warst *Du*! Mein Gott! Wie konntest du... Sie hat dir doch nicht das Geringste getan!«

Er zuckte die Schultern. »Sie war doch nur eine Hure. Wen interessiert das schon. Eine Nutte mehr oder weniger... Dein Viehbauer ist dir ja nicht von der Seite gewichen. Ich musste einen Weg finden, ihn eine Zeitlang loszuwerden. Und du glaubst nicht, was ein Gentleman alles von ein paar netten, alten Damen erfahren kann, wenn er sich ein bisschen Zeit nimmt.«

»Du...«

Weiter kam sie nicht, denn er zog sie erneut hart an sich. »Du wirst jetzt mit mir kommen, *mein Liebling*. Und dieses Mal wird uns nichts und niemand mehr trennen, das schwöre ich dir.«

Kapitel 37

Der Hotelier fuhr sich durch das schüttere Haar. »Ja«, sagte er. »Ein Gentleman, auf den diese Beschreibung zutrifft, hat hier gewohnt. Aber er ist schon abgereist.«

Thomas nickte.

Sie hatten sich von den Mädchen eine Beschreibung des mysteriösen Gentleman-Freiers geben lassen und sich dann unter einem Vorwand im Hotel nach ihm erkundigt. Matt hatte sich dabei dezent im Hintergrund gehalten. Dem seriösen Anwalt Mr. Brigham gab man lieber Auskunft als dem verrückten Außenseiter Matthew Cole.

»Ein feiner Mann«, fuhr der Hotelier jetzt fort. » Solch erlesene Gäste haben wir hier nicht oft. Von der Ostküste, wie mir scheint.«

»Aber nein«, ließ sich nun eine Hotelangestellte hören, die aus einem Raum hinter der Rezeption kam. »Dieser Gentleman kommt eindeutig aus England, so wie er spricht.« Sie sah Thomas mit einem erklärenden Gesichtsausdruck an.

»Meine Großtante Ellinor spricht genauso und sie kommt aus London selbst!«

England!

Matt wurde es siedend heiß. »Wie heißt er?«, platzte er heraus.

Thomas wandte sich entschuldigend an den Hotelier. »Wir müssen ihn wirklich dringend finden. Es ist überaus wichtig.«

»Ähm, nun ja... ein Mr... Langley. Robert Langley.«

Der Name sagte Matt überhaupt nichts. Gillian hatte ihm den Namen ihres Vergewaltigers einmal genannt, demnach hieß er William Cavendish. Ob er unter falschem Namen in Medicine Bow war? Matt überlegte fieberhaft. Vielleicht sah er ja Gespenster. Vielleicht war das alles nur ein Zufall. Aber konnte er das wirklich riskieren?

Er packte Thomas am Arm und zerrte ihn hinaus. »Komm mit!«

»Was?«, fragte Thomas verwirrt.

»Ich erkläre es dir unterwegs!«

*

»Ich werde nicht mit dir kommen, William«, zischte Gillian. Sie fühlte plötzlich eine unbändige Wut auf diesen Mann, der dort vor ihr stand. Eine Wut, die ihr die Kraft gab sich ihm zu widersetzen. »Ich bin nicht mehr das hilflose, schwache Wesen, das du blutend in der Gosse zurückgelassen hast. Du hättest keine Freude mehr an mir.«

Im nächsten Moment erstarrte sie, denn ein Klicken ertönte an ihrem Ohr und der kalte Lauf eines Revolvers drückte sich an ihre Schläfe.

Sie nahm all ihren Mut zusammen. »Tot nütze ich dir gar nichts«, stieß sie hervor.

William lachte, ein unheimliches irres Lachen, das ihr grässliche Schauer über den Rücken schickte. »Du hast Recht«, kicherte er.

Langsam, scheinbar unbeteiligt nahm er die Waffe von ihrem Kopf. Hart zog er sie an sich, presste seinen Mund auf ihren und sagte dann: »Aber du würdest sicher nicht wollen, dass ich dies hier tue.«

Sie mit sich ziehend trat er an Charlies Bettchen und drückte dem schlafenden Kind ohne mit der Wimper zu zucken den Revolverlauf auf die Stirn. Charlie regte sich und jammerte leise im Schlaf.

Gillian wurde es eiskalt vor Angst. »Nein! Bitte!«, schluchzte sie auf und zog verzweifelt an Williams Arm.

Er sagte nichts, lächelte sie nur kalt an.

»Ich komme mit dir«, hauchte sie kraftlos.

Er nickte zufrieden, nahm die Waffe weg und steckte sie in das Halfter an seiner Hüfte.

*

Das erste, was sie sahen, war Petes leblose Gestalt. Ausgestreckt und regungslos lag er halb auf der Veranda, halb in der Eingangstür.

Matt und Thomas sprangen von ihren Pferden und eilten zu ihm. Eine kleine Blutlache hatte sich unter Petes Kopf auf dem Holzboden ausgebreitet. Offenbar hatte er eins über den Schädel bekommen.

»Er ist bewusstlos«, sagte Thomas, als er sich über den alten Vormann beugte.

»Cavendish... Ich wusste es«, stieß Matt hervor. Sein sechster Sinn hatte ihn nicht getrogen. Er überließ es Thomas, sich um Pete zu kümmern und betrat wachsam und mit gezogener Waffe das Haus. Er musste auf der Hut sein. Cavendish war sicher bewaffnet und wenn sie noch im Haus waren, schwebten sie alle in Lebensgefahr.

Es war totenstill. Er konnte nichts hören, außer seinem eigenen klopfenden Herzen.

Küche und Wohnzimmer waren verwaist, also schlich er sich vorsichtig die Treppe hinauf, vermied dabei sorgsam die knarrenden Stufen. Zuallererst sah er in Charlies Zimmer nach. Er weinte fast vor Erleichterung, als er seinen Sohn friedlich schlafend in seinem Bettchen vorfand.

Er ließ das Kind, wo es war und schlich weiter zu Gillians Zimmer. Die Tür war angelehnt. Langsam stieß er sie einen Spalt auf und spähte mit vorgehaltener Waffe hinein. Nichts.

Dasselbe wiederholte er mit den anderen Räumen. Doch von Gillian und Cavendish fehlte jede Spur.

Als er wieder auf die Veranda heraustrat, hatte Thomas es geschafft, Pete zu wecken und etwas aufzurichten.

»Und?«, fragte Thomas.

»Charlie ist oben und schläft, aber Gillian ist verschwunden«, antwortete Matt. Die Angst um sie schnürte ihm fast die Kehle zu, aber er zwang sich, Ruhe zu bewahren. Auch wenn es unendlich schwer fiel.

»Bist du in Ordnung?«, fragte er Pete.

»Ja, ja. Ich hab 'nen harten Schädel. Es tut mir so leid, Matt. Ich saß in der Tür, aber er muss durch ein Fenster auf der Hinterseite eingestiegen sein. Er hat sich von hinten an mich angeschlichen. Ich hab ihn nicht kommen hören, erst, als es zu spät war.«

»Schon gut, Pete, mach dir keine Vorwürfe. Ich bin froh, dass du noch lebst.«

»Ich hätte nicht gedacht, dass Flanagan tatsächlich die Eier hat, herzukommen«, stöhnte Pete.

»Das war auch nicht Flanagan«, entgegnete Matt grimmig.

»Was? Wer dann?«

»Lange Geschichte. Keine Zeit, es jetzt zu erklären. Ich muss hinterher. Vielleicht finde ich ihre Spur.«

»Ich komme mit«, sagte Thomas.

»Mir wäre lieber, du bleibst und bringst Pete zum Doc.«

Pete erhob sich ächzend und blieb schwankend stehen. Er schüttelte den Kopf. »Ich komme klar, Matt. Schnappt Euch den Hurensohn, wer auch immer er ist! Ich kümmere mich um Charlie.«

Er hatte kaum ausgesprochen, als ein Wiehern aus Richtung des Corrals die Männer aufhorchen ließ.

Noch mehr Pferde wieherten und ein dumpfes Grollen und Poltern erklang. Ein unmissverständliches Geräusch. Der Hufschlag einer Herde in Aufruhr.

»Er lässt die Pferde frei«, rief Matt aus und rannte zum Corral, Thomas dicht hinter ihm.

Hilflos sahen sie zu, wie sämtliche Pferde der Ranch durch das offene Tor des Corrals stürmten, nichts als Staub und Dreckklumpen hinter sich lassend. Sonst war nicht viel zu erkennen, doch Matt hätte schwören können, dass er inmitten der Herde etwas Helles hatte aufblitzen sehen.

Gillians Kleid?

Er rannte zurück zu Ruby, die er an der Veranda angebunden hatte. In Sekundenschnelle saßen er und Thomas auf ihren Pferden und ritten wie der Teufel der fliehenden Pferdeherde hinterher.

Die freilaufenden Pferde bogen nach und nach ab oder fielen zurück und gaben schließlich den Blick frei auf das vor ihnen her stürmende Pferd. Der Mond trat hinter einer Wolke hervor und ließ keinen Zweifel. Zwei Reiter saßen darauf.

»Verdammt!«, entfuhr es Matt.

Cavendish hatte sich für seine Flucht ausgerechnet eines der schnellsten und stärksten Pferde der Birch Creek ausgesucht. Der ausdauernde Wallach hatte kein Problem mit dem doppelten Reitergewicht und würde eine lange Strecke mühelos weiter galoppieren. Ruby und Thomas' Pferd dagegen hatten schon den scharfen Ritt von Medicine Bow hinter sich. Sie würden nicht mehr lange durchhalten.

Matt tastete instinktiv nach seiner Waffe, aber es wäre Wahnsinn gewesen, zu schießen. Gillian saß hinter Cavendish, sich verzweifelt an ihn klammernd, um bei dem halsbrecherischen Tempo nicht vom Pferd zu fallen. Matt hatte keine Chance, den Hurensohn zu treffen, ohne dabei Gillians Leben zu riskieren.

Er überlegte kurz, den Wallach zu erschießen, aber ein Sturz bei diesem Tempo konnte Gillian genauso das Leben kosten oder sie zumindest schwer verletzen.

Matt sah, wie Cavendish sich nach ihnen umsah. Die Hand des Engländers hob sich und etwas blitzte im Mondlicht auf. Kurz darauf krachte ein Schuss.

Matt atmete auf, als er feststellte, dass die Kugel weder ihn noch Ruby getroffen hatte, doch ein Aufschrei sagte ihm, dass Thomas nicht so gut davongekommen war. Schon sah er, wie der Anwalt schmerzgekrümmt auf seinem Pferd zusammensackte, das daraufhin langsamer wurde und zurückfiel.

Matt fluchte laut und zügelte sein Pferd.

»Nicht so schlimm! Reite weiter!«, schrie Thomas, während er an seinem Pferd herunter glitt.

Matt stieß Ruby seine sporenbesetzten Fersen in die Seiten. Sie warf den Kopf hoch und widersetzte sich. Ihre Flanken hoben und senkten sich in schneller Folge, ihr Atem war ein einziges, keuchendes Schnauben.

»Ich weiß, dass du nicht mehr kannst, Mädchen«, sagte Matt, »Aber du musst!« Ihm blutete das Herz, seinem Pferd das antun zu müssen, doch es blieb ihm keine andere Wahl. Erbarmungslos trieb er sie an und sie gehorchte und sprang wieder in den Galopp.

Cavendish hatte jetzt noch mehr Vorsprung. Matt trat Ruby rücksichtslos in die Seiten und schlug sie kräftig mit den Zügelenden. Wieder wandte sich Cavendish um und schoss. Matt duckte sich instinktiv hinter den Pferdehals, doch wieder hatte er Glück und die Kugel verfehlte ihn.

Die Stute strauchelte und er dachte schon, es sei endgültig aus, doch sie fing sich wieder. Aber sie wurde immer langsamer. Es würde nicht mehr lange dauern und sie würde unter ihm zusammenbrechen.

Mit jedem mühsam erzwungenen Galoppsprung seines Pferdes schwand Matts Hoffnung, die beiden doch noch einzuholen. Schließlich wurde ihm klar, dass es aussichtslos war. Wenn er Ruby zu Tode ritt, erst recht. Mit einem himmelwärts ausgestoßenen Fluch zog er den Zügel an. Die Stute fiel sofort in den Schritt und blieb dann stehen.

Matt sprang ab. Ruby schwankte bedenklich und ließ den Kopf weit zu Boden hängen, während sie pfeifend Luft in ihre Lungen pumpte. Schließlich knickte sie mit einem unheimlich klingenden, tiefen Seufzen in den Vorderbeinen ein.

Matt rannte mit gezogener Waffe hinter dem Reiterpaar her. Er fluchte laut, denn es bestand keine Chance, Cavendish zu treffen. Verzweifelt musste er mitansehen, wie die beiden sich immer weiter von ihm entfernten.

Kapitel 38

Als Gillian sich umwandte und sah, wie Ruby zusammenbrach, wusste sie, dass ihr keine Wahl blieb. Die ganze Zeit schon war der Entschluss in ihr gereift, doch hatte sie es nicht über sich gebracht, ihn auch auszuführen. Es war gefährlich und es konnte sie bei diesem Tempo das Leben kosten. Doch als es keine Hoffnung mehr gab, dass Matt sie einholte, wusste sie, dass sie es riskieren musste. Sie würde sich nicht kampflos in die Hände ihres Peinigers geben. Und sie war vorbereitet. Mit etwas Glück würde sie es überstehen.

Schnell, damit William nicht die leiseste Chance hatte, etwas dagegen zu tun, beugte sie sich mit Schwung zur Seite und ließ sich weit an der Flanke des Pferdes herunterhängen. Dabei hielt sie Cavendishs Torso fest umfasst und brachte auch ihn damit in eine gefährliche Schräglage. Das Pferd verlor das Gleichgewicht, strauchelte und wurde zum Glück für sie deutlich langsamer.

»Was zum Teufel...«, rief Cavendish aus und bemühte sich verzweifelt im Sattel zu bleiben, doch das Pferd kreiselte und bockte nun, um das ungewohnte Gewicht an seiner Seite loszuwerden. Beide Reiter stürzten schwer zu Boden.

Gillian war es, als würde sämtliche Luft aus ihren Lungen gepresst und ihre Zähne schlugen schmerzhaft aufeinander, als sie auf dem Boden auftraf. Für einige Sekunden wunderte sie sich über das betäubende Dröhnen, das in ihren Ohren hallte. Dann umfing sie eine merkwürdige, watteweiche Schwärze.

*

Matt sah sie fallen und sein Herz setzte ein paar Schläge lang aus. Ein Blick zurück auf sein liegendes Pferd sagte ihm, dass es zu Tode erschöpft, wenn nicht schon am Ende war. Also rannte er.

Der Sturz war hart gewesen und lebensgefährlich. Keiner der beiden Reiter rührte sich mehr. Gillians regungslose Gestalt war ein Anblick, der Matt verzweifelt aufschreien ließ. Mit jedem Schritt, den er ihr näher kam, betete er, dass sie noch am Leben war, dass sie keine schweren Verletzungen davongetragen hatte.

Als er sie endlich erreicht hatte, ließ er sich mühsam atmend neben ihr nieder und horchte an ihrer Brust. Ihr Herz schlug kräftig und sie atmete. Dennoch konnte sie schwer verletzt sein. Mehrmals rief er ihren Namen und sie öffnete die Augen, nach einer Ewigkeit, wie ihm schien. Sie wirkte einen Moment lang verwirrt, doch dann richtete sie sich auf den Ellbogen auf.

»Sachte«, mahnte er sie.

Sie hielt sich den Kopf, aber sagte: »Es geht mir gut, Matt. Ich glaube, es ist nichts gebrochen.«

»Kannst du aufstehen?«

»Ich denke ja.«

Er half ihr auf und stützte sie und sie fiel ihm in die Arme. Wie durch ein Wunder schien sie ohne größere Verletzungen davongekommen zu sein. Einen endlos scheinenden Moment standen sie nur da und umarmten sich.

»Bei Gott, Gillian, ich bin so froh, dass ich dich wieder habe«, stieß Matt hervor.

»Wo ist William?«, fragte sie und sah sich um.

»Er liegt dort drüben. Ich weiß nicht, ob er noch lebt. Wir sollten nachsehen.«

Cavendish war nicht tot, denn er atmete, doch schien er tief bewusstlos zu sein.

»Ich werde ihn fesseln und dann reiten wir nach Hause. Der Sheriff kann ihn hier abholen«, sagte Matt.

Er hatte nichts zum Fesseln, aber er konnte einen der Zügel des Wallachs verwenden. Er wandte sich ab, um das Pferd einzufangen. Doch ein ungutes Gefühl stieg in ihm auf, noch bevor er Gillian hinter sich aufschreien hörte.

»Matt, pass' auf!«

Im Umdrehen zog er seine Waffe und sah das Mündungsfeuer von Cavendishs Revolver aufleuchten. Reflexartig schoss er, während er fest mit dem Aufprall der Kugel irgendwo auf seinem Körper rechnete, doch der blieb aus. Stattdessen erschien ein rotes Loch auf der Stirn des Engländers, gesäumt von unzähligen kleinen Blutsprenkeln. Mit einem merkwürdigen Gesichtsausdruck und ohne einen

Laut fiel er, wie ein gefällter Baum. Er war tot, bevor er auf dem Boden aufschlug.

Doch dies nahm Matt kaum noch wahr, denn zu seinem größten Entsetzen wurde ihm erst jetzt bewusst, dass Gillian vor ihn gesprungen war. Mit eisigem Schrecken musste er mitansehen, wie sie zusammenbrach. Sie war getroffen! Sie hatte die Kugel abgefangen, die für ihn bestimmt gewesen war!

»Nein!«, schrie er. »Nein, nein, nein!«

Er fiel neben ihr auf die Knie.

Die Kugel war in ihre Brust eingedrungen, wo genau, vermochte Matt nicht zu sagen, denn überall war Blut. Mit fahrigen Händen riss er ihr Kleid auf. Ihre Haut war schneeweiß und bildete einen starken Kontrast zu ihrem blutüberströmten Brustkorb. Schock und Schmerz ließen sie am ganzen Körper zittern.

»Hab keine Angst, Liebste. Es ist nicht so schlimm«, versuchte er sie zu beruhigen, während er die Wunde unter ihrer linken Schulter untersuchte. Doch das stimmte nicht und er wusste es. Das Blut kam schwallartig. Sie stöhnte vor Schmerzen.

Hektisch zog er sein Hemd aus und presste es auf die Wunde um die Blutung zu stoppen. Doch es gelang ihm nicht. Immer wieder quoll neues Blut hervor, wenn er das Hemd wieder wegnahm. Es hatte keinen Zweck. Gillian musste dringend zum Arzt. Er nahm seinen Gürtel ab und band damit das zusammengeknüllte Hemd auf ihrer Wunde fest. Schnell fing er das Pferd ein und schaffte sie vorsichtig hinauf. Es bereitete ihr große Schmerzen, nur mit Mühe hielt sie sich oben.

»Es ist bald überstanden, Gilly«, sagte er als er sich hinter sie setzte. »Ich bringe dich zum Doc. Er wird dir helfen.«

Er trieb den Wallach in einen scharfen Galopp, während er sie fest an sich drückte. Das Pferd schien, obwohl es schon eine gute Strecke gelaufen war, noch recht frisch. Es kam jetzt nur darauf an, dass Gillian bis Medicine Bow durchhielt. Besorgt sah Matt auf das Hemd hinunter, das er auf ihre Wunde gebunden hatte. Ehemals war es hell gewesen, jetzt war es fast durch und durch dunkelrot und er spürte wie das Blut daraus auf seine Hände hinunter tropfte.

»Halt durch, Liebste. Es ist nicht mehr weit«, log er um ihr Mut zu machen.

»Ich versuche es«, antwortete sie tapfer, aber ihre Stimme war schwach.

Während sie ritten sprach er die ganze Zeit mit ihr, wollte sie wach halten. Doch ihre Antworten wurden spärlicher und irgendwann blieb sie bis auf ein gelegentliches Aufstöhnen ganz still.

Irgendwo auf dem Weg begegneten sie Thomas. Er eilte ihnen zu Fuß entgegen, stark hinkend. Matt zügelte sein Pferd und Thomas sah zu ihnen auf. »Gottlob, da seid Ihr! Ich habe die Schüsse gehört! Aber mein Pferd ist abgehauen, sonst wäre ich...« Sein Blick fiel auf Gillian und er erschrak. »Mein Gott! Sie ist verwundet!«

Matt nickte. »Wir müssen schnell in die Stadt, sie blutet stark. Kommst du zurecht?«, fragte er mit einem Blick auf die breite Blutspur, die sich an Thomas Hosenbein hinunterzog.

»Nur ein Streifschuss. Wo ist der Mistkerl?«

»Ich hab ihn getötet«, antwortete Matt, als er bereits wieder anritt.

Thomas nickte grimmig. »Gut gemacht!«

»Ich schicke dir Hilfe!«, rief Matt und trieb das Pferd wieder in den Galopp.

Ein paar Minuten später verlor Gillian das Bewusstsein. Matt überfiel eine erstickende Angst. Er wusste noch nicht einmal, ob sie wirklich nur besinnungslos oder bereits tot war, denn er konnte nicht feststellen, ob sie noch atmete. Die Kehle schnürte sich ihm zu, wenn er daran dachte, dass sie jederzeit hier in seinen Armen sterben könnte und er es noch nicht einmal merken würde. Doch er musste weiter reiten, in schnellem Tempo, das war das Einzige, was sie noch retten konnte.

Verzweifelt redete er auf sie ein.

»Wie konntest du nur etwas so Dummes tun, Gilly?«, presste er erstickt hervor. »Wieso hast du dich nur vor mich gestellt, du dummes, dummes Mädchen?«

Im selben Moment biss er sich fast auf die Zunge und dachte, wie dumm es von *ihm* war, so etwas zu sagen. Denn was sie getan hatte, war sicher das Heldenhafteste, das ein Mensch überhaupt tun konnte. Und er wusste, dass sie es getan hatte, weil sie ihn liebte.

Kurz vor der Stadt wurde es schreckliche Gewissheit, dass nun auch der Wallach am Ende war. Er schäumte und pumpte und flockiger Schweiß bedeckte seinen Hals und seine Flanken. Gnadenlos trieb Matt ihm seine Sporen in den Leib, doch vergebens. Das Pferd widersetzte sich. Es rammte die Beine in die Erde und lief keinen Schritt mehr. Stöhnend ging es zu Boden. Matt sprang ab und zog Gillian mit sich. Ohne dem tödlich erschöpften Tier noch einen Blick zu schenken, hob er Gillian auf seine Arme und lief weiter.

Zunächst spürte er ihr Gewicht kaum, doch je länger er lief, desto bleischwerer wurde sie in seinen Armen. Irgendwann brannten seine Beine wie Feuer, ebenso wie seine Lungen. Auf seiner Zunge lag der metallische Geschmack von Blut. Doch er bemerkte kaum etwas davon. Sein einziger Gedanke galt Gillian.

Man konnte die Lichter der Stadt schon sehen. Aber die Hoffnung war trügerisch, denn es war noch weit.

Er war bereits der Erschöpfung nahe, doch mit eisernem Willen befahl er seinen Beinen, einen Schritt nach dem anderen zu machen. Er sah auf Gillian hinunter. Das Mondlicht fiel auf ihr Gesicht. Sie war weiß wie Schnee. Sein Herz krampfte sich zusammen.

Als er endlich das erste Haus erreichte, war er kurz vor dem Umfallen. Noch während er laut um Hilfe rief, gaben seine Beine nach und er fiel auf die Knie, seine leblose Geliebte fest an seine Brust gedrückt. Menschen eilten herbei, Hände streckten sich aus, die ihm Gillian fortnahmen.

»Oh mein Gott, was ist geschehen?«, fragte jemand.

Er hatte keine Luft zum Antworten.

»Die Frau ist tot«, hörte er jemand anderen sagen.

Mehr hörte er nicht, denn als Schock und Schmerz über ihm zusammenschlugen, begann es laut in seinen Ohren zu rauschen.

Nein! Nein, das kann nicht sein, wollte er schreien, doch nur ein verzweifelter Laut entrang sich seiner atemlosen Kehle. Einen Moment lang wurde ihm schwarz vor Augen und er fiel vornüber. Auf allen Vieren kniete er auf der staubigen Erde während er seine ganze Willenskraft aufbringen musste, um sich nicht zu übergeben.

Irgendjemand kam und griff ihm unter die Arme. Seine Glieder waren tonnenschwer. Irgendwie schaffte er es, sich keuchend und nach Atem ringend auf die Beine zu stellen. Es war, als stünde er neben sich und sähe sich selbst dabei zu. Wie in Trance folgte er dem Menschenauflauf ins Arzthaus.

Kapitel 39

Sie ist tot. Die Gewissheit darüber ließ das Herz in seiner Brust zu einem tonnenschweren Stein werden. Verzweifelt rang er nach Luft. Am liebsten hätte er seinen Schmerz herausgeschrien, doch kein Laut entrang sich seiner zugeschnürten Kehle. Er wandte den Kopf und sein verschwommener Blick traf seine Waffe, wie sie in ihrem Halfter am Gürtel steckte, dort auf dem Stuhl neben seinem Bett. Er streckte die Hand danach aus.

»Tu das nicht. Denk an Charlie!«, hörte er ihre Stimme.

»Charlotte wird sich um ihn kümmern«, wollte er ihr schon antworten, bevor ihm bewusst wurde, dass er fast mit einer Toten gesprochen hätte.

Aber es stimmte. Sie hätte nicht gewollt, dass er seinem Sohn so etwas antat. Tief in seinem Inneren wusste er das und das war wohl auch der Grund, weshalb ihm seine Hand nicht gehorchte. Sie hatte ein merkwürdiges Eigenleben und er ließ sie kraftlos wieder sinken.

Er hörte eine Glocke. Er musste aufstehen. Doch das wollte er nicht. Er wollte nicht aufstehen, um nun auch Gillian zu Grabe zu tragen. Das würde er nicht überstehen. Er hatte nicht die Kraft dazu.

Die Glocke schlug unerbittlich weiter, das Geräusch machte ihn zornig. Er wollte dagegen anschreien, aber der erstickte Laut, der ihm entfuhr, erschreckte ihn selbst und er fuhr ruckartig zusammen. Verstört nahm er einen tiefen Atemzug und stellte fest, dass ihm der Schweiß aus allen Poren drang.

Die Glocke schlug immer noch. Doch das war keine Totenglocke. Was er hörte, waren die letzten, verklingenden Schläge der Standuhr.

Er stöhnte auf, als ihm bewusst wurde, dass er geträumt hatte. Die Erschöpfung der letzten Tage und Nächte hatte ihren Tribut gefordert und er war auf dem Sessel neben ihrem Bett im Haus des Arztes eingeschlafen. Die Erkenntnis ließ ihn befreiter atmen und sein rasendes Herz beruhigte sich allmählich. Doch die Angst, dass sein Traum bald schreckliche Wahrheit werden könnte, ließ seinen Magen revoltieren.

Besorgt sah er zu ihr hinüber. Sie war absolut regungslos. Wie immer, wenn er sie anblickte, krampfte sich sein Herz zusammen. Und wie jedes Mal überkam ihn unendliche Erleichterung, wenn er sah, wie die Bettdecke sich hob und senkte und ihm sagte, dass Gillian noch bei ihm war.

Müde fuhr er sich mit der Hand über seine brennenden Augen und seinen mehrere Tage alten Bart.

Ihr Zustand war immer noch sehr ernst. Der Arzt hatte die Blutung stillen und die Kugel herausholen können, doch der große Blutverlust ließ fast keine Hoffnung zu, dass sie das hohe Fieber, das unvermeidlich auf eine solche Verletzung folgte, überstehen konnte. Man hatte ihm gesagt, dass man nicht mehr viel für sie tun konnte. Jederzeit musste man »mit dem Schlimmsten rechnen«.

Matt lachte bitter auf über diese Worte. War es doch nur ein beschönigender Ausdruck dafür, dass sie sterben würde.

Das war vor vier Tagen gewesen. Doch sie lebte immer noch. Vom Fieber verzehrt lag sie da, still und schweigend, als wäre sie schon tot. Nur ihre schnelle flache Atmung bewies, dass sie immer noch um ihr Leben kämpfte, und bewahrte Matt davor, komplett den Verstand zu verlieren. Sie war nicht ein einziges Mal bei Bewusstsein gewesen, seit sie hier war. Der Arzt hatte ihr schon vorgestern keinen Tag mehr gegeben, doch sie strafte ihn Lügen, kämpfte sich tapfer von Minute zu Minute, von Stunde zu Stunde, von Tag zu Tag. Die Frage war nur, wie viel Kraft sie für diesen schweren Kampf noch übrig hatte.

Versteinert vor Sorge ließ Matt sich vom Sessel gleiten, kniete sich neben ihr Bett und nahm ihre Hand, wie er es schon hundertmal in den letzten Tagen getan hatte. Die glühende Hitze, die davon ausging, sandte einen neuen Stich der Panik in sein Herz.

»Oh Gott, lass sie überleben«, betete er, »Ich gebe dir was immer du willst, wenn du sie nur leben lässt!«

Seine zugeschnürte Kehle ließ ihn fast ersticken. Unaufhaltsam aufsteigende Tränen benetzten seine Augen und nahmen ihm die Sicht wie ein Nebelschleier.

Wenn wenigstens Lizzie jetzt bei ihm gewesen wäre! Er hätte ihren Trost und Zuspruch wahrlich gut gebrauchen können. Doch sie war für immer fort und der scharfe Schmerz über ihren Verlust zusammen mit der unerträglichen Angst um Gillian ließ ihn fast durchdrehen.

Es klopfte. Er nahm es kaum wahr und antwortete nicht darauf. Trotzdem öffnete sich die Tür und jemand trat ein. Es war Thomas. Es war kein ungewöhnlicher Besuch.

Immer wieder hatte er in den letzten Tagen vorbeigeschaut, hatte versucht, Matt beizustehen. Hatte stundenlang mit ihm an ihrem Bett gewacht und ihm Mut zugesprochen. Und auch, wenn Matt kaum in der Lage war, mit irgendjemandem viel mehr als drei Worte zu sprechen, war er ihm dankbar dafür.

Thomas trat still neben ihn.

»Und?«, fragte er leise.

Matt schüttelte den Kopf. »Unverändert.«

»Hast du etwas gegessen?«, fragte Thomas.

»Nein.«

»Du musst etwas essen, Matt.«

»Ich kriege nichts runter.«

Thomas seufzte. »Ich war gerade beim Sheriff. Sie haben Flanagan geschnappt. Er kommt bis zur Verhandlung ins Zuchthaus in Laramie.«

Matt nickte. Zu mehr war er nicht in der Lage.

»Und – äh – Charlotte ist da. Sie ist auf der Ranch und kümmert sich um Charlie. Sie hofft, dass es dir Recht ist.«

»Ja. Ist gut.«

»Pete hat übrigens alle Pferde wieder eingefangen. Ich soll dir sagen, dass auch Ruby dabei war.«

Matt lächelte schwach. »Tapfere, kleine Ruby. Das ist schön. Ist ein gutes Pferd.«

Thomas legte die Hand auf seine Schulter. »Ich gehe dann wieder. Lass es mich wissen, wenn du etwas brauchst.«

Matt nickte. Er riss sich zusammen, bis Thomas aus dem Zimmer war. Dann ließ er den Kopf neben Gillians Hand auf ihr Laken sinken und weinte still.

Er musste wieder eingeschlafen sein, gerade so wie er war, neben das Bett gekauert, mit dem Kopf auf ihrer Decke. Irgendwie war ihm, als hätte ihn etwas berührt. Aber vielleicht hatte er das auch nur geträumt. Aber nein, da war es schon wieder! Kein Traum fühlte sich so an, und als ihm dies bewusst wurde, war er schlagartig wach. Denn es war *ihre* Hand, die da gerade sacht sein Haar zerzauste!

Er hob ruckartig den Kopf und sah in ihr Gesicht. Sie war wach und klar.

»Ich habe Durst«, flüsterte sie rau und Matt beeilte sich, ihr etwas Wasser einzuflößen. Als er den Becher absetzte, lächelte sie. Ihre Lippen waren blutleer und blass, aber es war das schönste Lächeln, dass er je gesehen hatte. Er konnte es kaum glauben. Fassungslos und unendlich dankbar küsste er immer wieder ihre Hände, ihr Gesicht, ihren Mund.

»Gilly...«, stieß er tränenerstickt hervor und strich ihr behutsam das verschwitzte Haar aus der Stirn. »Ich bin so unsagbar froh, dass du wieder bei mir bist!«

Sie hob kraftlos die Hand und legte sie auf seine Wange.

»Du hast daneben geschossen«, flüsterte sie.

»Was?«, fragte er verständnislos, »Ich verstehe nicht, was...«

»Bei deinem Duell. Du hast absichtlich daneben geschossen, denn hättest du den Falschspieler damals töten wollen, wäre er jetzt tot.«

»Bei Gott, Gillian«, sagte er verwundert, »*Das* hat dich die ganze Zeit beschäftigt?«

»Nein«, antwortete sie und ihre Augen verengten sich. »Mich hat eher beschäftigt, dass du gesagt hast, ich sei dumm.«

»Du hast das gehört«, bemerkte er schuldbewusst.

Statt einer Antwort lächelte sie still.

»Oh nein, nein, Gilly«, sagte er und nahm ihre Hand, küsste sie zärtlich. »Du bist nicht dumm! Ganz gewiss nicht, so wahr mir Gott helfe... Aber *mich* hätte er treffen sollen, nicht dich! Dich vor mich zu stellen, dein Leben für mich zu riskieren... Solch ein Opfer bin ich nicht wert! Ich bin doch nur ein nutzloser Lump, der zu nichts gut ist. Aber du – du musst leben! Denn du bist das klügste, schönste und tapferste Wesen, dem ich je begegnet bin! Und ich liebe dich, von ganzem Herzen, und mehr als ich dir je mit Worten zu sagen vermag... Und wenn er dich... Wenn du... Oh Gott, ich hatte solche Angst... Dich zu verlieren, allein zurückzubleiben, das würde ich...« Seine Stimme erstarb.

»Doch, das bist du«, sagte sie leise und streichelte seine Tränen fort. »Du bist jedes Opfer wert. Du bist kein nutzloser Lump. Sondern der beste Mann, den man sich nur wünschen kann... Und sollte es irgendjemand wagen, dich noch ein einziges Mal ›Mad Matt‹ zu nennen, wird er mich kennenlernen. Dann wird er sehen, wozu die bestellte Braut aus Boston in der Lage ist, wenn es um den Mann geht, den sie über alles liebt.«

Er lachte leise, unendlich erleichtert und schloss die tränennassen Augen. »Gelobt sei der Tag, an dem ich diesen Brief abschickte...«, flüsterte er. Dann öffnete er die Augen und wandte den Blick nach oben. »Lizzie, ich danke dir.«

Kapitel 40

Matt sah auf das vor ihm liegende Geschäftsbuch und fluchte leise. Es war spät und seine Augen brannten. Er war müde, hätte längst im Bett sein sollen. Morgen lag ein anstrengender Tag vor ihm, denn er wollte nach Cheyenne fahren, er hatte es Charlotte versprochen.

Aber es half nichts. Er musste erst seine Pflicht erledigen und diesen verdammten Fehler finden. Er grübelte jetzt schon seit Stunden über diesem verfluchten Buch, hundertmal war er alles schon durchgegangen. Aber er sah ihn einfach nicht. Und wenn er den Fehler nicht bald aufdeckte, würde dies das Unternehmen viel Geld kosten.

Während er noch grimmig gegen seine mit schwarzer Tinte auf weißem Papier gemalten Feinde ankämpfte, öffnete sich die Tür. Er schaute auf und lächelte. Er hatte nicht angenommen, dass sie noch wach war. Sie kam zu ihm und stellte sich hinter ihn. Sanft begann sie seinen Nacken zu massieren. Er schloss die Augen und seufzte ergeben. Ihre zarten Hände auf seinen verspannten Muskeln fühlten sich wundervoll an.

»Thomas ist schon wieder dort«, sagte sie, ein Lächeln in der Stimme.

»Du meinst bei Charlotte?«

»Ja. Du kannst sagen, was du willst, da bahnt sich etwas an.«

»Gut«, grinste er. »Das freut mich für sie. Die beiden haben einander verdient.«

»Oh, Matt. Du bist gemein«, lachte sie und schlug leicht auf seine Schulter.

Er lachte auch und schüttelte den Kopf. »Nein, ehrlich, Gilly, ich kann es immer noch nicht glauben, wie gut du dich mit Charlotte angefreundet hast. Ich glaube, mir wird sie ewig grollen.«

»Das ist ganz einfach«, sagte sie. »Ich hab ihr das Gefühl gegeben, dass ich sie ernst nehme. Ich frage sie nach Rat, beziehe sie ein, vor allem wenn es um Charlie geht. Sie fühlt sich gebraucht. Das ist alles, was sie will.«

Er lächelte. »Hm, weißt du was ich jetzt will?«

»Was?«, frage sie lachend.

»Das!«

Schnell zog er sie auf seinen Schoß. Er schmiegte sein Gesicht an ihren Hals und sog begierig ihren Duft ein.

»Hm«, brummte er, »Du riechst gut.«

Seine Hand fuhr in ihr offenes, unendlich weiches Haar. Er sah auf und sie nahm sein Gesicht in ihre Hände und küsste ihn so heiß, dass ihm Hören und Sehen verging.

Zur Hölle mit dem verdammten Buch!

»Ich vermisse dich«, schnurrte sie. »Wann kommst du endlich ins Bett?«

Am liebsten sofort.

»Bald.«

»Jetzt«, beharrte sie und ihre Hand wanderte langsam auf seinem Bauch nach unten. Das ziehende Gefühl, das sich schon bei ihrem Kuss den Weg von seinem Kreuz in seinen Unterleib gebahnt hatte, verstärkte sich.

Nein, das war nicht gut. Er hatte zu arbeiten. Widerwillig, doch bestimmt hielt er die Hand fest. »Liebste«, keuchte er. »Ich will es auch, und wie ich es will, aber erst muss ich den Fehler hier finden. Charlotte wird mich auslachen, wenn ich noch nicht einmal mit so einer so kleinen Ungereimtheit fertig werde.«

»Ach?«, neckte sie ihn. »Höre ich da verletzten männlichen Stolz? Sag jetzt nicht, du bereust schon, dass du ihr einen Teil der Geschäfte in Cheyenne in die Hand gegeben hast.«

»Nein«, grinste er. »Ich denke, das war die beste Idee, die du je hattest. Du weißt genau, dass ich tausendmal lieber hier mit dir auf der Ranch bin als in Cheyenne. Dafür vergesse ich gern meinen männlichen Stolz. Aber dennoch, es ärgert mich.« Er sah auf das Buch und kratzte sich am Kopf.

Sie folgte seinem Blick und ihre Augen verengten sich nachdenklich. Langsam blätterte sie ein paar Seiten zurück und tippte dann auf eine Spalte mit Zahlen.

»Da ist dein Fehler.«

Er lachte ungläubig. »Mein Gott, Gilly, ich suche den schon seit Stunden! Wie konntest du so schnell...«

Sie lächelte. »Ich bin die Tochter eines Händlers, schon vergessen?«

Er küsste sie leidenschaftlich. Das leise Ziehen in seinen Lenden war längst zu einem tosenden Sturm geworden. Atemlos löste er sich von ihr. »Was habe ich für ein Glück«, sagte er und bedachte sie mit vielen kleinen Küssen, während seine Hand sich wie beiläufig an den obersten Knöpfen ihrer Bluse zu schaffen machte. »Meine bestellte Braut aus Boston ist nicht nur wunderschön, sondern auch furchtbar klug.«

Die Bluse gab ihren Widerstand auf und er fuhr mit einer Hand hinein. Erfreut stellte er fest, dass Gillian kein Korsett trug. Er machte mit dem Unterhemd weiter und endlich berührte er nackte Haut. Ihre Brust schmiegte sich perfekt in seine Handfläche.

Sie machte ein zustimmendes kleines Geräusch und drängte sich ihm entgegen.

»Der arme Buchhalter«, seufzte er.

»Warum?«

»Ich werde ihn entlassen müssen«, murmelte er an ihrem Hals. Ihr betörender Duft machte ihn fast wahnsinnig.

»Oh nein, der Arme, das kannst du doch nicht tun«, hauchte sie.

»Ich muss«, flüsterte er, die Lippen auf ihrem Mund. »Ich habe nämlich soeben einen neuen gefunden.«

Er schob ihre Bluse mitsamt ihrem Hemd über ihre Schultern und seine Hand streifte dabei die rötliche, frische Narbe knapp über ihrem Herzen.

Schlagartig wurde er ernst. Er konnte immer noch nicht fassen, dass sie das überlebt hatte. Niemand konnte das. In der ganzen Stadt hielt man es für ein Wunder. Er ließ seine Hand darauf liegen und schluckte.

Sie legte ihre Hand über seine und drückte sie fest auf ihr pochendes Herz.

»Das hättest du nicht tun sollen Gilly«, presste er an seiner engen Kehle vorbei. Der schreckliche Gedanke, sie um ein Haar verloren zu haben, drohte ihn einmal mehr zu überwältigen.

»Sch...«, machte sie und legte einen Finger auf seinen Mund. Dann ließ sie die Hand sinken und ersetzte den Finger durch ihre zärtlichen Lippen. Sie zog sich wieder zurück, strich eine wilde Haarsträhne aus seiner Stirn und lächelte ihn liebevoll an. Matt zwang sich, die bösen Erinnerungen in den letzten Winkel seines Gehirns zu verbannen. Er umfasste ihre Taille und zog sie näher an sich und sie schlang die Arme um ihn und küsste ihn. Es half außerordentlich dabei, den Albtraum zu vertreiben.

Als ihre Lippen sich trennten, grinste sie verschmitzt. »Der neue Buchhalter...«, sagte sie gedehnt und öffnete aufreizend langsam seinen Gürtel, »Was möchtest du ihm denn zahlen?«

Er grinste jetzt auch.

»Wie wäre es mit einer Wiederholung unserer Hochzeitsnacht? Ich meine, unserer *zweiten* Hochzeitsnacht, natürlich.«

Eine neue Welle der Erregung schoss durch seine Lenden, als er daran dachte, was sie in dieser Nacht alles getan hatten. Er wollte sie küssen, doch sie wich ihm aus.

»Du willst einen Buchhalter mit in unser Ehebett nehmen?«, sagte sie mit gespielter Entrüstung.

Er setzte ein paar kleine Küsse auf ihren Hals. »Ja«, grinste er, »das ist doch sehr reizvoll, findest du nicht? Besonders, wenn es ein so schöner Buchhalter ist.« Nun küsste er sie doch auf den Mund.

»Ich glaube nicht, dass ich eine Wiederholung will«, flüsterte sie.

»Nicht?«, murmelte er ungläubig, während er sie ihrer Bluse endgültig entledigte.

»Nein«, antwortete sie. »Dazu müssten wir ins Bett. Und ich glaube nicht, dass ich es bis dorthin noch schaffe.« Sie erhob sich und setzte sich provozierend direkt vor ihm auf den Tisch.

Er beugte sich vor und umfasste ihre Taille. »Hörst du das?«, sagte er leise zu ihrem unmerklich gewölbten Bauch und küsste ihn. »Wie schamlos deine Mami ist? Wenn du mir zustimmst, gib ihr einen Tritt für mich!«

Sie lachte hell. »Matt, es kann mich noch nicht treten. Es ist noch viel zu klein.«

»*Sie* wird es sich merken«, sagte er und grinste sie frech an. »Und dann, plötzlich, wenn du gar nicht mehr daran denkst... Zack!« Und er stand auf, küsste sie und bog sie sanft nach hinten, mitten auf das verwünschte Buch.